KB155461

우리 셋

우리 셋

양장 지음 · 윤지영 옮김

슈몽
shumong

양장楊絳 선생

본명은 양지캉楊季康이다.

1911년, 장쑤성 우시의 고명한 학자 집안에서 태어나 둥우대학을 졸업하고 칭화대학에서 외국어 문학을 전공했다. 중국 현대 문학의 곤륜산으로 추앙받는 첸중수錢鍾書 선생과 결혼한 후 영국과 프랑스에서 유학을 마치고 전화여자중·고등학교의 교장, 칭화대학의 외국어학과 교수, 중국사회과학원 외국어문학연구소의 연구원 등을 역임하였다.

남편과 함께 평생 문학과 학문의 귀감이 된 양장 선생은 '가장 현명한 아내, 가장 재능있는 여성'이라는 첸중수 선생의 애정 어린 평가로 더욱 유명하다. 구시대의 여성 작가임에도 '선생'이라는 남성의 존칭으로 경의를 표할 만큼 양장 선생은 중국 문학계에 큰 공헌을 하였다.

〈우리 셋我們仨〉은 양장 선생의 대표작으로 2003년 초판 발행 이후 단숨에 100만 독자들의 베스트셀러가 되었고 2021년 4판으로 67쇄를 찍었다. 세월의 흐름에도 변함없이 중국 독자들 사이에서 커다란 반향을 불러일으키고 있으며 세계 각국의 언어로 번역되어 세계문학으로서의 위상을 드러내고 있다.

2016년, 양장 선생이 향년 105세로 별세했다는 소식은 중국 웨이보의 최대 검색어가 되었고 중국의 학계와 세계 주요 언론들은 양장 선생의 작품에서 보여지는 밝고 투명한 필치, 그리고 권력과 부귀를 탐하지 않는 고상한 삶의 아름다움을 추모했다.

양장 선생은 〈우리 셋〉 외에도 〈간부학교 이야기〉, 〈목욕〉, 〈원하는 대로 이루어지다〉, 〈인생의 끝자락에 서서〉, 〈돈키호테〉 등 수많은 소설, 희곡, 산문, 번역작품을 남겼다.

차례

제1부

우리 두 늙은이

꿈을 꾼다.

나는 중수와 함께 길을 걷고 있다. 어디로 가는 길인지 모르지만 웃고 떠들며 걷고 있다. 산 너머로 해가 진다. 푸르게 빛나던 밝은 빛이 잦아들고 어둑어둑해진다. 문득 옆을 돌아보니 중수가 보이지 않는다. 사방을 둘러봐도 그는 원래 없었던 모양으로 아무런 흔적이 없다. 소리 내어 불러 본다. 그래도 아무 대답이 없다. 중수는 어디로 간 것일까?

나는 어느덧 황량한 벌판 한가운데에 홀로 서 있다.

"첸중수—"하고 그의 이름을 크게 소리쳐 불러 본다. 텅 빈 들판이 그의 이름을 순식간에 집어삼켜 버린다. 그의 이름은 아주 작은 울림조차 남지 않는다. 깊은 적막과 점점 짙어지는 밤의 어둠 속에서 나는 더욱 쓸쓸하고 처량해진다. 나는 또 어두운 숲길을 걷고 있다. 첩첩이 싸인 짙은 어둠을 향해 앞으로 걷는다. 우거진 나무 사이로 울퉁불퉁한 흙길을 따라 걷는다. 작은 시내인지 넓은 개울인지 똑똑히 보이지는 않았지만 길옆에서 졸졸졸 흐르는 물소리가 들린다. 다시 뒤돌아서 걷는다. 집들이 옹기옹기 모여 있는 마을이 보이는 것도 같다. 하지만 인가의 불빛이 보이지 않는 걸 보면 마을은 아주 멀리 떨어져 있는 듯하다. 중수는 먼저 집으로 돌아간 것일까? 나도 집으로 돌아가야 하는데, 왜 혼자서 가 버린 걸까? 나는 돌아가는 길을 찾으려 애를 쓴다. 갑자기 빈 인력거를 끌고 가는 노인이 나타난다. 얼른 노인의 길을 막고 인력거를 세운다. 노인에게 돌아가는 길을 묻고 싶은데 아무리 애를 써도 말이 나오지 않는다.

꿈에서 깨어난다.

답답함에 몸부림치다 소스라쳐 일어나 보니 중수는 내 옆에서 달게 잠을 자고 있다. 내가 계속 뒤척이자 중수가 잠에서 깬다. 나는 그에게 꿈 이야기를 한다. 어쩌면 그렇게 한마디 말도 없이, 나를 버려두고 혼자 가 버렸느냐고 타박을 한다. 중수는 말없이 그 타박을 다 받아 주고는 나를 토닥인다.

우리 셋

─ 그냥 늙은이의 꿈이라오. 나도 종종 꾸는 꿈인걸.

늙은이의 꿈, 나는 그 후로도 이런 꿈을 여러 번 꾸었다. 모두 다른 꿈이지만, 꿈속에서 내가 느끼는 감정은 비슷하다. 나는 매번 꿈속에서 중수와 둘이서 어떤 곳에 가고, 그가 갑자기 보이지 않아 그를 찾아 헤맨다. 사방으로 사람들을 붙잡고 물어보는데 사람들이 대답을 안 하는 꿈, 이쪽저쪽을 정신없이 오가며 찾아다니는 꿈, 막다른 골목길에서 나오려는데 내 앞으로 사람들의 줄이 길게 늘어서 있는 꿈, 한 발짝도 앞으로 가지 못하는 꿈, 해질 무렵 어둑어둑해지는 버스 정류장에 홀로 앉아 있는 꿈, 아무리 기다려도 버스가 오지 않는 꿈, 꿈속에서 나는 늘 처량하고 불안한 마음으로 그를 찾아 헤맨다. 금방 그를 찾을 수 있을 것만 같은데, 곧 그를 찾아서 집으로 함께 돌아갈 수 있을 것만 같은데……

중수는 또다시 길고 긴 꿈속에 나를 혼자 남겨 두었다. 아마도 그는 내가 꿈에서 깨어나 어떤 타박을 할지 잘 알고 있을 것이다.

제2부

우리 셋 헤어지다

꿈을 꾸었다. 아주 길고 긴 꿈이었다. 잠에서 깨어난 후에도 여전히 꿈속에 있는 것처럼 너무나도 생생했다. 하지만 꿈이었다. 처음부터 끝까지 분명히 꿈이었다.

구이다오에 가다

저녁밥은 이미 다 먹었고, 첸씨 부녀는 둘이서 한창 재미나게 놀고 있다.

— 엄마, 엄마, 아위안이 날 괴롭혀요

중수는 애처롭게 살려달라고 소리친다.

— 마미! 엄마! 아빠가 잘못했다고요! 당신을 체포하겠소!
(우리집 사람들은 그저 입에서 나오는 대로 부르기 때문에 호칭이 많다)

우리 셋

아위안은 쩌렁쩌렁한 목소리로 호령한다. 아빠가 저지른 잘못은 다름 아닌 아위안의 방을 어지럽힌 것이다.

아위안의 방으로 들어가니 어찌 된 일인지 한눈에 알 수 있다. 침대 머리맡에 있는 베개 위에 두꺼운 대사전을 높게 쌓아 올려서 몸통을 만들고 그 위에 작은 의자를 거꾸로 엎어 놓았다. 의자 위에 구두가 한 켤레 올려져 있는데(아위안이 학교에 신고 갔다가 집으로 돌아와 방금 벗어 놓은 것이 분명하다), 흙투성이 눈동자 한 짝에는 아위안의 서예 붓, 그림 붓, 연필, 볼펜이 꽂혀 있는 필통이, 다른 한 짝에는 침대 청소할 때 쓰는 작은 빗자루가 눈썹인 양 꽂혀 있다. 베개 앞에 아위안의 책가방을 놓고 그 옆으로 겹겹이 눕혀서 쌓은 책으로 네 다리를 만들어 연결했다. 뒤쪽은 내가 아위안에게 준 신발 주걱으로 만든 꼬리가 달려 있다. 아위안은 피아노와 책상 사이의 좁은 틈에 아빠를 가두고 의기양양하게 소리친다.

— 당신을 체포하겠소!

중수는 몸을 잔뜩 움츠린 채 눈을 꼭 감고 말한다.

— 저는 여기에 없어요.

중수는 배를 움켜쥐고 웃어 젖힌다. 중수의 뱃속에서 터져 버린 그의 웃음보가 온 방 안에 하하하, 하하하 굴러다닌다.

아위안이 말한다.

— 그걸 지금 알리바이라고 말하는 것인가?

나도 웃음을 참지 못하고 웃기 시작한다. 세 사람 모두 한바탕 웃고 있는데 거실에서 전화벨 소리가 들려온다. 몇 번이나 울렸을까? 이제야 전화벨 소리가 들린다.

보통 전화를 받는 일은 내 담당이다(편지에 답장을 하는 일은 중수 담당이다). 나는 얼른 가서 전화를 받는다. 전화를 건 사람이 누구인지 잘 들리지 않는다. 첸중수를 바꿔 달라는 소리도, 회의에 참석해야 한다는 소리도 겨우 알아듣는다.

— 첸 선생이 아직 병중이시라 제가 대신 병가를 내겠습니다.
제가 첸 선생의 아내입니다.

상대는 들은 체도 하지 않고 명령하듯 말한다.

— 내일 회의 참석, 가방, 노트 휴대 불가, 내일 오전 9시, 차 도

착 예정입니다.

나는 급하게 다시 묻는다.

— 어디에서 하는 회의인가요? 집의 기사를 보내서 참석하지
못한다고 병가를 내겠습니다.
— 회의 장소가 깊은 산중입니다. 운전기사가 못 찾습니다. 내
일 회의 참석, 가방, 노트 휴대 불가, 내일 오전 9시, 차 도착
예정입니다.

전화가 끊긴다.

중수와 아위안은 방안에서 내가 전화 받는 소리를 모두 듣
고 있다. 가만히 내가 전화를 끊을 때까지 기다리고 있다가 내가
전화를 끊자 중수가 먼저 아위안을 제치고 쏜살같이 달려 나온
다. 중수가 내 옆자리를 차지하고 앉는다. 중수보다 늦게 도착한
아위안은 아빠 쪽의 소파 팔걸이에 걸터앉는다. 중수는 불안해한
다. 병가를 내게 되면 중수는 마치 수업을 빼먹고 놀러 나온 아
이처럼 불안해한다. 그때마다 아위안이 아빠에게 불러 주는 노래
가 있다. 아위안은 아빠를 달래 준다. 아위안은 아빠에게 노래를
불러 준다.

두 귀를 죽죽 당기고

머리를 살살 만지면

우리 아빠, 하나도 안 무섭다

(원래는 '아빠' 자리에 어린아이의 이름을 넣어 부르는 노래다)

나는 어디에서 온 전화인지 말해 주었다. 하지만 내일 회의가 어떤 회의인지 미처 물어보지 못한 것이 무척 미안하다. 하지만 중수는 84살 노인인데다가 얼마 전 크게 아프고 난 후 얼마 되지도 않았다. 그리고 원래 그가 했던 일이 무슨 회의 같은 걸 하는 일도 아니다. 중수에게 말한다.

— 내일 차가 온대요. 내가 당신 대신 가서 이야기할게요.

중수는 확실하게 물어보지 않았다고 나를 나무라지 않는다. 아무 말 없이 몸을 일으켜 침실로 가서, 옷장 문을 열고, 외출복을 꺼내 옷걸이에 건다. 그리고 깨끗한 손수건 한 장을 주머니 속에 넣어 둔다. 중수는 내일 자신이 직접 가기 위한 준비를 한다. 나를 대신 보내려고 하지 않는다(아마도 내가 대신해서 할 수 없는 일이라는 것을 알고 있었던 것 같다).

나와 아위안은 그저 무슨 회의가 열리는구나 하고 짐작만

우리 셋

할 뿐이다. 중수는 힘없이 잘 준비(씻고, 잠옷으로 갈아입는 일)를 마치고 얌전하게 잠이 든다. 중수는 일찍 자고 일찍 일어난다. 나는 늦게 자고 늦게 일어나고, 아위안은 늦게 자고 일찍 일어난다.

다음 날 아침, 아위안은 혼자 밥을 차려 먹고 일찍 학교에 갔다. 우리 두 사람의 아침밥은 중수가 담당한다. 물을 끓여 향기로운 홍차를 진하게 우리고 우유를 데운다(우리는 아침에 밀크티를 마신다). 달걀은 부드럽게 먹기 좋은 정도로 삶고 빵은 토스터기에 넣어 굽는다. 그리고 냉장고에서 버터, 잼 같은 것들을 꺼내 식탁 위에 올려놓는다. 중수는 내가 일어나기를 기다렸다가 나와 함께 아침을 먹는다. 내가 식탁을 치우고 설거지하는 동안 중수는 옷을 말끔하게 차려입고 나온다. 우리는 함께 밖으로 나간다. 중수를 태우러 오는 차가 올 때까지 함께 산책하기로 한다.

9시 즈음에 집 앞에 서 있으니 검은색 승용차 한 대가 다가온다. 차 안에서 제복을 입은 운전기사가 나와 중수 본인임을 확인하고 문을 열어 주면서 타라고 한다. 중수가 차에 오르자마자 차 문이 급히 닫힌다. 마치 내가 차에 올라타는 걸 막으려는 것 같다. 나는 집 앞에서 차가 조용히 멀어져 가는 것을 지켜본다. 차에 대해 잘 모르니 차종도 모르고 차 번호도 잘 기억이 나지 않는다.

나는 혼자서 집으로 돌아온다. 작년 봄부터 중수가 많이 아팠다. 병원에서 그를 돌보며 살다가 겨우 중수와 함께 집으로 돌아왔을 때, 나는 한 줄기 바람에도 휘청거릴 만큼 온몸에 힘이 없었다. 최근에야 비로소 벽을 짚지 않고도 혼자 잘 걸어 다닐 수 있을 정도로 회복되었다. 하지만 나이는 사람을 비껴가지 않는다는 말을 실감한다. 기력이 마음 같지 않다.

우리집 가정부는 시간제로 일한다. 우리집에서 일한 지 10년이 넘었다. 집안 형편이 점점 나아지자 이제 그녀는 다른 집 일은 하지 않고 오직 우리집에서만 일한다. 내가 대문 열쇠를 내어 주어도 될 만큼 믿을 만하다. 그녀는 우리가 집에 없을 때(나와 중수는 병원에 있고, 아위안은 학교에 갔을 때) 허리춤에 차고 있던 열쇠로 문을 열고 들어와서 늘 하던 대로 일하고 간다. 매일 오거나 이틀에 한 번 오거나 나는 그녀가 편한 대로 하도록 내버려 둔다. 중수를 보내고 올라오니 가정부는 일을 다 마치고 벌써 돌아가고 없었다. 나는 밥을 지어서 보온밥통 속에 따뜻하게 넣어 둔다. 중수가 돌아오면 바로 볶아 먹을 요량으로 찬거리도 잘라서 준비해 둔다. 국도 끓여서 식지 않게 둔다.

누군가를 기다리는 것은 너무도 힘든 일이다. 기다리지 말자 마음먹는다. 일이나 집중해서 하자 마음먹는다. 하지만 기다리지 말자 하면 오히려 더 애타게 기다리게 된다. 책도 눈에 들어오지 않고, 홀로 집안을 서성이며 안절부절못하고 있다. 2시가 다 되어

우리 셋

간다. 중수는 아직도 돌아오지 않았다. 나는 국에다가 밥을 두어 숟가락 말아서 먹는 둥 마는 둥 하고 눕는다. 누워서 이런저런 생각을 한다. 불쑥 무서운 생각이 든다. 내가 어쩌자고 중수를 알지도 못하는 차에 태워서 보냈을까? 어디로 데려가는지도 모르면서!

　아위안은 밤늦게 집으로 돌아온다. 나는 저녁밥도 먹지 않고 저녁밥을 준비하는 것도 잊어버린다. 가정부가 소고기를 사다 놓았다. 아위안이라면 스테이크로 구워 먹겠지만 나는 스테이크를 잘 굽지 못하니 은근한 불로 끓여서 보르쉬를 만들어야겠다고 생각한다. 중수도, 아위안도, 두 사람 모두 보르쉬를 좋아한다. 하지만 저녁밥도, 다른 그 무엇도 까맣게 잊어버린다. 어서 빨리 아위안이 들어와서 내 걱정을 풀어줬으면 하는 마음뿐이다.

　우리집은 저녁을 아주 간단하게 먹는다. 나는 원래 많이 먹지도 못하고 입맛도 좋지 않다. 중수 역시 나이가 들면서 조금씩만 먹게 되고 아위안도 집에서 저녁을 먹는 날이 많지 않으니 일도 줄일 겸 저녁을 간단하게 먹는 것이다. 아위안이 집에서 밥을 먹겠다고 하면 양을 조금 더 많이 한다. 아위안은 하루 종일 힘들게 일하고 집에 돌아와서도 수업 준비며, 시험지 채점이며 밤늦게까지 바쁘게 일한다. 그러다가 "엄마 나 배고파요."라고 할 때가 많다. 아위안에게 맛있는 저녁밥을 배부르게 먹인 적이 몇 번이나 있었나 생각해 보니 미안한 마음이 든다. 지난 1년 동안 나는 아파서 골골거리느라 온통 아위안에게 의지만 하고 있었다. 어떻게 하면 중수와 나에게 좀 더 맛있는 것을 먹이고, 어떻게 하면 한 입이라도 더 먹일 수 있을지, 바쁜 와중에도 신경을 쓰는 사람은 아위안 혼자였다. 아위안은 종종 이렇게 말한다.

— 나는 레시피가 꼭 사전 같아요. 글자를 찾을 때 사전을 세 권씩 찾아서 비교해 보는 것처럼, 요리도 레시피를 세 개씩 찾아서 비교해 본다니까요.

아위안은 그동안 꽤 많은 요리를 배웠다. 집에 이미 오븐이 있는데도 기능이 더 많은 오븐을 또 사들였다. 정성을 다해 온 갖 맛있는 고기 요리를 만들어 주고는 우리 입맛에 맞는지 애처롭게 바라본다. 나는 억지로 겨우 먹는다. 정말 맛있는 요리였지만 몸이 아프니 입맛도 없다(중수도 한바탕 앓고 난 뒤라서 입맛이 없기는 나와 마찬가지였다). 아위안이 실망할까 봐 "맛있구나." 하고 말해 주면 아위안은 의심쩍어하면서도 "엄마, 고마워요." 하고 기뻐한다. 또 중수가 먹는 모습을 보면서 "아빠 고마워요." 한다. 중수와 나는 맛있다는 말을 곧이곧대로 믿는 아위안을 보고 웃는다. 하지만 아위안은 먹지 않는다. 조금이라도 영양가 있는 음식을 먹

우리 셋

이고 싶어 하는 아위안의 마음을 잘 알기에 중수와 나는 열심히 먹는 시늉이라도 하지만, 아위안은 좀처럼 먹으려 들지 않는다. 종종 음식이 많이 남아도 먹지 않는다.

나는 하루 종일 혼자 괴로워하다가 저녁밥도 짓지 않았다. 점심때 만들어 두었던 반찬이 남아 있지만 버섯 몇 조각, 돼지고기 몇 점으로는 배부르게 먹을 수 없다. 작은 밥솥에 있는 밥도 그나마 내가 반 그릇이나 먹어 버렸다. 아위안은 또 배고프다는 말을 하게 될 것이다. 게다가 혼자 별의별 생각을 다 하는 엄마를 안심시키기 위해 아주 많은 이유를 찾아 걱정하지 말라고 말해 줘야 할 것이다.

— 산상회의니까 3일 동안 할 수도 있어요.
— 잠은 어디서 자는데?
  네 아빠는 수건도 칫솔도 안 가져갔는걸?
— 숙소에 다 있어요.

아위안이 장난스럽게 웃는다.

— 엄마는 파출소에 신고라도 하고 싶은 거예요?

사실 나는 진심으로 파출소에 신고하고 싶다. 하지만 뭐라고 신고를 한단 말인가?

　　아위안은 나를 걱정하느라 저녁밥도 제대로 먹지 못했다. 내일 꼭 학교에 가야 하는 것은 아니지만 시험지 채점도 다 못했고 수업 준비도 아직 덜 했다. 나는 아위안이 마음 편히 일할 수 있도록 자는 척을 한다. 내일은 아위안과 함께 있다고 생각하니 그나마 마음이 좀 놓인다. 하지만 밤새도록 한숨도 자지 못했다.

　　둘이서 아침밥을 차려 먹는다. 아위안은 나더러 산책이라도 하고 오라고 한다. 나는 혼자서는 산책하고 싶지 않다. 아위안은 설거지를 하고 나는 물을 끓여서 보온병에 담는다. 이것도 원래 중수가 담당하는 일이다. 나는 멍하니 어찌할 바를 모르고 집안을 맴돈다. 계속 울리는 전화벨 소리도 나는 듣지 못한다.

　　아위안이 전화를 받는다. 아위안이 반갑게 외친다.

— 아빠!

나도 얼른 전화기 옆으로 달려간다.

— 네……네……네……네……네……

아위안은 수화기에 대고 그저 '네'만 하다가 전화를 끊는다.

— 뭐라고 하니?

급한 마음에 바싹 다가가며 묻는다. 아위안이 손을 들어 막으면서 메모지 한 장을 직 뜯는다. 급하게 메모를 한다. 천상의 신이 쓴 편지처럼 도무지 무슨 글자인지 알아볼 수가 없다.

— 아빠를 찾았어요! 가서 처리해야 할 일이 있어요.

아위안은 양쪽 관자놀이를 지그시 누르며 말했다.

— 지금 좀 정신이 없으니까 다녀와서 말씀드릴게요.

아위안은 급하게 핸드백을 메고 나간다. 나가기 직전에 뒤돌아 보며 말한다.

— 엄마, 걱정하지 말고 계세요. 혹시 내가 저녁밥 먹을 때까지 돌아오지 않으면 기다리지 말고 엄마 먼저 드시고요.

다행이다. 아위안이 전화를 받았고 메모도 해 놓았으니 정말 다행이다. 나는 온 힘을 쥐어짜 내며 걱정하지 않으려고 한다. 하지만 걱정을 떨칠 수 없다. 나는 이런저런 잡생각을 하지 않고 오로지 아위안이 빨리 돌아오기만을 기다린다. 일에서 손을 떼고 오로지 맛있는 밥을 만드는 것에만 집중한다.

나는 퇴직하기 전에 중수와 아위안한테 한 가지 약속을 했다.

— 이제까지 못해 준 것은 퇴직하고 나서 한꺼번에 다 할게요. 끼니마다 맛있는 밥을 만들어 주겠어요.

나이 오십이 다 되도록 그들에게 계속 미안하기만 했다. 나는 집안일에 늘 건성이었고 열심히 하지 않았다. 중수와 아위안은 내 말을 듣고 웃었다.

— 아, 됐어요!

이위안은 에둘러 말하지 않았다.

— 엄마는 칼질도 잘하지 못하잖아요. 예리한 칼은 보는 것도 무서워하고. 성질은 또 좀 급하신가요? 다 익을 때까지 기다

우리 셋

리지도 못하시면서!

중수는 또 이렇게 말했다.

— 밥을 하는 사람이 왜 당신이어야 하지? 퇴직은 쉬라고 하는
것인데 밥을 하면 쉴 수가 없잖아!

사실을 말하자면, 중수와 아위안이 내가 한 요리를 싫어한
적은 없었다. 내가 만든 것을 늘 맛있다고 말해 주었다. 이번에는
더 열심히, 더 정성스럽게 만들어서 둘 다 깜짝 놀라게 해주고 싶
다. 하지만 또 한편으로는 이번에도 틀림없이 다 태워먹을 것 같
고, 맛있게 잘 만들어 놓아도 중수와 아위안이 제때에 돌아와서
먹지 못할 것 같다. 왜냐하면……, 왜냐하면 세상일이란 종종 이
상하게 틀어지고 늘 내 기대나 생각처럼 되는 것은 아니기 때문
이다.

밥이 잘 되었다. 이보다 더 잘 될 수 없을 만큼 맛있게 되었
다. 당연히 실망도 더 커지고 조급한 마음도 더 커진다. 아위안
은 나더러 기다리지 말라고 했지만 어떻게 기다리지 않을 수 있
을까? 오후 4시가 다 되어서 아위안이 돌아온다. 아위안 혼자다.
아위안은 신발을 벗고 슬리퍼로 갈아 신는다. 많이 걸었는지 아

주 피곤한 기색으로 물을 한 컵 따라 마신다. 마음이 덜컥 내려앉는다. 하지만 아위안의 목소리는 자신감이 넘쳤다.

— 찾았어요! 주소가 맞더라고요. 차를 두 번 갈아탔는데 바로 찾았어요. 그런데 줄을 두 번이나 잘못 섰어요. 한번은 줄이 아주 길었는데 정말 원통했다니까요! 내 차례가 됐는데 창구 안의 직원이 "당신은 여기에서 줄 서면 안 돼요. 뒤로 가서 줄을 다시 서요." 하고는 더 이상 상대도 안 해 주는 거에요. 참나, 도대체 '뒤쪽'이 어디냐고요? 사람들한테 아빠가 말해준 곳을 물어봤더니, 모두 모른다고 해요. 퇴근 시간이 되어서 사무실에 있는 직원들이 다 가버릴까 봐 걱정하고 있는데 갑자기 뒤에 사무실이 하나 더 있는 게 보였어요. 창구 앞에 사람도 있었는데 막 창구를 닫으려고 하고 있더라고요. 얼른 뛰어가서 "구이다오가 어디에 있나요?" 하고 물어보니, "바로 여기예요."라고 하더라고요. 후유, 안도의 한숨이 나왔어요. 혹시라도 내가 주소를 잘못 알고 온 거라면 또 어디로 가서 찾나 하고 걱정했거든요.

— 구이다오?

우리 셋

도무지 무슨 소리인지 알 수가 없다. 저절로 눈살이 찌푸려진다.

— 네, 엄마. 제가 처음부터 말씀드릴게요. 아빠가 발표를 끝내고 급하게 전화를 했어요. 무슨 대회당 같은 곳으로 가서 회의를 해야 한다고요. 교통편은 비행기, 기차, 승용차, 고속버스 뭘 타고 가도 되는데, 비행기표, 기차표 할 것 없이 차표가 없대요. 일찍 가서 앞줄에 앉으려고 사람들이 끼어들고 난리인데 아빠는 누가 끼어들어도 그냥 놔둔대요. 아빠는 괜찮다고요. 아빠는 구이다오에 가는 배표를 샀는데, 아빠 말고는 그곳에 가는 사람이 없어서 혼자 배에 올라탔다고 했어요. 아빠가 한 자 한 자 똑바로 말해줬어요. '구이다오'에 있는 창구 직원은 "이제 점심시간이라 문 닫습니다. 오후에 다시 오세요."라고 하면서 창구를 닫았어요. 사실 점심시간까지 아직 5분이나 더 남았는데 오후 2시에 다시 시작한다고 말하면서 그냥 닫아 버렸어요. 어디 멀리 나가지도 못하겠고, 근처에 먹을 것을 살 만한 곳도 없어서 그대로 창구 밑에 자리를 잡고 앉아서 기다렸어요. 오후 2시 17분? 18분쯤 됐을까? 창구를 다시 열더라고요. 제가 창구 앞에서 계속 기다리고 있는 걸 보고 좀 미안했는지 "가족이에요? 가족도 직

계가족만 돼요."라고 했어요. 그러니까 엄마랑 나, 이렇게 직계가족인 두 사람만 되는 거죠. 직원이 객잔 주소를 줬어요. 우리가 그쪽으로 가서 직접 등록을 해야 된대요. 어떻게 하는지는 그 사람이 전부 상세하게 알려줬어요. 오늘 그쪽으로 가서 등록하기에는 이미 늦었어요. 전부 다 퇴근했을 거에요. 엄마, 아무리 마음이 급해도 소용없어요. 내일까지 기다릴 수밖에요.

나는 고깃국을 데워서 우선 요기부터 하라고 아위안에게 준다. 나도 같이 국물을 두어 모금 마시고 아위안에게 묻는다.

— 그런데 '거기'가 도대체 어디냐?
— 제가 다 적어 놓았어요. 적을 것이 자질구레하게 아주 많았는데, 좌우지간 여기에다 다 적어 놓았어요.

아위안은 가죽 가방 속에 들어 있던 노트를 꺼내 보여 준다.

— 현금을 좀 준비하고 통장도 가지고 가야겠어요. 등록을 한번에 끝내고 혹시 남으면 환불하는 게 낫지, 등록을 하다가 돈이 모자라면 중간에 계속할 수 없으니까요.

우리 셋

중수가 납치된 것 같다는 의심이 더 강해진다. 하지만 정말로 그렇다면 아위안이 모를 리가 없으니 나는 아위안에게 그 말을 하지 못한다. 준비해 놓은 저녁을 다시 데운다. 아위안과 둘이서 무슨 맛인지도 모르는 밥을 먹는다. 점심과 저녁, 두 끼니를 한 번에 몰아서 먹는다.

나는 의심에 찬 눈으로 아위안에게 묻는다.

— 등록하는 데 얼마나 걸릴까? 짐을 어떻게 챙겨 가야 하려나?
— 갈아입을 옷 두 벌이면 돼요. 생활용품이 객잔에 다 있으니 돈만 가지고 가면 될 거예요. 뭐든지 다 있어요.

아위안은 노트에 빼곡하게 적어 놓은 것을 들여다보면서 내가 묻는 말에 간단하게 대답해 주었지만 나는 건성으로 듣는다.

아위안은 이미 몇 번이나 한 말을 또 한다.

— 엄마, 걱정하지 마세요. 제가 있잖아요. 내일이면 아빠를 볼 수 있어요.

하지만 걱정하지 말라는 말을 들으면 나는 또 걱정하는 말을 참지 못한다.

— 나는 아빠가 혼자 애태우고 있을까 봐 걱정이다. 그래도 아빠가 웬일로 전화할 생각을 다 했는지, 더구나 네가 받았으니 얼마나 다행이냐, 나였으면 똑똑히 기억이나 할 수 있겠니? 나는 이제 밖에 나가면 길도 모르고 차도 탈 줄 모르니 정말 밥통이지 뭐냐.

아위안은 익살스럽게 혀를 널름 내밀고 어깨를 으쓱 추켜올린다.

— 그 밥통에는 밥풀 몇 알하고 국물 한 숟가락만 들어 있군요.

아위안의 말에 웃음이 나온다. 아위안이 나를 위로한다.

— 아무튼 걱정하지 마세요. 제가 엄마를 객잔으로 모시고 가서 떡하니 앉혀 줄 테니까. 엄마가 길 몰라도 돼요. 차도 탈 필요가 없고요. 나만 왔다 갔다 하면 돼요. 수업은 해야 하니까.

아위안은 노트에 적어 놓은 것을 자세하게 들여다본다. 나는 내 작은 핸드백 속을 한참 뒤적여서 현금과 통장을 꺼내 아위

우리 셋

안에게 준다.

다음날 아침 일찍 집을 나선다. 아위안은 어깨에 자기 가방을 메고, 손에는 내 가방을 들고 나를 부축한다. 우리는 택시를 타고 아주 멀고 먼 버스 정류장에 도착한다. 아위안은 가방 두 개를 메고, 들고, 나를 부축한 채로 사람들로 꽉 찬 버스에 올라탄다. 우리는 버스를 타고 또다시 아주 멀고 먼 어느 곳으로 간다. 버스는 어느 황량하고 외진 곳에다 우리를 내려 준다. 길옆으로 아주 좁은 길이 한 갈래 나 있는데 오래된 나무 판자로 만든 팻말에 '구이다오'라는 세 글자가 소전체로 쓰여 있다. 구이다오 밑에 작은 글씨로 여러 줄 설명이 있는데, 안경을 끼지 않아서 어른어른하고 잘 보이지 않지만 바링다오, 셴양다오 같은 내가 아는 지명이 있는 것 같다. 아위안은 빠른 속도로 읽어 내려가다가 손으로 한 곳을 탁 짚는다.

— 다 왔어요. 여기예요. 엄마, 이제 311호만 찾으면 돼요. 아빠 번호가 311호예요.

아위안의 손을 잡고 길모퉁이를 돌아가니 입구가 보인다. 아위안이 작은 창문이 달린 문 위의 어딘가를 꾹 누르자 '딩동' 하는 소리가 들린다. 순간 문 위의 작은 창문이 열리고 창구가 나

타난다. 아위안이 신분증을 내보이자 창문은 다시 닫히고 문이
열린다. 우리가 들어간 문은 어느 객잔의 후문이었다. 우리가 객
잔 안으로 들어가자마자 문이 즉시 닫힌다.

객잔은 북향으로 지어진 작은 건물로 후문은 건물의 남쪽에
있었다. 객잔 안으로 들어가니 바로 프런트가 보인다.

— 엄마, 피곤하시죠?

아위안은 프런트 옆에 자리를 잡고 앉아 나도 와서 앉으라
고 손짓을 한다. 아위안은 자신이 들고 있던 내 핸드백을 내 옆
자리에 놓아두고 프런트로 가서 등록을 한다. 아위안은 가지고
온 각종 증명 서류를 제출한다. 직원은 하나하나 자세히 살펴 보
고 난 후에 아위안에게 등록 서류를 내밀며 빠짐없이 기입하라
고 한다. 아위안은 한 장을 채우고, 또 한 장을 채우고, 또 한 장,
또 한 장, 빠짐없이 기입하고 난 후에 비용을 낸다. 난 속으로 납
치범이라고 말하기에는 직원이 너무 공무원 같아 보인다고 생각
한다. 프런트 직원은 아위안이 제출한 예금 증서를 등록하면서
안내를 해 준다.

— 우리 객잔이 조금 누추하기는 하지만 관리는 최신식이랍니

우리 셋

다. 길가에 있는 크고 작은 정자들까지 모두 하나의 객잔으로 리모델링했어요. 서로서로 연결되어서 길게 이어지는데 그 모양이 마치 한 마리의 용을 보는 것 같지요. 숙박 키를 받고 나면 모든 객실에 숙식이 제공되고 각종 편의 시설도 무료로 이용할 수 있습니다. 여행객의 의복과 생활용품도 객잔 장부에 기입하고 제공합니다. 객실을 떠날 때 물품들을 정리해서 프런트에 반납해 주세요. 선상의 여행객들은 모두 선상 측에서 따로 관리하니 그쪽 일에 대해서는 관여하지 마시고 각 객실의 방문객들은 우리 객잔의 규율을 준수해야 합니다.

프런트 직원은 경고문 한 장과 규칙이 적힌 종이 한 장을 꺼낸다. 경고문은 빨간 바탕에 검은 글자로 인쇄되어 있는데 글자가 아주 크다.

1. 구이다오를 따라 걸을 것, 길이 없는 곳에, 가지 말 것.
2. 보이지 않는 곳에, 가지 말 것.
3. 모르는 일은, 묻지 말 것.

규칙은 하얀 바탕에 검은 글씨이다. 역시 글자가 아주 크다.

1. 석양이 뱃머리를 비추면 즉각 객잔으로 돌아올 것.
   구이다오는 황량하고 외진 곳임을 명심할 것.
   출입문이 잠긴 후에는 문을 두드려도 열어주지 않음.
2. 모든 객실에 휴식, 식사, 편의를 위한 서비스가 제공됨.
   이용에 차질이 없기를 바람.
3. 하선 후에는 기존의 객실로 돌아올 것.

프런트에서 객실 번호가 적힌 동그란 숙박 키를 주고는 뒷면에는 지문을 찍으라고 한다. 정중하게 다시 한번 당부하면서 객잔에 출입할 때는 반드시 숙박 키를 지니고 있어야 하며, 규칙을 준수하고 경고문을 잊지 말라고 한다. 가장 통제하기 힘든 것이 '입'이니 경고문 중에서도 세 번째 경고문에 특히 주의하라고 한다.

객잔에서는 식사를 준비하고 있으니 밥을 먹고 가라고 한다. 좀 이상한 생각이 든다. 특히 그 경고문 제3항이 정말 이상하다. 모르는 것이 너무 많은데 왜 물어볼 수 없단 말인가? 물어보면 좀 어때서.

나는 손으로 붉은 경고문 위의 제3항을 가리키며 아주 확고한 목소리로 직원에게 말한다.

— '묻다'라는 단어를 사용할 수 없다! 물음표를 사용할 수 없다!

우리 셋

이렇게 말하는 것은 질문으로 치지 않을 것이다. 하지만 프런트 직원은 무섭게 노려보며 경고한다.

― 그 말은 이미 선을 넘었습니다. 주의하세요!

나는 황급히 대답한다.

― 잘 알겠습니다. 감사합니다.

아위안이 살짝 내 손을 꼬집는다. 이것도 경고이다. 밥을 먹고 핸드백에서 옷핀을 꺼내서 옷 소매에 꽂는다. 나는 평소에 기억할 일이 생기면 옷 소매에다가 옷핀을 꽂아 놓는다. 옷핀을 보면 꼭 기억해야 할 일이 생각난다.

프런트 옆에 큰 출입문이 있는데 한쪽은 닫혀 있고 한쪽만 열려 있다. 북쪽을 향해서 열려 있는 이 문이 정문인 것 같다. 우리는 정문으로 나간다. 갑자기 천지가 뒤바뀌는 느낌이 든다.

구이다오에서 만나다

숨이 턱턱 막힌다. 자욱한 안개가 공기 속에 꽉 차 있어 오백 보 이상으로는 앞이 보이지 않는다. 문에서 나가니 바로 동서로 가로질러 있는 긴 강둑이 보인다. 모래로 쌓은 강둑인데 폭이 상당히 넓어서 차 두 대는 충분히 지나갈 수 있을 것 같다. 강둑으로 올라가는 언덕에는 석판이 쌓여 있다. 강둑 아래 남쪽에 작은 객잔이 있고 강둑 너머 위, 북쪽으로 수로가 있다. 작은 객잔의 문 앞에는 새로 칠을 한 간판이 걸려 있는데 큰 글씨로 '객잔'이라는 두 글자를 써 놓았다. 길 양쪽으로 오래된 버드나무가 죽늘어서 있다. 강둑 아래는 온통 잡목과 잡초가 우거지고 무성한 담쟁이덩굴이 길옆에 있는 나무 위까지 타고 올라가 엉켜 있다.

우리 셋

황량한 들판 저 멀리에 고귀하게 우뚝 솟아오른 푸른 봉우리가 보인다. 아마도 누군가의 능묘인 듯하다. 동쪽에는 무성한 숲이 객잔을 에워싸고 있다. 나는 아위안과 걸어서 수로 쪽에 가까운 강둑으로 간다. 높고 가파른 강둑 위로 올라가니 멈춘 듯 고요하고 잔물결조차 일지 않는 강물이 보인다. 강물은 아주 맑아서 밑바닥까지 깨끗하게 보인다. 잔뜩 구름 낀 무거운 하늘이 물위로 그림자를 드리운다. 마치 하늘과 땅이 점점 가까워져서 결국은 하나로 합쳐질 것 같다. 하늘과 땅 사이가 점점 좁아지는 것 같아 숨이 막힌다. 굽이굽이 흐르는 강물은 서쪽을 향해 흘러간다. 아득히 먼 곳으로, 강가에 가지런히 자란 푸른 풀들이 계속해서 이어지고 있다.

구이다오를 힘들게 걸어간다. 길바닥이 오래된 버드나무 뿌리로 뒤덮여 있어 울퉁불퉁하고 군데군데 석판의 가장자리가 깨져서 움푹 팬 곳이 많아 걷기가 쉽지 않다. 강에는 배가 한 척도 보이지 않는다. 아위안은 나를 부축하며 걷는다.

— 엄마, 조심하세요. 발밑을 보면서 걸어요.

나도 아주 조심해서 걷는다. 앓고 난 후 혼자 걸을 수 있게 된 지 얼마 되지 않았다. 더욱 조심해야 한다. 나는 평지를 골라 걷는다. 아위안이 힘들지 않도록 기대지 않고 걸으려고 애를 쓴다. 하지만 아위안은 이미 많이 지쳤을 것이다. 걷고 또 걷는다(많이 걸은 것 같은데도 뒤돌아보면 아주 조금 더 앞으로 나아간 것뿐이다). 마침내 강기슭에 작은 배 한 척이 보인다. 아위안과 나는 작은 배가 있는 곳을 향해 정신없이 뛰어갔다.

뱃머리 옆으로 긴 대나무 삿대가 꽂혀 있고. 닻줄이 걸려 있다. 아주 작은 배다. 하지만 작다고 해도 배의 앞뒤에 뱃머리, 뱃고물이라고 말할 수 있는 부분이 다 있다. 하지만 배의 방향키와 노는 보이지 않는다. 뱃고물과 강기슭 사이에 발판이 놓여 있다. 발판은 구이다오의 가파른 언덕 밑으로 한참을 내려가야 하는 곳에 있다.

아위안이 걸음을 멈춘다.

— 엄마, 저 배가 아빠 배예요. 배 뒤에 번호가 적혀 있어요, 311호.

내 눈에도 '311호' 번호가 보인다. 아위안이 먼저 언덕을 내려간다. 나도 뒤따라 내려간다.

— 아위안, 걱정 말고 앞장서 가거라. 엄마도 조심해서 네 뒤에

우리 셋

따라가고 있으니까…….

하지만 아위안은 발판을 처음 보았기 때문에 발판 위로 올라가지 못하고 주춤거리고 있다. 내가 먼저 발판을 딛고 배 위로 올라가서 아위안에게 손을 내민다. 아위안도 조심조심 발판을 딛고 올라온다. 두 사람 모두 배 위로 올라온다.

배 안은 아주 깨끗하다. 뱃고물에는 아무것도 없지만, 뱃머리에 깨끗한 침대가 놓여 있다. 백설같이 하얀 침대보와 베개가 마치 병원 같은 느낌을 준다. 중수는 모로 누워 아주 편안하게 자고 있다. 숨을 쉴 때마다 배가 고르게 올라갔다 내려갔다 한다.

나는 뱃고물 위에 신발을 벗어 놓고 침대 가까이 다가간다. 꼭 다문 입, 눈물을 머금은 눈, 얼굴에 남아 있는 눈물 자국이 보인다. 베갯머리에 깨끗한 손수건이 한 장 널려 있다. 그날 아침에 가지고 나갔던 중수의 손수건이다. 접힌 흔적이 없는 걸 보니 다시 빨아서 널어놓은 것 같다. 작은 배 안에는 아무도 없다.

그런데 뱃사공이 왜 없을까? 손수건을 빨아 널어 놓은 뱃사공의 아내도 있을 법한데, 두 사람 모두 강둑 위에 있는 마을에 있는 것인가? (혼자 마음속으로만 이런저런 생각을 한다)

중수의 이마를 짚어보니 열은 없다. 나는 손수건으로 눈물을 닦아 주면서 귓가에 대고 "중수, 중수." 하고 살짝 불러보았다.

아위안은 아이처럼 얌전히 내 옆에 앉아 있다.

갑자기 중수가 눈을 번쩍 뜬다. 안경을 쓰지 않아서 아름다운 쌍꺼풀이 그대로 드러난다. 하지만 얼굴이 너무 초췌하다. 중수는 이제 안심이라는 듯이 "지캉, 아위안." 하고 우리를 부른다. 하지만 힘없는 목소리가 너무 작다. 중수는 얼굴을 잔뜩 찌푸린 채 들릴 듯 말 듯한 목소리로 서럽게 말한다.

— 그 사람들이 어딘지도 모르는, 아주 높고 높은 곳으로 나를 데려갔었어. 그러다가 다시 내려보냈지. 얼마나 멀고 먼 길을 걸어왔는지 모르겠어. 피곤해서 눈조차 제대로 떠지지 않았는데 잠을 잘 수도 없었어. 물 위에서 배가 움직이는 소리를 들었는데, 지금 내가 배 위에 있나? 계속 당신과 아위안이 나를 못 찾을까 봐 애가 탔어.

— 아빠, 우리가 왔잖아요. 이제 걱정하지 마세요.

— 아위안이 나를 데리고 와 줬어요. 길 찾느라 고생도 안 하고 잘 찾아왔어요. 눈 뜨기 힘드니까 그냥 감고 있어요. 이제 마음 놓고 한숨 주무세요.

눈을 계속 뜨고 있기가 피곤했는지 중수는 내 말을 듣고 바로 눈을 감았다.

우리 셋

배 위에는 의자도 없고 딱히 걸터앉을 만한 곳도 없다. 아위안과 나는 그냥 바닥에 양반다리를 하고 앉는다. 중수가 이불 밖으로 손을 내밀어 손가락을 까닥까닥 움직인다. 손을 잡아 달라고 하는 것이다. 아위안은 침대 발치에 앉아 중수의 발을 만진다. 중수는 발을 흔들어 화답한다. 우리 셋은 이렇게 다시 만났다. 그 어떤 말도 필요 없이 우리는 함께 있는 것만으로 편안함을 느낀다. 나는 중수의 손을 잡은 채로 침대 위에 얼굴을 대고 엎드린다. 아위안은 아빠의 발을 잡은 채로 고개를 침대에 기댄다. 비록 구이다오이지만 우리 가족은 함께 있다.

우리는 배 안을 둘러본다. 중수의 안경이 보이지 않는다. 신발도 없다. 뱃머리에 물건을 넣는 수납장으로 보이는 것이 있는데 열어 볼 엄두가 나지 않는다. 뱃머리 쪽에 있는 돌의자는 아마도 배를 고정하려고 놓아둔 것 같다. 갑자기 아위안이 소리친다.

— 어머, 큰일 났네, 엄마 저 오늘 수업이 있었는데 완전히 잊어
  버렸어요! 내일도 학교에 가야 해요.
— 지금 간다고 해도 이미 늦어서 수업은 못 하겠구나.
— 여태까지 한 번도 수업을 빼먹은 적 없었는데, 아마 집으로
  전화를 했을 거예요. 아, 보충 수업도 해야 하니까, 오늘 저녁
  에 집에 가서 학과 사무실로 전화해야겠어요.

아위안이 돌아가고 나면 나 혼자만 객잔에 남겨질 것이다. 난 늘 내가 독립적이라고 생각해 왔는데, 지금은 내가 아위안에게 매달려 있는 담쟁이덩굴 같다는 생각이 든다. 하지만 아위안을 마냥 붙잡아 둘 수는 없는 노릇이다. 그나마 등록은 다 마쳤고, 객잔이 배에서 멀지 않으니 다행이다. 나는 한숨을 쉬었다.

— 퇴직을 앞당겨서 해야겠구나. 아빠는 나이가 많고 엄마도 정신이 흐릿해서 네 부담이 너무 크다고 말하고. 네가 집필하고 있는 교재도 하권을 또 써야 하잖니, 상권은 출판했지만……

— 엄마, 모르는 소리 마세요. 가르치면서 새롭게 알게 되는 것들이 있어요. 그런 내용을 반영해서 더할 것은 더하고 고칠 것은 또 고쳐야 해요. 이미 출판한 상권도 수정할 것이 많아요. 엄마가 제 퇴직을 바라고 계신 것은 잘 알고 있지만, 앞으로도 3년에서 5년 정도는 퇴직하기 어려울 거예요.

부끄럽다. 아무 쓸모가 없는 사람은 나 하나뿐이다. 아무 말 없이 가만히 앉아 있는데 석양의 빛이 배 안으로 넘어 들어온다. 나는 작은 목소리로 말한다.

우리 셋

— 석양이 뱃머리를 비추기 전에 객잔으로 돌아가야 하는데, 아
빠가 계속 이렇게 주무시면…….

나는 소매 끝의 옷핀을 만지작거리면서 머뭇거렸다.

— 깨우면 되죠, 뭐.

아위안은 결단력이 있다. 아빠를 닮았다.

중수는 깊이 잠든 것 같다. 구름 뒤로 붉은 노을이 번진다.
선혈 같은 석양의 빛은 아직 뱃머리에 닿지 않았다. 중수가 갑자
기 눈을 뜬다. 우리를 바라보며 스스로 안심하려는 듯 우리 이름
을 부른다.

— 지캉……. 아위안…….

우리는 서둘러 중수에게 석양이 뱃머리에 닿기 전에 객잔으
로 돌아가야 한다고 말한다.

— 아빠, 저는 매주 일요일에 아빠를 보러 올게요. 엄마는 매일
매일 와서 아빠를 돌볼 거고요. 여기서 편안히 계세요.

— 그래, 알았다.

　중수는 잠귀가 밝다. 잠들었다 해도 반쯤은 깨어있는 것과 마찬가지이다. 갑자기 중수는 굳게 다물고 있던 입꼬리를 위로 올리고 장난꾸러기 같은 미소를 지으며 의미심장하게 나를 바라본다.

— 지캉, 아직도 꿈을 꾸고 있는 거야?

　순간, 나는 멍해진다. 머릿속이 텅 비어 어쩔 줄 몰라 하고 있는 중에 입이 제멋대로 대답한다.

— 지금 꿈을 꾸고 있는 것 같기는 해요.

　엉뚱한 말을 한 것은 나도 잘 알고 있지만 왜 갑자기 이런 말이 튀어나왔는지 알 수가 없다. 아위안이 몸을 일으킨다.

— 이제 가야겠어요. 아빠, 저는 아빠 보러 일요일 날 올게요, 엄마는 바로 내일, 또 올 거예요.

　　　　　　　　　　　　　　　　　　　　　　우리 셋

중수가 대답한다.

― 잘 가거라.

나도 중수에게 인사를 한다.

― 잘 자고, 내일 봐요.

아위안과 나는 얼른 뱃고물 위에 벗어둔 신발을 찾아 신고
다시 발판을 건넌다. 내가 먼저 건너고 아위안의 손을 잡아 끌어
준다. 아위안은 옆으로 서서 한 발 한 발 조심스럽게 옮기며 내
가 이끄는 대로 발판을 건너온다. 배에서 내려 또 구이다오를 걷
는다. 구이다오는 길이 험하고 나는 빨리 걷지 못하니 객잔의 문
이 잠기기 전에 도착하려면 서둘러야 한다.
객잔에 도착해서 아위안이 말한다.

― 엄마, 엄마랑 같이 있고 싶지만 얼른 집에 가서 전화를 해야
해요. 수업 스케줄도 잡아야 하고……. 엄마, 이제 엄마 혼자
예요.

아위안은 차마 나를 혼자 두고 갈 수 없어 발길이 내키지 않는다. 하지만 객잔은 배에서 그리 멀지 않은 곳에 있고, 내 마음만 편하게 하려고 아위안을 힘들게 할 수는 없다.

— 이제 혼자서도 잘 걸으니 아무 걱정 말거라. 지금 서둘러 출발해야 차가 안 막힐 테니 밥도 못 먹고 가겠구나.

　　우리가 객잔 안으로 들어오자 바로 문이 철커덕 잠긴다.

— 엄마, 걸을 때 조심하세요. 좀 늦어도 천천히 걷는 게 나아요.
— 걱정하지 말라니까. 너도 집에 가서 일찍 자거라.

　　아위안은 "네." 하고는 급히 후문으로 나간다. 아위안이 나가자마자 후문도 바로 철커덕 잠긴다. 이제 정문도, 후문도, 모두 굳게 닫혀 있다.
　　나는 늘 앉았던 계단 밑의 자리에 앉아 저녁밥을 기다린다. 기름지지 않은 것으로 주문을 하고 식당 안을 둘러보며 구경을 한다. 카운터, 주방, 식당 주인, 종업원…… 여자 종업원이 사근사근하게 웃으며 인사를 한다. 나도 미소 지으며 인사를 한다. 카운터 맞은편에 음식이 나가는 창구가 보인다. 창구 옆에는 회전식 테이블이 있는데 테이블 위에 올려진 각종 음료와 만두, 밥과 반찬들이 창구를 통해서 밖으로 나간다. 점심때는 창구 앞을 막아 놓아서 보지 못했다. 여자 종업원에게 말한다.

— 저쪽 테이블이 바쁜 것 같으니 저는 천천히 주셔도 돼요.

그러자 여자 종업원이 설명해 준다.

— 바깥에 남북으로 나 있는 길이 있어요. 그 길을 지나가는 손님들한테 차도 팔고, 간단한 음식도 파는 거예요.

나는 손가락으로 천장을 두 번 가리킨다. 경고문 때문에 입으로 물어볼 수는 없는 노릇이다. 여자 종업원은 2층에는 창고와 관리 직원들 숙소가 있다고 말해 준다. 하지만 다른 손님은 없다고 한다.

내 방은 2층 세면실 옆에 있는 방이다. 방은 아주 깨끗하고 내 가방도 이미 방 안으로 옮겨져 있었다. 많이 걸어서 피곤했는지 나는 침대에 눕자마자 그대로 잠이 든다.

나는 가벼운 꿈이 된다. 높은 곳에 올라가서 강가에 있는 배를 보고 싶다고 생각하면 눈 깜짝할 사이에 객잔 바깥에 있는 전봇대의 가로등 위에 올라가 있다. 구이다오 건너편의 강이 보이지 않으니 강가에 있는 배는 당연히 보이지 않는다. 더구나 배 위에는 등불도 없다. 객잔 남쪽은 아주 아름답다. 빨강, 노랑, 파랑, 초록색 등이 형형색색의 불빛으로 불야성을 이루고 있었다. 베이징이다. 산리허는 어디쯤일까? 생각하니 또 눈 깜짝할 사이에 산리허의 우리집, 안방 창문 밖에 있는 측백나무 꼭대기에 올라가 있다. 방마다 전등이 모두 꺼져 있고 아위안은 어디쯤 오고 있는지, 어떤 버스를 타고 오는지 모르겠다. 내일 사위가 아침을 먹으러 온다고 했는데, 우리 집 일을 알고 있을까? 하고 생각하는 순간, 나는 시스차오에 있는 아위안의 시댁에 있다. 집안의 불이 모두 환하게 켜져 있다. 아! 아위안이다. 아위안이 수화기를 내려놓고 식탁으로 가서 의자에 앉는다. 아위안의 시어머니가 아위안 옆에 앉아 있고 사위는 아위안에게 국을 떠 주면서 말한다.

— 나도 가서 뵐 수 있을까?
— 안 돼요. 엄마와 나, 이렇게 둘만 된다니까요.

아위안의 시어머니가 말한다.

— 너는 여기로 다시 옮겨 오면 어떻겠니?

54

아위안이 대답한다.

— 책이 다 저쪽 집에 있는 걸요. 그리고 학교도 저쪽 집이 더 가까워요. 저는 밥만 먹고 저쪽 집으로 가야 할 것 같아요.

나는 아위안에게 몸을 기대고 그들의 대화를 듣는다. 그리고 아위안을 따라서 차를 타고 산리허의 집으로 돌아온다. 아위안은 샤워를 마치고는 바로 자지 않고 밤늦게까지 수업 준비를 한다. 나는 꿈이 되어 생각만으로 빠르게 이동할 수 있지만 그것 외에는 아무것도 할 수가 없다. 아위안에게 일찍 자라는 말 한마디조차 할 수가 없다. 꿈도 피곤함을 느낀다. 침대 머리맡과 옷장 사이에 있는 구석으로 들어가 몸을 기댄다. 나는 점점 희미해지다가, 마침내, 사라져버린다.

아침에 눈을 뜨니 객잔의 침대 위에 누워 있다. 손과 발은 피곤이 풀렸다. 아침밥은 이미 먹었고, 조금이라도 중수를 일찍 만나고 싶어서 서둘러 길을 나선다. 어제 왔던 기억을 더듬어 중수의 배가 있던 지점까지 왔는데, 언덕 아래 중수의 배가 보이지 않는다.

순간, 나는 당황했다. 물 위에 떠 있던 배가 어디론가 다른 곳으로 이동할 수도 있다는 생각을 왜 하지 못한 걸까? 도대체 중수의 배는 얼마나 멀리 갔을까? 내 옆에는 함께 의논할 사람도 없다. 혼자서 어찌할 바를 모르고 머뭇거린다. 나 혼자 급히 걷다가 넘어지면 어떡하나? 배를 찾지 못하면 어떡하나? 가장 두려운 것은 내가 걸음이 느려서 움직이는 배를 따라잡지 못하는 것이다. 조심조심 중수의 배를 찾아 걷고 있는데 구이다오 왼편에 객잔이 하나 보인다. 객잔에 들러 밥도 먹고 잠시 쉬었다가 가야겠다는 생각이 든다. 객잔은 식당 주인과 종업원만 다르고 지난 밤 내가 묵었던 객잔과 똑같은 객잔이다. 나는 자주 오는 손님처럼 익숙하게 숙박 키를 보여주고 들어간다. 나는 손을 씻고 다시 또 길을 나선다. 마음은 계속 불안하기만 하다. 다행히 얼마 못 가서 구이다오 오른편 언덕 아래에 '311호' 배가 예전 모습 그대로 있는 것이 보인다. 나는 배 위로 올라가서 뱃고물에 신발을 벗어 놓는다. 중수는 등에 베개를 괴어 기대고 비스듬히 누워 나를 기다리고 있다. 중수가 묻는다.

— 아위안은?
— 학교에 갔어요.

나는 저번처럼 양반다리를 하고 중수의 침대 머리맡에 앉는다. 중수 이마를 짚어보니 열도 없고, 얼굴과 목이 면도를 했는지

우리 셋

매끈하다. 베개 위쪽으로 그의 손수건이 보인다. 새로 빨아서 널어 놓은 것이다. 정신이 맑은 걸 보니 상태가 많이 호전된 것 같다. 다만 살이 급속도로 빠졌고 얼굴도 많이 상했다.

— 하루 종일 당신을 기다렸단 말이야…….

나는 넘어질까 봐 조심해서 걷느라 빨리 오지 못했다고 말해 준다.

그리고 지난 밤 아위안이 나왔던 꿈 이야기를 진짜 일어난 일처럼 하나하나 이야기해 준다. 중수는 내 이야기를 아주 재미있게 듣는다. 하지만 '당신은 그곳에 있지도 않았는데 어떻게 그렇게 잘 아느냐'고 묻지 않는다. 그는 나를 기다리느라 지쳤는지 눈을 감고 있다. 나도 꿈이 되어 지치고, 걷느라 지치고, 계속 긴장과 불안 속에 있어 지쳤다. 나도 눈을 감는다. 중수의 침대 가장자리에 얼굴을 대고 엎드린다. 중수 옆에 있으니 마음이 편안하다. 이제 또 돌아가야 할 시간이다. 나는 몸을 일으키며 가야한다고 말한다. 중수가 인사를 한다.

— 내일 봐. 서두르지 말고, 걸을 때 조심하고…….

중수 말대로 나는 한 걸음, 한 걸음, 아주 조심해서 객잔으로 돌아온다.

하지만 마음속에 커다란 돌덩어리가 얹혀 있는 것 같다. 나처럼 아위안도 배가 원래 있던 자리에 그대로 있을 거라 생각하면 어쩐다? 배가 하룻밤을 더 간다고 하면 일요일에 아위안은 어디에 있는 객잔으로 와야 나를 볼 수 있을까?

객잔은 '한 마리의 용'처럼 서로 연결된 것이 확실하다. 내 가방이 어느새 두 번째 객잔의 방으로 옮겨져 있었다. 나는 또 똑같이 하룻밤을 자고, 꿈이 되어 아위안의 주변을 맴돌다가, 또 똑같이 새로운 객잔을 들러 중수의 배를 찾는다. 중수는 또 똑같이 나를 기다리고 있고, 나는 또 똑같이 중수의 침대 옆에 앉아서 그와 함께 있다.

하루가 가고, 또 하루가 간다. 이상하게도 나는 언제가 일요일인지도 모르면서 매일 매일 일요일을 기다린다. 하루는 밥을 먹고 손을 씻은 다음 막 문을 나서려는데, 문득 "엄마!" 하고 부르는 소리가 들린다. 돌아보니 아위안이 늘 메고 다니는 가방도 메지 않고 있다. 꿈에서 아위안은 잠자기 전에 가방 정리를 꼭 하고 잤다. 왜 가방을 메지 않았느냐고 묻고 싶지만, 질문을 할 수 없으니 그저 이렇게 말한다.

— 가방을 메지 않았구나.

아위안은 가방이 필요 없다고 말한다. 호주머니에서 작은 지갑을 꺼내어 내게 보여 주고는 내 손을 잡고 함께 길을 걷는다. 아위안이 나를 찾아낸 것이 놀랍고 감탄스럽다. 어떻게 찾았느냐고 묻고 싶지만 질문을 할 수 없으니 그저 이렇게 말한다.

— 네가 우리를 못 찾을까 봐 걱정했단다.

아위안이 말한다.

— 대충 짐작할 수 있었어요.

아위안은 구이다오 사무실에서 배의 항로표를 받았고 날짜를 계산해서 찾았다고 한다. 나는 그제야 마음속에 얹혀 있던 커다란 돌덩이를 내려놓는다.

나는 아위안과 함께 중수의 배로 간다. 중수는 아위안을 보자 매우 기뻐한다. 힘들어도 눈을 감지 않는다. 나 역시 몸은 지쳐 힘들어도 마음은 즐겁다. 우리는 배 위에서 또 이렇게 만난다.

나는 아위안이 돌아갈 때 조용히 당부한다. 저녁에 일찍 자라고, 제발 밤늦게까지 일하지 말라고. 아위안은 말한다.

— 엄마, 쓸데없는 생각을 많이 하는 것도 일이에요. 생각을 너무 많이 하면 지쳐서 가위에 눌린다니까요.

작년에 아빠가 수술했을 때 아위안도 경추가 아팠다. 지금은 괜찮지만 아위안은 그때 자주 가위에 눌리곤 했다. 아위안이 말한다.

— 엄마는 왜 그렇게 성질이 급한 거예요? 우리는 그저 천천히 주어진 길을 따라서 걸어갈 수밖에 없어요.

하지만 나는 아위안과 함께 어떻게든 방법을 찾은 다음, 몰래 중수를 업고 집으로 도망치고 싶다는 생각을 자주 한다. 하지만 어떻게 가능하단 말인가?

나는 이제 더 이상 가벼운 꿈이 아니다. 나는 고단하고 무거운 꿈이 되어 아위안이 이런저런 일로 바쁜 것을 보고, 아위안이 저녁밥을 먹고 전화를 하는 것을 본다. 한 번은 학생 두 명이 밤늦게 찾아오는 것을 본다. 사위는 우리집 주방에서 물을 끓인다. 물이 끓고 있는 주전자 위에 파스를 올려 뜨거운 김을 쏘인다.

파스를 떼어내어 아위안의 목뒤에 붙여 준다. 이 모든 것이 사실일까? 아위안은 또 경추가 아픈 것일까? 나는 이 모든 것이 사실이라고 중수에게 말해줄 수 없다. 다행히 중수도 묻지 않는다.

버드나무 낙엽이 강둑 위로 떨어진다. 버드나무들이 한 그루, 한 그루 낙엽을 떨구고 앙상한 몸을 드러낸다. 나는 매일 구이다오를 한 걸음, 한 걸음 걸어간다. 나 홀로, 내 그림자를 데리고 낙엽을 밟으며 걸어간다.

일요일이면 우리 세 사람은 배 위에서 만난다. 중수는 이미 많이 쇠약해졌다. 몸을 반쯤 일으킬 수도, 기대고 앉을 힘도 없어서 그냥 반듯이 누워 있다. 언제부터인지 모르겠지만 중수의 틀니가 보이지 않는다. 중수는 늘 끼니를 거르는 사람처럼 나날이 여위어간다. 나는 중수의 이마를 짚어본다. 약간 뜨듯하게 열이 올라 있다. 나는 아위안의 이마를 짚어본다. 두 사람 다 열이 난다. 나는 내 이마를 짚어본다. 그래, 두 사람 다 열이 나는 게 맞아. 아위안이 웃으며 말한다.

— 엄마가 좀 차가운 거예요. 우리가 열이 있는 게 아니고요.

하지만 다음날 중수의 손등에 푸른 멍이 보인다. 링거 주사바늘을 꽂을 때 혈관이 터진 것 같다. 중수는 눈도 뜨지 못하고 더듬더듬 내 손을 찾는다. 내가 손을 잡아주자 중수는 바로 깊고 깊은 잠에 빠져든다. 석양이 뱃머리를 비춘다. 중수는 시간 개념이 또렷해서 이때가 되면 어김없이 눈을 뜬다. 그리고 나를 쳐다보며 고개를 끄덕인다. 나는 말한다.

— 잘 자고, 내일 봐요.

중수는 그저 이렇게 말한다.

— 그만 가 봐.

아위안은 배의 항로표를 보고 정확하게 계산해서 내가 있는 객잔으로 찾아온다. 몇 번 출장 갔을 때를 빼고는 매주 아빠를 보러 왔다. 아위안은 샤먼으로, 쿤밍으로, 충칭으로 출장을 다닌다. 아위안이 출장을 갈 때면 나는 아위안이 비행기에 탔는지, 내렸는지, 그 시간을 꼭 알아 둔다. 아위안이 출장을 가면 나도 꿈이 되지 않고 잠시 쉰다. 중수는 몇 번 링거를 맞고 나니 정상 체온으로 돌아온다. 정신도 다시 맑아지는 듯하다. 우리 둘은 배 위에서 아위안 이야기를 한다.

우리 셋

— 아위안은 정말 부모보다 낫고 조상보다 훌륭한 자손이에요. 당신은 회의에서 발표를 잘 하지만 나는 심장이 먼저 두근대서 한 마디도 제대로 못하잖아요. 하지만 아위안은 회의에 가면 늘 독창적인 의견을 내고, 또 대담하게 말해요. 아위안이 의장을 맡아서 진행한 회의도 몇 번 있었잖아요.

중수는 한숨을 쉬며 말한다.

— 우리 아위안이 훌륭한 인재인 것은 사실이지. 하지만……

아위안은 올 때마다 내가 꿈에서 미처 보지 못한 일들을 재미있게 이야기해 준다. 우리는 늘 배 위에서 만난다. 아위안은 중수처럼 이마가 뜨끈하고 마른기침을 자주 한다. 내가 걱정스럽게 말한다.

— 너는 병원에 가 봐야 할 것 같구나. 얼른 택시를 타고 가서, 다시 또 얼른 택시를 타고 오면 되잖니.

아위안이 말한다.

— 이미 가 봤어요. 만성 기관지염이래요.

아위안이 웃으면서 이야기한다. 큰 가방을 메고 사람들로 꽉 차 있는 버스를 탔더니 옆 사람이 쳐다보며 "아줌마, 왜 아직도 퇴직을 안 하셨어요?"라고 퉁명스럽게 말했다고 한다. 나는 아위안에게 말한다.

— 사람들 많을 때 버스를 타는 건 시간 낭비야. 시간은 금이고 시간은 생명이라고. 꼭 기억해. 외출할 때는 택시!

아위안이 말한다.

— 택시는 길이 막혀서 오도 가도 못해요. 차라리 버스가 빠르 다니까요.

내 꿈은 이미 너무 무겁고 힘겹게 변해 버렸다. 하지만 아위안이 출장에서 돌아오면 나는 여전히 매일 밤 아위안의 주변을 서성인다. 사위가 우리 집에서 전화를 걸어 아위안의 MRI며 CT 같은 검사를 예약한다. 나는 밤마다 가위에 눌린다. 어느 날 저녁, 사위가 우리 집에서 계속 전화를 건다. 사위는 전문의 진료

우리 셋

예약을 이 사람 저 사람에게 부탁한다. 결국 예약을 한다.

　나는 여전히 알 수 없는 의문들로 가득 차서 구이다오를 걷는다. 버드나무를 보며 계절의 변화를 느낀다. 가을바람이 불어오면 우수수 낙엽이 떨어진다. 바람이 한 번씩 불 때마다 낙엽이 우수수 떨어지고, 또 한 번 바람이 불면 낙엽이 또 우수수 떨어진다. 겨울이 되어 앙상한 가지가 모두 드러난다. 나는 한 걸음 한 걸음 구이다오를 걷는다. 한 해가 이렇게 지나간다.

구이다오에서 헤어지다

날이 춥다. 밥을 먹고 2층에 있는 내 방으로 올라가서 아위안이 떠 준 벙어리장갑을 찾아 낀다. 아래층으로 내려오니 아위안이 프런트 앞에 홀연히 서 있다.

— 엄마.

평소보다 훨씬 더 다정하고 부드러운 목소리다. 다녀간 지 얼마 되지도 않았는데 왜 또 왔을까?

— 엄마, 나 휴직했어요. 병이 또 재발했다고 해서요.

아위안은 나에게 오른손 검지손가락을 움직여 보인다(아위안은 어릴 때 골관절결핵을 앓았다. 낫는 데 일 년 가까이 걸렸다).

— 이번에는 요추에 생겼다는데, 입원을 해야 해요.

아위안은 천천히 다가와 내 어깨에 기댄다.

— 아빠를 보러 가고 싶은데……. 허리가 아파서 구부릴 수가 없어요. 걷지도 못하고 계속 선 자세로 있을 수밖에 없어요. 라오웨이(라오웨이는 내 사위다)가 지금 병원으로 데려다줄 거예요. 병원은 시산 아래에 있는 곳인데 공기가 참 좋아요. 의사 말로는 한 반년에서 일 년 정도 치료하면 된다고 해요. 제가 와서 말씀드려야 아빠가 걱정 안 하실 것 같아서 온 거예요. 라오웨이가 후문에서 기다리고 있어요. 라오웨이도 엄마를 뵙고 싶어 해요.

아위안은 나에게 주의를 준다.

— 엄마는 후문밖으로 나가면 안 돼요. 차가 밖에서 대기하고 있어요.

객장의 지배인이 후문을 열어준다. 나는 아위안을 부축한 채로 천천히 걷는다. 문밖에 있던 사위와 몇 마디 말을 나눈다. 사위는 나에게 걱정하지 말라고 한다. 나는 후문 입구에 서서 사위가 아위안의 허리를 조심하면서 차에 태우는 것을 본다. 아위안은 창문을 내리고, 장갑을 벗고, 창문 밖으로 손을 내민다. 그 조그마한 흰 손을 흔든다. 내 눈길은 아위안을 태운 차를 좇아 멀리 사라질 때까지 따라간다. 내가 객장 안으로 들어오자 후문이 바로 닫힌다. 나는 멍하니 돌아서서 맞은 편에 있는 정문 밖으로 나간다. 나는 홀로 구이다오를 걷는다.

구이다오는 온통 낙엽으로 뒤덮여 있다. 길바닥이 잘 보이지 않아 조심하며 걷는다. 아위안의 일을 중수에게 알려야 할까? 아니면 모르게 해야 할까? 감추려 해도 결국은 알게 될 것이다. 아위안이 일부러 와서 아빠에게 꼭 전해 달라고 한 말을 해 줘야 한다.

중수는 눈을 감고 있다. 오랫동안 나를 기다리느라 화가 났는지 내가 온 줄 알면서도 일부러 알은체를 하지 않는다. 나는 평소처럼 그의 침대 머리맡에 앉아서 천천히 말한다.

— 방금 아위안이 와서 아빠한테 전해 달라고 한 말이 있어요.

우리 셋

중수는 바로 눈을 크게 뜬다. 나는 아위안의 말을 중수에게 들려준다. 반년만 치료하면 완전히 나을 수 있다는 의사의 말을 강조해서 완곡하게 전달한다.

— 예전에는 치료 약이 없었지만 지금은 치료 약이 있대요. 반 년만 치료하면 깨끗이 낫는다고, 아빠는 너무 걱정하지 마 시래요.

중수는 한참을 말없이 내 말을 다 듣는다. 그리고 아주 의외 의 말을 한다.

— 차라리 잘 되었어. 아위안도 이참에 쉴 수 있으니 말이야. 때 가 되면 아위안도 무거운 짐을 내려놓을 수 있겠지.

이 말은 나에게 위로가 된다. 몸도 통통하고 얼굴도 발그레 한 아위안은 그 누구에게도 쉬라는 말을 들은 적이 없다. 하지만 병이 났다 하면 아위안도 스스로 재촉하면서 다그치지 않을 것 이다. 이참에 쉴 수 있다면…… 그래, 좋은 일일 것이다.

우리는 가만가만 옛 기억을 더듬어 본다. 어린 아위안이 처 음으로 아팠을 때, 두 번째로 아팠을 때, 얼마나 힘들었는지, 얼마나 애태웠는지, 빨리 낫기를 얼마나 바랐는지……. 나는 중수의 손을 잡는다. 중수도 마치 걱정하지 말라는 듯이 내 손을 잡는다.

객잔으로 돌아가는 내 마음이 무겁고 또 무겁다. 아위안이 병원에 입원하게 되면 어디로 가야 아위안을 찾을 수 있을까? 나는 아위안을 찾아야만 한다. 아위안을 찾으려면 그 무겁고 어두운 꿈을 꾸어야만 한다. 나는 밥을 몇 술 뜨지도 않고 바로 침대에 누워 잠이 든다. 나는 무겁고 어두운 꿈으로 변한다.

나는 객잔의 후문 밖으로 달려 나간다. 그 조그마한 흰 손이 아직도 나를 부르고 있는 듯하다. 눈앞에 그 조그마한 흰 손이 어른거린다. 칠흑같이 어두운 시산이 보인다. 칭화위안, 위안밍위안 주변의 길은 내가 잘 아는 길이다. 아위안, 아위안, 나는 계속 아위안의 이름을 되뇌며 찾는다. 눈앞에 그 조그마한 흰 손이 계속 어른거린다. 마침내 푸른 소나무 숲속에서 아위안의 병원을 찾아낸다.

병원으로 들어서자 패방이 나타난다. 가로등 불빛에 비쳐 보이는 패빙은 이곳이 공동묘지임을 알려 준다. 싫다. 너무도 무서운 꿈이다. 나는 얼른 모퉁이를 돌아간다. 아주 작은 집이 한 채 보인다. 아위안의 그 조그마한 흰 손은 계속 어른거리며 나를 부르고 있다. 나는 문 속으로 스며들 듯 투과하여 들어간다. 작은

우리 셋

창문도 그대로 투과하여, 마침내, 아위안의 병실에 다다른다. 아위안이 하얀 침대보가 깔린 침대에 누워 있다. 두꺼운 이불을 덮고 베개도 없이 반듯이 누워 있다. 침대는 아주 딱딱해 보인다. 병실에는 아위안의 침대 말고도 침대가 하나 더 있는데 약간 더 작은 듯 했고 환자용이 아니라 보호자가 쓰는 간이침대인 것 같다. 의사와 간호사가 아위안의 침대 옆에서 분주하다. 사위는 가고 없다. 방안에는 꽃병이 2개 있는데 아직 활짝 피지 않은 꽃이 한 다발 꽂혀 있다. 의사와 간호사는 서로 나지막하게 이야기를 나누며 병실 문을 나가서 진료실로 들어가 버린다. 나는 그들을 따라 들어가서 뭐라고 말하는지 들어보려 했지만, 그들을 따라 들어갈 수가 없다. 나는 다시 아위안의 병실로 돌아온다. 아위안은 얌전하게 잠을 잔다. 내가 "아위안." 하고 부르는 것을, 가볍게 토닥이는 것을, 아위안은 느끼지도, 알아채지도 못한다.

　　나는 다시 시스차오로 간다. 힘들어도 괜찮다. 나는 사위와 아위안의 시어머니가 나누는 대화를 듣는다. 병실에 두꺼운 이불이 있어서 다행이라고 사위가 말한다. 아위안 침상에 전화기도 한 대 놓고, 냉장고도 작은 것으로 한 대 들여놓아야겠다고 한다. 오늘 밤은 청소하는 사람에게 간병까지 부탁했지만 앞으로는 류씨 성을 가진 아주머니를 간병인으로 쓰기로 했다고 한다. 나는 다시 아위안의 병실로 간다. 아위안은 깊이 잠들어 있다. 나는 이제 지쳐서 더 이상 움직일 수 없게 된다. 아위안의 침상 옆에 기대어 그대로 사라진다.

눈을 뜨니 객잔의 침대 위에 누워 있다. 나는 정말 꿈으로 변할 수 있는 것일까? 꿈으로 변해 눈앞에 어른거리는 아위안의 손짓을 따라가서 병실에 누워있는 아위안을 찾아낸 것이 사실일까? 세상에 이런 일이 있는 것일까? 나는 꿈속에 있는 아위안을 본 것뿐이라고 생각한다. 아위안이 고통을 참으면서 조금씩 조금씩 발을 움직이고, 내게 다가오고, 내 어깨에 기댈 때, 나는 아위안의 허리에서 느껴지는 통증을 그대로 느꼈다. 아위안이 병원에 입원하면서 엄마의 곁을 떠나고, 엄마가 홀로 구이다오를 오가는 것을 보며 가슴 아파하는 것도 생생하게 느꼈다. 하지만 나는 아위안의 허리를 감싸고 천천히 후문으로 가서, 사위에게 아위안을 건네줄 수밖에 없었다. 허리를 구부리고 차에 타느라 너무 너무 아팠을 텐데, 아위안은 그 고통에도 창문을 내리고, 장갑을 벗고, 손을 내밀어 엄마를 향해 흔들었다. 가슴이 아파 차마 떠나지 못한다. 나의 아위안, 하나밖에 없는 내 딸, 걱정하고 또 걱정하고, 영원히 내 애를 태우는 내 딸, 잠을 지도 잊히지 않아 꿈을 만들어 꿈속에서 보는 내 딸, 아위안. 정말 꿈이어야 하지 않을까? 나는 이 꿈이 사실인지, 허상인지 선택할 수 없지만 내가 꿈이 되어 아위안의 병원에 간 것을 믿지 않는다.

우리 셋

나는 평소처럼 선상에 있는 중수를 보러 간다. 중수는 나를 기다리고 있다. 중수의 손을 잡아보니 손바닥이 뜨겁다. 이마를 짚어 보니 뜨끈뜨끈하다. 중수가 열이 나면 아위안도 열이 난다는 것을 나는 확실하게 알고 있다.

예전에는 매일 중수에게 아위안이 집에서 어떻게 지내는지 빠짐없이 이야기해 주었다. 이제 중수에게 아위안의 병실이 어떻게 생겼는지 꿈속에서 본 대로 묘사해 주고, 사위가 아위안을 위해 전화를 놓고 작은 냉장고도 한 대 들여놓으려 한다는 이야기를 해 준다. 중수는 한 번도 나보고 그걸 어떻게 알았느냐고 묻지 않았다. 구이다오 바깥에 있는 우리 집 이야기는 배 안에 있는 중수가 아니라 내가 아는 것이 당연하기 때문이다. 말하자면 중수는 집을 떠나 있고 나는 집에 있는 사람인 셈이다. 내가 중수에게 해 주는 이야기는 모두 구이다오 저편에 있는 우리집 이야기이다. 중수는 아주 열심히 듣는다.

말을 하지는 않지만, 중수도 나와 똑같이 아위안 걱정을 하고 있다. 나는 매일 중수에게 꿈속에서 보았던 아위안 이야기를 해 준다. 중수는 열이 나고, 열 때문에 정신이 흐릿해도, 아위안의 이야기라면 열심히 듣는다.

나는 매일 밤 꿈을 꾼다. 매일 밤 아위안의 병실에 있다. 전화기는 이미 침대 옆에 설치가 다 되었다. 아위안의 병실에는 꽃이 점점 더 많아진다. 아위안 옆의 간이침대에서는 류 아줌마가 잔다. 류 아줌마는 아위안을 첸 교수 라고 불렀는데, 아위안이 그렇게 부르지 말라고 하니 첸 선생님이라고 부르기로 한다. 류 아줌마와 첸 선생님은 서로 잘 맞는다. 의사와 간호사들도 아위안에게 잘해 준다. 의사와 간호사들은 아위안을 첸위안이라고 부른다.

아위안이 있는 병원은 중수가 수술한 병원에 비하면 규칙이 까다롭지 않다. 병원 규모도 작고 관리도 엄격하지 않아 어수선한 감이 있지만 그만큼 자유스럽다고도 할 수 있다. 나는 매번 밤에만 아위안의 병실에 있기 때문에 사위는 늘 가고 없다. 꿈에서 나는 몸이 힘든 것을 두려워하지 않고 여기저기 왔다 갔다 한다. 이쪽에 있는 아위안의 병실에 와서 아위안을 보고, 또 저쪽에 있는 집에 가서 사위가 하는 이야기를 듣는다. 내가 아위안의 상황을 모두 알고 있는 것은 아니다. 내가 정말 꿈으로 변할 수 있는 것인지, 진짜 아위안을 본 것인지도 확신할 수 없다. 하지만 내가 꿈을 꾸고 있으니 그곳에 있는 아위안도 꿈속의 아위안이 아닐까 생각한다. 나는 구이다오의 경고문을 잘 알고 있다. 나는 중수에게 그 어떤 질문도 하지 않는다. 나는 그저 중수가 걱정하는 일들, 내가 꿈속에서 본 모든 일들을 그에게 이야기해 줄 수 있을 뿐이다. 나는 꿈속에서 본 것을 하나하나 중수에게 이야기해 준다.

나는 중수에게 아위안 병실에 있는 큰 냉장고 이야기를 한다.

— 작은 냉장고가 없어서 어쩔 수 없이 큰 냉장고를 샀어요. 옆 병실 사람들이 냉장고를 같이 써도 되겠냐고 물어보면 아위 안은 그러라고 하지요. 냉장고를 같이 쓰면서 옆 병실 사람 들을 알게 되었는데, 몇몇은 친구가 됐어요. 아위안 옆 병실 에는 어떤 '갑부'가 입원했는데 무슨 호텔의 사장이래요. 입 원하기 전에 병실을 전부 새로 칠하고 전자레인지와 전기 오 븐까지 들여놓았지 뭐예요. 부인이 매일 신선한 채소를 가지 고 와서 남편 저녁밥을 요리하는데 모두 샤오마라고 불러요. 샤오마는 산시 사람인 것 같아요. 아위안이 예전에 산시 지 역에서 했던 사청운동 이야기를 자주 하더니 둘이 아주 친 해졌어요. 샤오마도 아위안의 냉장고를 빌려 쓰는데 자주 자 신이 만든 만두를 들고 와서 아위안에게 먹어보라고 줘요. 병원 식당의 주방장도 아위안에게 아주 잘해 줘요. 한번은 특별히 아위안이 먹을 생선 요리를 해서, 본인이 직접 병실 까지 들고 오기도 했는걸요. 아위안은 자기가 반 정도 밖에 먹지 못하니까 도와 달라면서 류 아줌마 몫으로 반을 남기 더라고요. 또 아위안 시어머니가 만들어서 아들 손에 들려

보낸 '마미 닭' 요리도 샤오마 부부에게 나눠줬어요. 그런데 샤오마 부부는 아무래도 만두를 더 좋아하는 것 같아요. 샤오마가 만든 만두는 얼마나 큰지 아위안은 아무리 많이 먹으려 해도 두 개밖에 못 먹어요. 병원에서 나오는 아위안의 식단에 닭곰탕을 별도로 신청할 수 있어요. 그래서 매일 아위안 앞으로 미국 인삼을 넣고 끓인 서양 닭곰탕이 나와요. 라오웨이는 아위안에게 우유를 데워 주려고 작은 전기 오븐도 샀어요.

나는 중수에게 여러 가지 음식 이야기를 하면서 중수가 먹고 싶어 하는 음식을 찾아보려 하지만 중수는 음식에 조금도 흥미를 보이지 않는다. 나는 또 중수에게 아위안의 학교 이야기를 한다.

— 아위안이 병원에 입원하기 전에 제출한 무슨 학습 지도안이 심사를 통과했대요. 아위안은 매일 추리 소설을 읽어요. 집에 있는 추리 소설이란 추리 소설은 모두 다 가져와서 읽는데 친구들까지 병원으로 추리 소설책을 보내줘요. 그런데 아위안이 기력이 떨어진 건지, 이제는 또 추리 소설 말고 요리책만 그렇게 찾아서 읽어 대요.

우리 셋

나는 정말 아위안의 기력이 떨어질까 봐 두려워하고 있었다. 하지만 중수에게는 말하지 않는다. 아위안의 얼굴이 조금씩 더 창백해지는 것 같아 나 혼자 괜한 걱정을 하는 것일 수도 있으니까⋯⋯. 나는 또 중수에게 아위안의 친구 이야기를 한다.

— 아위안은 친구가 정말 많아요. 친구들이 매일 꽃을 보내서 병실이 꽃밭이 되었어요. 학교 동료들이나 학생들이 계속 병문안을 와요. 한바탕 손님들이 왔다 갔는데 이번에는 중·고등학교 동창들까지 모두 다 왔지 뭐예요. 이렇게 많은 손님을 다 만나려면 아위안이 너무 힘이 드니 손님을 좀 적게 만났으면 좋겠어요.

하지만 꿈속의 시스차오 집에서 아위안이 먼 곳에서 힘들게 온 손님들을 그냥 돌려보내지 말라고 했다는 이야기를 들었다.

나는 병문안 오는 손님들 이야기를 하면서 중수가 잘 듣고 있는지 살펴본다. 중수는 무표정하게 가만히 있다. 예전에 아위안이 중수를 보러 왔을 때만 해도 그는 애써 기운을 내려고 했다. 하지만 아위안이 병원에 입원하고 나서부터 갑자기 중수는 모든 것을 놓아 버린 듯 말도 거의 하지 않고 무기력하게 누워만 있었다. 내가 이야기를 하면 잠깐 눈을 떴다가도 금방 다시 감아 버린다. 내가 매일 매일 와서 중수곁에 함께 있는데도 어쩐지 중수는 아주 먼 곳에 떨어져 있는 듯한 느낌이 든다.

아원안은? 꿈속에서 만났으니 아위안은 여전히 내 꿈속에만 있는 것일까? 모르겠다. 아위안이 장갑을 벗고 나를 향해 손을 흔들었을 때 내가 본 것은 아위안의 손이었지 장갑이 아니었다. 하지만 지금 내가 사랑스럽게 어루만질 수 있는 것은 아위안의 손이 아니라 아위안이 나에게 짜 준 벙어리장갑뿐이다.

반년이 훌쩍 지나간다. 나는 아위안이 사위와 전화 통화하는 것을 듣는다. 아위안은 밝은 목소리로 말한다.

— 병원에서 내 치수에 맞게 허리 보호대를 제작해 줬어. 착용해 봤는데 몸에 딱 맞고 아주 편안해. 내일 CT를 찍고 나서 내 병실 침대도 푹신한 침대로 바꿔 준대. 의사 말로는 허리 보호대만 차고 있으면 푹신한 침대에서 막 뒹굴어도 괜찮대.

하지만 아위안은 아주 쇠약해졌다. 먹지 못한 음식들이 큰 냉장고 안에 쌓여 가고 머리카락도 한 움큼씩 빠지고 있다. 시스차오 집에서 아위안이 모자를 하나 사다 달라고 했다는 이야기를 듣는다. 나는 이 모든 이야기를 중수에게 하지 못했다. 중수는 또 고열에 시달리다가 이제 조금씩 열이 내리기 시작했고 기운 없이 축 늘어져 있다. 나는 가만가만 그를 살펴 보고 중수가 들을 수 있는 상태가 아니면 말하지 않는다. 이제 온갖 두려움과 걱정은 나 혼자 감당한다. 중수와 함께 나눌 수 없다.

다음 날 밤 나는 또다시 아위안의 병원으로 간다. 아위안은 작은 모자를 쓰고 여전히 딱딱한 침대에 눈을 뜬 채로 누워 있다. 무슨 생각을 하고 있는지 모르겠다. 류 아줌마가 전화를 받는다. 학교에서 걸려 온 전화이다. 류 아줌마는 아위안에게 수화기를 대어 준다. 아위안이 수화기에 대고 말한다.

— 네, 그래요. 저는 괜찮아요. 오늘 CT를 찍었는데, 아직도 안 된다고 하네요. 라오웨이는 왔다 갔어요. 침대를 푹신한 침 대로 막 바꿨는데 CT 결과를 보더니 다시 딱딱한 침대로 바 꿨어요.

아위안은 애써 웃음을 지으며 말한다.

— 허리 보호대를 차는 게 좀 불편해요. 푹신한 침대에서 뒹굴 지 않아도 되니까 차라리 딱딱한 침대라도 허리 보호대 없 이 가만히 반듯하게 누워있고 싶어요.

의사가 와서 치료를 한 사이클 더 하겠냐고 묻는다. 아위안은 씩씩하게 말한다.

— 한 사이클 더 해서 좋아진다면 또 하지요. 힘들어도 참을 수 있어요. 머리카락이야 빠지면 또 나니까요.

나는 옆 병실의 '갑부'와 샤오마의 대화를 듣는다.
남자가 묻는다.

— 그 여자는 자기가 무슨 병인지 알고 있어?

여자가 말한다.

— 본인 말로는 무슨 결핵병이라고 하는데 아주 희귀한 병이래요. 몇십 년 동안 잠복해 있다가 발병한다는데 병이 아주 지독해서 약도 세게 써야 한대요. 환자 의지가 아주 강해요. 부모님 걱정을 많이 하는데 엄마 이야기만 나오면 바로 눈물을 흘려요.

무엇인가 날카롭게 내 심장을 찌르며 관통한다. 찢어진 틈새로 방울방울 핏방울이 새어 나오며 뜨거운 눈물을 머금은 붉은 눈으로 바라본다.

중수는 한 차례 고열이 난 후 머리카락을 다 밀어 버려서 대머리가 되었다. 아위안도 머리카락이 다 빠진 대머리 위에 모자를 쓰고 있다. 두 사람은 두상과 오관이 아주 똑같은데 아위안이 쌍꺼풀이 없는 것만 다르다.

열이 내리자 중수의 정신이 조금씩 맑아진다. 나는 중수에게 아위안의 병세가 어떤지 말해 준다. 의사 말에 따르면 몇십 년씩 잠복했다가 재발한 결핵병은 초발보다 훨씬 더 치료가 어렵고 시간도 더 오래 걸린다고 한다. 하지만 아위안은 얌전히 누워서 치료를 잘하고 있으니 결국 좋아질 것이다. 나는 중수에게 말한다.

— 당신과 아위안은 갈수록 더 닮아가요. 머리통도 똑같고 얼굴형도 똑같고. 안 닮은 데가 딱 한 군데 쌍꺼풀인데, 그래도 눈매는 완전 아빠 눈매를 닮았잖아요. 그런데 아위안이 아프고 나서는 쌍꺼풀이 생겼어요.

중수는 의기양양하게 말한다.

— 팡덩 수녀님이 아위안을 처음 봤을 때 "아기 눈이 아빠를

닮았어요."라고 말했어. 팡덩 수녀님의 눈이 정확하잖아.

내 꿈은 너무 피곤하다. 이상하게도 피곤한 꿈 때문에 몸이 힘들다. 나는 매일 무거운 다리를 이끌고 구이다오를 오고 간다. 아위안이 막 입원했을 때 앙상한 가지를 드러내고 있었던 버드 나무는 한바탕 푸르게 녹음이 우거지는 시절을 보내고 이제 누렇게 되어 땅에 떨어지기 시작한다. 나는 매일 내 그림자를 데리고 낙엽을 밟으며 한 걸음, 한 걸음 조심스럽게 걷는다. 끝도 없이 걷고만 있다.

나는 매일 밤 아위안의 병실에 있다. 한번은 아위안이 라오웨이와 전화로 통화하는 것을 듣는다. 아위안이 웃으려고 애를 쓴다.

— 내가 재미있는 이야기를 해 줄게. 어젯밤 꿈에 엄마가 나타나서는 내 얼굴을 막 어루만지는 거야. 내 얼굴을 만지는 사람이 진짜 엄마가 아닐까 봐 무서웠는데 내가 나한테 소리를 내서 말을 했어. "가짜 엄마는 요정이라서 달콤한 향기가 나고, 진짜 엄마는 아무 향기도 나지 않아." 하고. 내가 냄새를 맡아 보니까 아무 향기도 나지 않았어. 그래서 "아, 진짜 우리 엄마네." 하고 말했는데 눈이 안 떠졌어. 엄마를 보려는

우리 셋

데, 눈이 안 떠져서 엄마를 볼 수가 없었어. 갖은 애를 써서 결국 눈을 떴는데, 그때, 꿈에서 깨어나 버렸어.

아위안이 갑자기 수화기를 내린다. 입가에 작은 경련이 일어난다. 꼭 감은 아위안의 두 눈에서 눈물이 흘러나온다. 아위안은 수화기를 류 아줌마에게 건네준다. 류 아줌마가 수화기를 들고 말한다.

— 오늘 첸 선생님은 폐에서 흉수를 빼내야 해서, 너무 말을 많이 하면 안 돼요.

류 아줌마는 수화기에 대고 계속해서 아위안의 병세를 설명해준다.

내 심장의 찢어진 상처가 또다시 벌어진다. 갈라진 틈새로 뜨거운 눈물을 머금은 핏방울이 솟아나 붉은 눈을 뜨고 바라본다. 아위안이 잠에서 깨어나 홀로 덩그러니 병실에 누워 있었던 것이 생각난다. 그때도 아위안 옆에는 엄마가 없었다. 꿈속에서 나는 그림자처럼 아무것도 할 수 없다. 내가 아무리 아위안의 이름을 부르고, 어루만져도 아위안은 조금도 느낄 수가 없다.

꿈은 상상으로 만든 것이다. 그래서 무서운 상상을 많이 하

면 바로 악몽을 꾸게 된다. 나는 밤마다 악몽을 꾼다. 아위안은
점점 음식을 넘기지 못하게 된다. 아위안의 머리맡에는 검붉은
색깔의 혈액 주머니와 무슨 단백질이라는 흰색의 보충제 주머니
가 매달려 있다. 주머니 속의 액체는 의사가 아위안의 몸에다 삽
입해 놓은 관을 통해 아위안의 몸속으로 흘러 들어간다. 류 아
줌마는 작은 숟가락으로 물컵의 물을 떠서 한 숟가락, 한 숟가락
아위안의 입에 계속 넣어준다. 내 심장에서는 계속해서 핏방울이
터져 나온다. 한번은 사위가 집에 돌아가지 않고 작은 숟가락으
로 물을 떠서 아위안의 입술을 적시고 있는 것을 본다. 아위안은
계속 눈을 감고 잠을 잔다.

　　나는 꿈을 꾸기가 두렵다. 하지만 두렵다고 해서 꿈을 안 꿀
수 있는 것도 아니다. 나는 지쳐서 움직일 수가 없다. 나는 침대
머리맡에 앉아서 중수의 손을 잡고, 침대 가장자리에 얼굴을 대
고 엎드린다. 나는 계속 혼잣말을 한다.

—　꿈은 반대야, 꿈은 반대야.

　　아위안이 입원한지 벌써 일 년이 넘었다. 몹시 걱정이 된다.
　　문득 고개를 들어보니 언덕에서 아위안이 달려 내려온다. 활
기차고 건강한 모습이다. 아위안은 능숙하게 발판을 건너 배 안

우리 셋

으로 올라온다. 아위안은 부드럽고 다정하게 나를 부른다.

— 엄마.

그리고는 내 옆으로 다가와 앉으며 중수를 부른다.

— 아빠.

중수는 눈을 뜬다. 눈을 크게 뜨고 아위안을 보고 또 본다. 그러다 나를 돌아보며 말한다.

— 이제 아위안을 돌려보내.

아위안은 눈을 가늘게 뜨고 웃으며 말한다.

— 저 이제 괜찮아요. 다 나았어요. 아빠…….

중수는 계속 나에게만 말을 한다.

— 아위안을 돌려보내, 집으로 돌려보내라고.

나는 활짝 웃으며 한 손으로 아위안을 끌어당겨 품에 안는다.

— 아위안한테 산리허 아파트로 가서 집을 보고 있으라고 할
  게요.

마음속에 '꿈은 반대다'라는 말이 떠오른다. 아위안이 이렇
게 돌아오려고 그런 꿈을 꾸었구나! 이제 아위안과 함께 아빠를
보러 올 수 있다! 중수가 말한다.

— 아위안은 자기 집으로 가라고 해.
— 그래요. 시스차오에 있는 자기 집으로 가라고 할게요. 자기
  들끼리 재미있게 살라고요.
— 시스차오도 이제 아위안의 집이 아니야. 아위안한테 자기 집
  으로 돌아가라고 해.

아위안의 맑은 눈 속에 싱그러운 미소가 한 송이 꽃처럼 피
어난다. 아위안이 말한다.

— 네, 아빠, 저는 이제 돌아갈 거예요.

우리 셋

태양이 뱃머리를 비춘다. 내가 몸을 일으키니 아위안도 따라
일어선다. 내가 말한다.

— 이제 가야 해요. 내일 봐요.

아위안이 말한다.

— 아빠, 편히 쉬어요.

아위안이 먼저 발판을 건너고, 나도 뒤따라 언덕을 오른다.
이제 악몽에서 깨어난 것 같다. 아위안이 다 나았다! 아위안이
돌아왔다!

아위안의 손을 잡고 객잔으로 돌아가는 길을 걷는다. 몇 발
자국이나 걸었을까? 아위안은 내 어깨에 기대며 말한다.

— 엄마, 엄마 딸은 이제 돌아가야 해요. 아빠가 내 집으로 돌아
가라고 했잖아요. 엄마…… 엄마……

한 송이 꽃처럼 피어나던 아위안의 싱그러운 미소가 눈앞에
어른거린다. "엄마……"하고 부르는 아위안의 부드럽고 따뜻한

목소리가 귓가에 울린다. 하지만 아위안은 밝게 빛나는 햇살 속으로 한순간에 사라져 버린다. 나 역시 그 순간, 모든 것을 온전히 깨닫는다.

나는 넘어지지 않으려고 길가의 버드나무를 붙잡는다. 사방을 둘러보며 작은 소리로 말한다.

— 아위안…… 아위안…… 잘 가거라……, 엄마 아빠는 네가 어디서든 행복하기를 기도할게.

찢어진 심장의 틈새로 한 방울 한 방울 맺히던 뜨거운 핏방울들이 내 몸에 가득 차고, 핏방울의 붉은 눈에서 한꺼번에 눈물이 터져 나온다.

한 손으로 이마를 짚고 나무에 기댄다. 가슴 속에서 뜨거운 눈물이 세차게 북받쳐 올라 왈칵 쏟아질 것만 같다. 온 힘을 다해 울음을 삼키려 한다. 하지만 참아 보려 발버둥 칠수록 뜨거운 눈물이 가득 차 있는 상처는 더욱 벌어지고 찢어진다. 쩍 하는 소리가 들리더니 땅바닥으로 시뻘건 덩어리가 떨어진다. 차가운 바람이 분다. 가슴에 난 상처 구멍으로 시린 바람이 들어와 나는 견딜 수 없는 통증을 느낀다. 나는 땅바닥에 떨어진 시뻘건 덩어리를 주워 다시 가슴 속의 상처 구멍을 막는다. 다행히 온 몸에

우리 셋

서 솟구쳐 쏟아져 내리는 피가 상처를 말끔히 씻어 준다. 나는 손으로 가슴을 움켜쥔다. 속이 울렁거리고 어지럽다. 이러다 길에서 넘어질 것만 같다. 나는 비틀거리며 객잔으로 돌아온다. 직원이 막 문을 닫으려는 찰나에 객잔 안으로 뛰어 들어온다.

밝은 곳에서 보니 내 손에 피가 묻어 있지 않았다. 몸에도 상처 구멍이 보이지 않는다. 내 모습은 그 어디에도 평소와 다른 구석이 없었다. 계단 아래에 있는 작은 테이블 위에 내 저녁밥이 놓여 있는 것이 보인다.

나는 방으로 올라와 침대에 눕는다. 고통으로 가득 찬 내 몸은 또 다른 고통의 꿈으로 변한다. 서둘러 시산 아래에 있는 병원으로 간다.

아위안의 병실에 불이 환하게 밝혀져 있다. 병실에 있던 침대가 두 개 다 보이지 않는다. 청소원이 바닥을 쓸고 쓰레기를 모아 버리려고 한다. 쓰레기 더미 속에 아위안의 신발이 보인다. 아위안이 병원에 들어올 때 신고 온 것이다.

옆 병실에서 샤오마 부부가 하는 이야기가 들려온다.

— 갔어요. 잠자면서 갔대요.
그 병은 모두 잠자면서 간다고 하더니만…….

나는 급히 시스차오로 간다. 류 아줌마가 부엌 싱크대 귀퉁이에 걸터앉아 눈물을 흘리고 있다. 사위는 방 안에 멍하니 앉아 있다. 아위안 시어머니가 친척과 아위안이 어떤 병이었고 또 어떻게 갔는지 이야기한다.

— 그 병을……, 아위안 본인은 몰라요.
구이다오에 있는 친정 부모님들도 당연히 모르고.
지금도 어떻게 알려야 할지 모르겠어요.

내 꿈은 더 이상 그곳에 머물고 싶지 않다. 어서 기진맥진한 몸을 내 집의 묵은 자리로 가져가서 쉬게 해 주고 싶다. 내 꿈은 산리허 아파트로 돌아간다. 나는 내 침대 위에서 멈춘다. 나는 이내 사라진다.

나는 객잔에서 다시 눈을 뜬다. 내 심장은 이미 딱딱한 돌덩이가 되었지만 그래도 규칙적으로 잘 뛰고 있다. 심장이 한 번씩 뛸 때마다 심장과 연결된 오장육부가 전부 고통을 느낀다. 이제 아위안은 없다. 내가 어떤 꿈으로 변해도 아위안을 찾을 수 없다. 더구나 나에게는 다시 꿈으로 변할 힘이 남아 있지 않다. 나는 너무 지쳤다.

구이다오의 나무들은 연한 푸른 잎을 매달고 바람에 나부

우리 셋

끼고 있다. 작년에 떨어진 낙엽들은 이미 북쪽에서 불어온 거센 바람이 깨끗이 쓸어가 버렸다. 나는 서둘러 중수의 배에 오른다. 중수는 나를 기다리고 있다. 한바탕 고열에 시달리고 나면 중수의 상태는 오랜 기간, 몇 번에 걸쳐 조금씩 나아진다. 중수가 묻는다.

— 아위안은?

나는 그의 침대 머리맡에 앉아서 침대에 몸을 기대며 말한다.

— 아위안은 돌아갔어요!
— 아위안이 뭐라고?
— 당신이 아위안에게 돌아가라고 했잖아요. 아위안은 자기 집으로 돌아갔어요.

중수는 의아해하며 나를 바라본다.

— 당신도 아위안이 가는 걸 봤어?

내가 말한다.

— 당신도 봤어요. 당신이 나를 시켜서 아위안한테 집으로 돌아가라고 말했어요.

중수는 힘주어 말한다.

— 당신이 본 것은 아위안이 아니야. 진짜 아위안은 아니지만 그 아이도 아위안이 맞기는 하지. 내가 당신을 시켜서 아위안한테 집으로 돌아가라는 말을 했어.
— 당신이 아위안한테 집으로 돌아가라고 하니까 아위안이 마음이 편했나 봐요. 싱글벙글 웃으면서 좋아했어요. 아위안의 웃는 두 눈이며, 환하게 미소 짓는 얼굴이며, 한 송이 꽃이 피어나는 것 같았어요. 나는 여태까지 아위안이 그렇게 예쁘게 웃는 걸 본 적이 없어요. 아빠가 가라고 하니까 아위안이 갈 수 있었던 거예요. 마음 편하게요.

중수는 슬픈 눈으로 나를 바라보았다.

— 아위안이 걱정하고 있었어.
아빠도 걱정이 되고, 엄마를 두고 떠날 수도 없어서……
마냥 걱정하고 계속 미안해하고 있었지.

우리 셋

늙으면 눈물이 가슴 속으로 흐른다. 중수의 말라 버린 눈동자 속에는 뜨거운 고통과 아픔이 담겨 있다. 중수는 나를 슬프게 바라본다. 나는 중수의 가슴 속에 흐르는 눈물을 본다. 내 가슴 속에도 눈물이 흐른다. 이미 딱딱한 돌덩어리가 되어버린 내 심장도 가슴 속에 차오르는 눈물에 젖어 깎이고 닳아서 반들거린다.

내 손이 얼음장처럼 차다. 나는 중수의 손을 찾아 만져 본다. 중수는 손바닥이 뜨겁다. 맥박도 빠르게 뛰고 있다. 또 열이 난다.

나는 얼른 아위안이 깊은 잠을 자면서 편안히 갔다고 말해 준다. 그리고 아위안의 병이 어떤 병이었는지도 자세하게 설명해 준다. 아위안이 허리가 아파서 병원에 입원했을 때는 이미 말기였고, 다행히 요추에만 균이 들어가서 그 부분만 아팠는데, 병원에서 신경을 다 잘라내서 아위안은 전혀 아프지 않았다고 말해 준다. 그리고 아위안이 병이 낫는 대로 엄마와 함께 아빠를 보러 오겠다고 했고 그래서 힘든 치료도 몇 번이나 잘 견디었다고 말해 준다. 이제 아위안은 무서워할 병도, 걱정할 일도 없고, 예전처럼 아침부터 저녁까지 끝도 없이 많은 일을 하느라 힘들지 않아도 된다고 이야기한다. 나 역시도 아위안이 태어난 순간부터 영원히 해야 하는 걱정을 이제는 하지 않아도 된다고 중수에게 말한다.

하지만 이렇게 말하면서도 마음이 아파 온다. 중수는 고개를 끄덕이더니 이내 눈을 감는다. 아위안 생각에 가슴이 미어지고 나를 보기가 애처로워 그러는 것을 나는 알고 있다.

처음 객잔에 왔을 때 내 꿈은 바람을 타고 가볍게 나부끼는 버드나무 꽃가루 같았다. 하지만 이제 진흙탕에 떨어진 하얀 꽃가루처럼 무겁고 어두운 꿈이 되었다. 처음에 나는 셋이서 다시 산리허 아파트로 돌아갈 수 있을 줄 알았다. 아위안을 잃으면서 몸속 깊은 곳까지 상처를 입었고 팔다리도 기력이 없어졌다. 매일 한 걸음 한 걸음 간신히 구이다오를 걷고, 또 한 걸음 한 걸음 배가 있는 곳까지 가서, 겨우 중수를 만난다. 중수는 마른 장작처럼 바싹 여위었고, 나 역시 굼뜨고 불편한 늙은 몸이 되었다. 중수는 이제 말을 할 기력도 없어서 눈을 크게 뜨는 것으로 나를 맞이한다. 문득 처음 이곳에 왔을 때 중수가 한 말이 생각이 난다. 중수는 내게 아직도 꿈을 꾸고 있느냐고 물었다. 아, 나는 이제 알았다. 중수는 예전에 내가 했던 타박을 기억하고 있는 것이다. 내가 짧은 꿈에서 깨어나 왜 꿈속에서 소리도 없이 갑자기 가 버렸느냐고 타박했던 걸 기억하고, 일부러 천천히 떠나고 있다. 내가 조금씩 조금씩 그를 떠나보낼 수 있도록, 가능한 한 많이 만나고 떠날 수 있도록, 중수는 내 짧은 꿈을 길게 늘여 이토록 길고 긴 꿈속의 이별을 하고 있다.

우리 셋

이것은 내가 원한 이별이다. 중수가 저만큼 멀어지면 잘 가라는 인사를 하고, 또 저만큼 멀어지면 또 잘 가라는 인사를 한다. 이별을 길게 늘이면 그만큼 고통도 늘어나는 것일까? 아니면 오히려 고통이 줄어드는 것일까? 잘 모르겠다. 하지만 내가 중수를 더 멀리 따라가면 갈수록, 이제 다시는 볼 수 없다는 두려움이 그만큼 더 커진다.

버드나무는 연한 녹색으로 물들고, 노란 낙엽을 떨구고, 낙엽이 수북이 쌓인다. 어느새 한 그루, 한 그루 앙상한 가지를 드러낸다.

객잔을 나서다가 문 뒤쪽에 있는 돌의자를 보고 깜짝 놀란다. 중수의 배에 있던 돌의자와 아주 똑같이 생겼다. 누가 중수 배에서 몰래 훔쳐다 놓은 것일까? 하지만 소매에 꽂아 놓은 옷핀을 만지며 감히 물어볼 생각을 못한다.

나는 구이다오를 걷는다. 앞에서 웬 남자와 여자가 걸어온다. 나는 여태까지 구이다오에서 다른 사람을 만난 적이 한 번도 없었다. 여자는 발판을 옆구리에 끼고 있고 남자는 대나무 삿대를 들고 있다. 틀림없이 중수의 배에 있던 것이다.

나는 그들의 길을 막아서며 묻는다.

— 당신들, 뭐 하는 사람들이에요? 왜 배에 있던 물건들을!

그들은 내 말을 들은 척도 안하고 성큼성큼 객잔 쪽으로 걸어간다. 그 남자와 여자는 내가 이제까지 보지 못했던 뱃사공과 뱃사공의 아내일까? 순간, 내가 그들에게 질문을 해 버렸다는 사실을 깨닫는다. 객잔의 경고를 어겼으니 큰일이다. 내가 머뭇거리고 있는 동안 그들은 벌써 저만큼 걸어가고 있다. 내 걸음으로는 쫓아가지 못할 것이다. 쫓아간다 해도 물건을 다시 빼앗아 올 힘이 없다.

나는 계속 앞으로 걸어간다. 언덕이 나타날 때가 되었는데도 이상하게 언덕이 보이지 않는다. 중수의 배도 보이지 않는다. 앞에는 더 이상 길이 없다. 나는 산비탈 쪽으로 방향을 틀어 걸어간다. 이리저리 산속을 헤맨다. 해가 산 너머로 진다.

나는 급한 마음에 산 위로 올라가 높은 곳에서 강가에 있는 배를 찾아보려고 한다. 어둠 속에 강 건너편에 있는 산이 보인다. 강물에 작은 배 한 척이 흘러간다. 조금 더 걸으니 우뚝 솟은 바위가 나타나 앞을 가로막는다. 또다시 아무것도 보이지 않는다.

눈앞은 어둠뿐이다. 캄캄한 어둠 속에서 희미하게 줄줄줄 흐르는 물소리가 들린다. 길을 찾을 수 없다. 나는 무작정 바위 틈새에 매달려 산을 오른다. 높이 높이 올라가야 한다. 하지만 물소리가 안 들릴 만큼 멀리 가서는 안 된다. 튀어나온 작은 돌부리를 잡고 매달려 크게 두 걸음 올라간다. 더듬더듬 큰 나무의 나뭇가지가 잡히면 그대로 끌어안고 숨을 돌린다. 차가운 바람이 불어왔지만 나는 옷을 따뜻하게 입었고 또 쉬지 않고 움직이니 괜찮다. 오랜 시간 동안 혼자 이리저리 헤매면서 산을 오른다. 편평한 바위 위에서 잠시 쉬었던 것도 같고, 커다란 나무에 등을 기대고 앉았다 온 것도 같다. 모든 기억이 흐릿하고 분명하지 않다. 하지만 지난 밤, 중수의 배에서 돌아 올 때 중수가 눈을 크게 뜨고 나를 붙잡았던 것은 똑똑히 기억이 난다. 나는 중수에게 말했다.

― 당신, 너무 지쳤어요. 눈을 감고, 이제 자요.

중수가 나를 보며 말했다.

― 양장, 잘 지내.

내가 '내일 봐요'라고 말했던가?

새벽빛이 어슴푸레하게 보인다. 저 너머에 태양이 다시 떠오른다. 나는 산꼭대기에 올라 자욱한 안개 속에 펼쳐진 구름의 바다를 바라본다. 강 건너편에 보이는 높은 산은 끝없이 흐르는 강물이 가로막고 있다. 강은 쏴쏴 빠르게 폭포처럼 굵은 물줄기를 쏟아내며 흘러간다.

나는 작은 배 한 척이 폭포수 같은 강물에 휩쓸려 가는 것을 본다. 한 줄기 빛처럼 빠르게 멀어지는 것을 본다. 자욱한 안개 속에서 작은 점으로 변해, 마침내, 사라져버리는 것을 보고 또 본다.

나는 바위가 되고 싶다. 바위가 되어 산 정상에 우뚝 서서 사라져 가는 작은 점을 계속 지켜보고 싶다. 나는 가만히 스스로에게 물어본다. 저 산에 있는 바위들은 모두 여자들이 변해 버린 망부석일까? 나는 이 자리에서 꼼짝도 하지 않고 그대로 바위가 되고 싶다. 이제는 볼 수 없는 작은 배를 계속해서 지켜보고 싶다.

하지만 나는 낙엽이 된다. 불어오는 한 줄기 바람에 휩쓸려 바로 땅으로 떨어진다. 그렇게 힘들게 오른 산이었지만 불어오는 바람 한 줄기에 곧바로 다시 구이다오의 길 위로 떨어져 버린다. 나는 천천히 구이다오를 걸으며 주변의 풍경을 눈에 담는다. 한 걸음 한 걸음 밟으며 이별의 길을 걷는다.

갑자기 회오리바람이 분다. 내 몸은 회오리바람에 감겨 소용돌이 치며 허공에 뜬다. 나는 어지러워 눈을 꼭 감는다. 눈을 떠 보니 나는 산리허 아파트의 방 안에 있다. 우리 집이었던 산리허 아파트는 어느덧 잠시 머물다 떠나야 하는 객잔이 되어 있었다.

우리 셋

제3부

우리 셋
홀로 그리워하다

산리허 아파트는 한때 '우리집'이었다. 하지만 산리허 아파트는 이제 더 이상 우리집이 아니다. 우리집이라고 부를 수 있었던 우리들은 헤어졌고 우리집도 사라졌다. 나는 홀로 남아 늙어 간다. 어두운 밤, 갈 길이 막막한 지친 나그네처럼 지난날을 뒤돌아보고 또다시 헤매며 인생이 꿈처럼 사라져버렸다고 한숨을 쉰다.

하지만 우리들이 헤어지고 우리집이 사라졌다고 해도 내 인생마저 헛되이 사라져버리는 것은 아니다. 우리 셋이 함께하였기에 충만하고 즐거운 인생이었다. 나뿐만 아니라 다른 두 사람의 인생에도 '우리 셋'이 있었고, '우리 셋'이 있었던 각자의 인생은 모두 헛되지 않았다.

우리 세 사람의 집은 그야말로 평범했다. 어느 집인들 다정한 부부와 사랑스러운 아이들이 없을까? 남편과 아내로 시작해서 아이들이 생기고 우리 셋, 혹은 우리 넷, 혹은 우리 다섯이 되니 집마다 조금씩 다른 것뿐이다.

우리집의 세 식구는 모두 소박하고 단순한 사람들이었다. 세상에 큰 욕심이 없고 남들과 다투며 살 줄도 모른다. 그저 셋이 함께하고 서로 의지하며 각자가 할 수 있는 일을 하며 살았다. 어려움에 부딪히면 중수와 나는 똑같이 그 짐을 나누었고, 그 어떤 어려움에도 힘들다고 느끼지 않았다. 중수와 나, 그리고 우리 딸 아위안까지 똘똘 뭉쳐 함께 어려움을 헤쳐 나가는 고난의 시간들은 오히려 달콤하고 노긋한 시간이었다. 우리 셋은 작은 즐거움으로 커다란 즐거움을 만들 줄 알았다. 이렇게 서로 마음이 잘 맞는 세 사람이 만난 것은 보기 드문 일이다.

지금 우리 셋은 헤어졌다. 떠나간 사람은 붙잡을 수 없고 가버린 사람은 뒤돌아보지 않는다. 홀로 남겨진 나는 이제 그들과 닿을 수 없다. 그저 되뇌고, 또 되뇌며 지난 시간 속의 우리들을 불러낸다. 그렇게 우리 셋은 다시 만난다.

우리 셋

하나

1935년 7월, 우리는 결혼을 했다. 중수가 25살, 내가 24살이 되던 해였다. 결혼을 한 후에는 바로 영국에 있는 옥스퍼드로 함께 유학을 갔다. 부모님 곁을 떠나 아주 먼 곳으로 유학을 가는 것이라 조금 두려웠지만 둘이 함께 가는 것이니 서로 의지하며 살아갈 수 있으리라 생각했다.

중수는 스스로 '얼뜨기'라고 한탄하는 사람이었다. 나는 중수가 리본을 나비 모양으로 묶을 줄 모르는 것과 오른발, 왼발을 제대로 구분하지 못하는 것, 젓가락질을 할 때 아이처럼 두 짝을 한꺼번에 몰아서 쥔다는 것은 알고 있었다. 하지만 그것 외에 중수가 어떤 일에 서투른지, 또 어떻게 모자란 것인지 전연 알지 못했다.

중수는 옥스퍼드에 도착하자마자 땅바닥에 키스를 했다. 그 덕분에 앞니 반쪽을 부러뜨리며 시작하게 되었다. 혼자 외출하는 길에 버스를 탔는데, 버스에 올라 제대로 자리를 잡기도 전에 버스가 출발해 버린 것이다. 중수는 곤두박질치며 땅바닥에 얼굴을 박았다. 당시 우리는 라오진의 집에서 하숙을 했다. 라오진의 하숙집에는 우리 부부 말고도 린씨와 청씨 성을 가진 의학 전문가 둘이 있었다. 둘 다 옥스퍼드에 초청받아 온 사람들로 각각 1인실에서 하숙을 하고 있었다. 중수는 커다란 손수건으로 입을 막은 채 걸어서 돌아왔다. 온통 피로 물들은 손수건을 떼어 내자 앞니 반쪽이 툭하고 떨어진다. 입은 온통 피범벅이었다. 나는 너무 놀라 떨어진 반쪽을 어떻게 해야 할지 몰랐다. 하지만 다행히도 옆방 사람들이 모두 의사였다. 그들은 빨리 치과에 가서 부러진 이를 뽑고 의치를 해 넣으라고 했다.

옥스퍼드 대학의 새 학기는 10월 전후로 가을에 시작한다. 중수가 이빨을 부러뜨린 것은 새 학기가 시작되기 전이었다. 우리는 학기 시자 전에 먼저 런던 관광을 할 요량으로 여유 있게 일찍 도착했다. 중수는 이미 정부 당국에서 엑세터대학의 문학 전공으로 입학 허가를 받았고 나는 입학 상담을 진행하고 있었다. 나는 원래 기숙사가 없는 여자대학에 들어갈 생각이었다. 하

우리 셋

지만 그 대학의 문학 전공은 이미 학생들이 꽉 차서 입학을 하려면 역사 전공으로 바꿔야 하는데 나는 그러고 싶지 않았다.

나는 미국 웰즐리대학의 장학금을 포기한 적이 있다. 그 장학금은 오직 학비만 주는 것이었기 때문에 조금도 주저하지 않았다. 모교의 교장 선생님은 내가 어리석게도 아버지의 반대 때문에 미국 학교를 포기했다고 생각하지만 사실 아버지는 이미 허락한 일이었다. 하지만 나는 아버지에게 학비의 부담을 지우는 것이 가슴 아팠다. 나이도 많고 이미 많은 짐을 지고 있는 아버지에게 무거운 짐을 더 보태기는 싫었다. 그래서 나는 국비로 유학을 할 수 있는 칭화대학 대학원 시험을 보았고 뜻밖에 합격을 했다. 당시 학과 주임이 희곡을 굉장히 중시했는데 외국 문학을 전공하는 대학원생 중에서 희곡을 전공한 학생이 없었다. 학과 주임은 칭화대학 외국 문학 전공자들은 하나 같이 변변치 못하다면서 외국 문학 전공에 대해서는 국비지원 유학장학금을 배정하지 않았다. 사실 나보다 한 학년 위였던 자오뤄루이와 나는 장학금을 받는 우수한 학생이었고 칭화대학의 국비 유학생 중에는 둥우대학에서 나와 같이 공부한 동창이 둘이나 있었다. 성적으로만 놓고 보면 내가 훨씬 나았다. 더구나 나는 둥우대학에서 황금열쇠상까지 받았다. 이런 내가 변변치 않은 학생이란 말인가? 만일 내가 칭화대학의 학부에서 외국 문학을 전공하였다면, 만일 내가 희곡 수업을 수강하였다면, 내가 짧은 단막극이라도 한 편 썼을 지 모를 일이고, 학과 주임이 나를 양성할 만한 인재라고 생각했을지도 모를 일이었다. 하지만 그때 나는 희곡보다는 소설에 관심이 있었다. 너무 어려서 운명의 신이 장난을 치고 있다는 것을 결코 알 수 없었고, 그래서 받아들일 수 없었다. 어차피 나는 국비 유학과는 인연이 없었다. 하지만 중수와 함께 유학길에 올라 중수 덕으로 내 생활비를 줄일 수 있었다.

옥스퍼드는 학비가 보통의 다른 학교에 비해서 훨씬 비쌌다. 지도 교수 비용까지 별도로 내야 했고, 기숙사와 식비도 비싼 편이었다. 만일 내가 다른 학교에 가게 된다면 두 사람이 각자 따로 살아야 하니 돈이 두 배로 들고, 여기에 오가는 비용까지 생각한다면 계산이 맞지 않았다. 중수의 앞니가 부러진 것과 같은 의외의 사고에 대한 예산까지 넣으면 중수가 받은 생활비에서 내 몫으로 쓸 수 있는 것은 얼마 남지 않는다. 만약 나 역시 미처 생각지 못한 비용이 발생한다면 어떻게 할 것인가? 아버지는 혈압이 높았는데 당시에는 혈압을 낮추는 약도 없었다. 부모님 곁을 떠난 것만으로도 죄책감이 들었는데 어떻게 또 손을 벌리겠는가? 나는 청강생이라는 차선책을 선택할 수밖에 없었다. 몇 과목만 청강하고 보들리 도서관에서 자습을 했다.

라오진의 하숙집에서는 하루에 4번, 아침, 점심 그리고 애프터눈 티와 저녁을 제공했다. 우리 방은 더블 베드가 있고 따로 거실이 구분되어 있지는 않았지만 창가에 서면 화원이 보였다. 매일 라오진의 아내나 딸이 방 청소를 해 주었다. 나는 정식으로 입학 허가를 받은 것이 아니라서 수업이 없었다. 스스로 시간표를 짜서 공부했는데, 나는 최고의 자유를 누리며 공부할 수 있었다. 쑤저우에서 대학을 다닐 때 도서관에서 자료를 찾아 가며 문학 공부를 했지만 어떻게 해야 문학의 영역에 들어갈 수 있는지 알지 못했다. 칭화대학에 합격하고 나니 지금까지 공부한 것으로는 부족하고, 또 보충하기에는 시간이 너무 없었다. 나는 그때 문학의 경전들이 빽빽하게 꽂혀 있는 옥스퍼드 대학의 도서관에서 여유롭게 공부하며 보충할 수 있었다.

도서관에 가면 늘 1인용 책걸상이 있는 창가 자리를 차지하고 앉아 서가에 꽂혀 있는 책을 가져다가 보았다. 다 못 본 책을 그대로 책상에 올려 두어도 괜찮았다. 그 자리 주변에는 학생들이 적어서 정말 조용했다. 나는 스스로 학습 목표를 세우고 시간표를 짜서 한 권 한 권 처음부터 끝까지 자세하게 읽었다. 이렇게도 공부할 수 있는데 무슨 불만이 있을 수 있을까?

학기가 시작된 후에 중수는 검은색 조끼를 받았다. 등 뒤에 두 줄로 검은색 띠를 두른 조끼였다. 중수는 나라에서 국비 지원을 받는 장학생이지만, 옥스퍼드 입장에서는 장학금을 받는 학생이 아니었기 때문에 일반 학생을 의미하는 검은색 조끼를 받은 것이다. 남학생들은 딱딱한 사각모도 받았지만 아무도 쓰고 다니지 않았다. 장학생들은 검은색 긴 가운을 받는다. 여학생들은 모두 부드러운 사각모를 받아 쓰고 다녔다. 옥스퍼드의 대학 가운을 입은 학생들로 꽉 차 있는 거리에 서 있으면 나는 학교에 다니지 못하는 가난한 집 아이처럼 열등감을 느꼈고 검은색 조끼를 입은 학생이 진심으로 부러웠다.

옥스퍼드의 공동 수업은 강의실 건물에서 열렸다. 중수의 전공 수업은 강의실이 아니라 단과 대학 건물에 있는 식당을 빌려서 했는데 청강생이 아주 많았다. 중수는 내가 듣는 수업을 듣지 않았다. 중수는 꼭 수강해야 하는 필수 과목이 있었다. 중수가 가장 힘들어하는 수업은 지도 교수와 일대일로 하는 수업이었다. 나는 혼자서 치파오를 입고 수업을 받으러 갔다. 늘 수녀님 두세 분과 함께 앉아서 수업을 들었는데 청강생들이 앉는 방청석에 앉아 있으면 마음속에 열등감이 가득 차올랐다.

중수는 나더러 복 받은 줄 알라고 했다. 중수는 필수 과목의 커리큘럼을 나에게 보여 주었다. 그걸 보니 내가 학교 소속이 아니어서 수업을 받지 못하는 것이 다행이었다. 중수는 두 학년 위의 선배들이 쓴 논문 제목도 한번 보라고 했다. 이것 역시 불필요한 노력을 하지 않아도 된다는 점에서 다행이라 생각했다. 하지

우리 셋

만 공부하는 데 있어서 일정 정도의 교과 과정은 필요한 것이었고 나에게는 그것이 부족했다. 만약에 중수가 나처럼 자유롭게 공부할 수 있는 시간까지 있었다면 훨씬 더 큰 성과를 거두었을 것이다. 아무튼 우리는 둘 다 서로의 공부에 대해서 만족스럽지 못했고, 불만이 더 큰 쪽은 중수였다.

옥스퍼드에 중국학을 연구하는 스폴딩 교수직을 만든 사람은 헨리 노먼이라는 재력가였다. 그의 남동생인 케니스 제이는 중국의 노장 철학을 연구한 중국학자였는데 옥스퍼드의 브레이지노스대학의 전임 연구원으로 재직하고 있었다. 헨리 노먼은 자신의 집에서 하는 애프터눈 티에 우리 부부를 초대했다. 그는 중수에게 중국 정부의 장학금을 포기하고 철학 전공으로 케니스 제이의 연구를 돕는 것이 어떠냐고 말했다. 헨리 노먼은 중국 정부의 장학금은 너무 적어서 가치가 없다는 뉘앙스로 말했고 중수는 그 자리에서 그의 제안을 거절했다. 그 후에도 우리는 헨리 노먼과 계속 왕래하며 지냈다. 케니스 제이도 이런저런 연구 문제를 중수에게 물어보고 싶다며 더욱 빈번하게 교수 아파트로 우리를 초대했고 애프터눈 티를 함께했다. 중수는 문학 전공으로 학사 학위를 받는 것에 만족하지는 않았지만, 그렇다고 해도 조국의 장학금을 버리고 외국 재력가의 투자에 의지하는 일은 절대로 하지 않을 작정이었다.

옥스퍼드의 학생들은 막 귀족 고등학교를 졸업한 부잣집 자제들이 대부분이었다. 학기 중에는 기숙사에 살다가 방학만 되면 모두 여행을 떠났다. 옥스퍼드의 학제는 일 년이 3학기로 되어 있는데 매 학기는 8주로 되어 있었고 방학이 6주였다. 3학기가 끝나면 여름 방학이 3개월 정도로 아주 길었다. 시험은 학기 말에 있지 않고 졸업 전에 한 번 보는 것이라 입학하고 2년이나 4년 후에 시험을 보게 된다. 젊은 학생들은 평소에 공부를 거들떠보지도 않다가 시험이 코앞에 닥치면 급한 마음에 부처님 다리를 끌어안는 식으로 벼락치기 공부를 한다. 밤에는 술집으로 몰려가서 술에 취해 소란을 피우며 학교 규칙을 어기는 일도 다반사였다. 그래서 중수의 학과에서는 학업지도 교수 외에 생활지도 교수를 한 명 더 두었다. 그래서 학생 한 명에 지도 교수가 두 명씩 있었다. 학생이 난동을 피우다가 구금되면 생활지도 교수가 가서 데려왔다. 하지만 중수의 생활지도 교수는 종종 우리 부부를 초대하여 집에서 차를 대접하는 일 외에는 할 일이 없었다.

옥스퍼드에는 학생들이 매주 자신이 속한 단과 대학 건물 식당에서 4~5번 저녁을 먹어야 한다는 교칙이 있었다. 학생이 그 학교의 소속이라는 것을 증명하기에 이만한 것이 없으니 밥이 수업보다 훨씬 중요했다. 중수는 문학 학사 학위를 받은 후에 2년 더 학교 밥을 먹어야 석사가 되고, 그 후로도 4년 동안 학교 밥

우리 셋

을 먹어야 박사 학위를 받는다고 했다.

당시 옥스퍼드에 있는 중국 유학생 대부분은 정부의 지원금으로 공부하는 장학생들이었다. 그들도 방학 기간에는 옥스퍼드를 떠나 다른 곳으로 여행을 다녔지만 중수는 3학기를 다 마치고 난 다음에야 비로소 여행을 떠났다.

이것은 중수에게 있어서 이상한 일이 아니었다. 중수는 별로 활동적인 사람이 아니었다. 나는 칭화대학에서 공부할 때 반년 동안 베이징의 명승고적을 다 돌아 다니며 여행을 했다. 하지만 중수는 칭화대학에서 4년이나 있었으면서도 위취안산이나 바다추 같은 곳도 가 보지 않았다. 학교 개교기념일에 단체 여행을 가게 되자 그때 한 번 이허위안에 가 보았을 뿐이었다. 샹산도 딱 한 번 가 보고 그 이외에는 가 본 곳이 없었다. 중수가 베이징의 명승고적을 돌아본 것은 1934년 봄, 칭화대학을 다니고 있는 나를 보러 왔을 때이다. 첸중수는 '올해는 이례적으로 봄놀이를 했다'는 구절이 있는 시 〈베이징 여행北游詩〉를 지었는데, 지금은 시 〈양장과 함께 위취안산에 가다玉泉山同絳〉 한 수만 남았다.

옥스퍼드에는 이런저런 방학이 아주 많았다. 중수는 방학 내내 모든 시간을 책 읽는 데 쏟아부었다. 대학 도서관에 소장되어 있는 서적들은 18세기를 기준으로 18세기와 18세기 이전의 고전 작품들로 한정되어 있었다. 그곳에 없는 19세기와 20세기의 고

전과 대중 서적은 시립 도서관에서 대출해서 읽었다. 시립 도서관의 풍부한 장서들은 대출 기간이 2주였는데 우리는 종종 2주가 되기도 전에 도서관으로 뛰어가곤 했다. 우리는 집에서 가져온 중국 고전과 시, 사, 시화 등의 책을 가지고 있었다. 친구에게 빌리거나, 선물로 받은 책도 있었고, 서점에서 선 채로도 읽을 수 있었기 때문에, 아무튼, 읽을 책이 없어서 고민할 일은 없었다.

우리는 매일 밖으로 나가 '탐험'을 했다. 아침을 먹은 후 라오진의 아내나 딸들이 방을 청소할 수 있도록 밖으로 나가 산책을 하는 것이다. 우리는 이 산책을 '탐험'이라고 부르길 좋아했다. 저녁밥을 먹기 전에도 밖으로 나가서 산책을 했는데 천천히 걷고 신나게 놀면서 마음을 가다듬었다. 하루 두 번의 산책을 모두 '탐험'이라고 부르는 이유는 늘 낯선 곳을 찾아다니며 새로운 것을 발견하기 때문이다.

옥스퍼드는 작고 조용한 도시이다. 우리는 넓은 대로변도 걷고 작은 골목길도 걷는다. 학교 문 앞에서 공원까지, 도시의 외곽, 교회, 시장, 한 곳, 한 곳 걸어서 가 보고, 가게 안에도 들어가 본다. 나는 동네마다 다른 주택의 모양을 보고, 이런 집에는 어떤 사람이 사는지, 저런 집에는 또 어떤 사람이 사는지 상상해 본다. 번화한 거리의 북적거리는 인파 속에서 사람들의 신분을 추측해 보고 내가 읽었던 책 속의 인물 중에서 비슷한 사람이 있는

우리 셋

지 찾아 보기도 한다.

옥스퍼드의 사람들은 정이 많다. 길에서 우연히 만난 우체부는 우리집에 배달될 편지를 그 자리에서 주곤 했다. 중국 우표를 받고 싶어서 우리를 에워싸는 어린아이들도 모두 예의가 바르다. 해 질 무렵이 되면 흰 장갑을 낀 우람한 경찰들이 천천히 거리를 걸으며 집마다 대문을 밀어 보고 잘 잠겨 있는지 확인을 한다. 문이 열려 있는 집이 있으면 아주 예의 바르게 문단속할 것을 당부한다. 우리는 다시 라오진의 집으로 돌아와서 커튼을 치고 마주 앉아 책을 읽는다.

학기 중에는 사교 활동이 조금 많아진다. 보통 애프터눈 티를 함께하는데 교수들은 집으로 초대하고 학생들은 기숙사로 초대한다. 중수와 나는 그들에게서 차 마시는 법을 배웠다. 먼저 찻주전자를 데우고 찻숟가락으로 찻잎을 가득 채워 사람 수만큼 주전자에 넣는다. 너 한 숟가락, 나 한 숟가락, 얘도, 쟤도 한 숟가락씩, 그러면 찻주전자에 차가 그득해진다. 네 사람이 차를 마신다고 하면 다섯 숟가락을 넣고 세 사람이 마신다고 하면 네 숟가락을 넣는다. 찻주전자에 뜨거운 물을 부어가며 진한 맛이 옅어질 때까지 여러 번 우려 마신다.

옥스퍼드 유학 시절 중수는 연미복을 딱 한 번 입었다. 그로스 클라크의 초대로 세인트 조지스 호텔에서 하는 파티에 참석했을 때였다. 그로스 클라크는 1934년 〈소동파의 부蘇東坡賦〉를 출판하면서 중수에게 서문을 부탁했다. 그로스 클라크는 그때 파리에 있었는데 중수가 옥스퍼드에 있다는 이야기를 듣고 부인과 함께 영국으로 왔다. 그는 함께 저녁을 먹자며 우리 부부를 초대했다.

2층 창문에서 내려다보니 호텔 정문에 검은 승용차 한 대가 도착하는 것이 보였다. 승용차의 문이 열리고 작고 아담하게 생긴 동양 여자가 내렸다. 클라크 부인이 그녀가 후원후의 딸이라고 설명해 주었다. 클라크씨는 예전에 칼리만탄 섬의 총독부에 부임해서 만금유, 일명 호랑이 연고를 만든 후원후와 서로 알게 되었고 미스 후 역시 옥스퍼드에서 공부하고 있다고 했다. 나는 그저 소문으로 그녀의 다이아몬드 도난 사건을 들었는데 그때 그녀를 실제로 한 번 보았다.

당시 중국 유학생 중에는 위다전과 위다인 자매, 샹다, 양런 펜 등이 있었다. 우리집에 자주 놀러 오던 사람은 샹다였다. 샹다는 런던에서 둔황 고서 필사 작업을 하고 있었지만 옥스퍼드 대학 도서관의 중문 서적 편집 일로 옥스퍼드에도 자주 왔다. 옥스퍼드의 생활비가 너무 비싸서 샹다는 휴즈 목사님 집에 얹혀살고 있었다. 그리고 또 양센이도 있었는데 나이가 어려서 모두들 '샤오양'이라고 불렀다.

우리 셋

중수도 노는 것을 좋아했다. 하지만 산으로 들로 놀러 다니는 것보다 문학을 가지고 노는 것을 좋아했다. 무슨 말이든 우스꽝스러운 말로 바꿔서 말하고, 형식에도 맞지 않는 시를 입에서 나오는 대로 읊으며 놀았다. 그가 샹다에게 헌정한 타유시도 있었다. 샹다의 외모를 묘사한 것으로 '겉은 스디루(still)한 고요, 속은 성디먼(sentimental)한 감성'으로 시작하는 시인데 횡설수설 말도 안 되는 시였다. 중수와 샹다는 둘 다 배를 움켜쥐고 웃어 댔다. 샹다는 "다른 사람들은 달콤한 입으로 날카로운 마음을 숨기는데, 자네는 날카로운 입으로 달콤한 마음을 감추었군."이라고 화답했다. 중수와 상대하며 즐겁게 놀 수 있는 사람은 그리 많지 않다. 서로 잘 맞지 않는다 싶으면 이내 중수를 까탈스러운 사람이라고 생각하고 박정하게 대하기 때문이다. 우리는 마음이 잘 맞지 않는 상대라는 생각이 들면 조금 거리를 두고 대했는데, 그러면 또 거만하다는 말을 들었다. 우리는 그때 젊었고 세상 물정을 잘 몰랐다. 하지만 세상 물정에 아주 밝은 그들과 똑같이 행동했더라도 그들은 또 우리를 비난했을 것이다. 중수와 나는 그저 이렇게 이해했다.

둘

라오진 하숙집에서 제공하는 식사는 형편없었다. 처음에는 괜찮았는데 갈수록 나빠지기 시작했다. 중수의 입맛은 좀처럼 변하지 않아서 서양식 요리를 맛보려 하지도 않았고, 치즈도 아예 먹지 않았다. 중수는 양껏 먹지도 못했다. 나는 많이 먹는 편이 아니라서 내 몫의 반을 중수에게 덜어 주었는데도 중수는 부족한 것 같았다. 이런 생활을 오래 지속할 수는 없었다. 더구나 방이 한 칸뿐인 것도 불편했다. 나는 성적에 매달리는 학생은 아니지만 내 시간을 소중히 여기고 중수처럼 책 읽는 것을 좋아한다. 그런데 중수에게 손님이 찾아오면 나는 착한 아내의 역할을 하느라 책을 읽을 수 있는 소중한 시간을 2~3시간 정도 희생해야 했

우리 셋

다. 더구나 담배연기까지 마셔야 하니 나는 혼자 속으로만 한숨 지었다.

이리저리 궁리를 하다가 마침내 나는 새로운 집을 구하기로 마음 먹었다. 가구가 딸려 있고 스스로 음식을 조리해 먹을 수 있는 좋은 집을 구해서 숙식의 문제를 대대적으로 개선하기로 한 것이다. 이미 방값은 어느 정도인지 알아 보았다. 하지만 중수는 나와 생각이 달랐다. 공연히 일을 만들지 말라고 했다. 내가 요리를 할 줄 모르니 매 끼니에 새로 만든 밥을 주는 라오진 하숙집이 낫다고 했다. 그리고 방이 좁은 것도 아니니 그럭저럭 지내 보자는 것이다. 하지만 나는 라오진 하숙집의 음식 정도는 나도 배우면 충분히 할 수 있다고 말했다.

나는 신문 광고를 보고 혼자서 방을 보러 갔다. 몇 군데를 들러 봤는데 모두 멀리 떨어진 외곽 지역이었다. 전에 한번 고급 주택가를 탐험하면서 봐 두었던 '세 놓음'이라는 광고는 다시 가서 보니 보이지 않았다. 하지만 나는 단념하지 않고 혼자 부딪혀 보기로 했다. 먼저 '실례합니다'라는 말을 충분히 연습한 후에 숨을 한 번 크게 내쉬고 용기를 내서 문을 두드렸다. 문을 열고 나온 사람은 아일랜드 출신의 나이 많은 노처녀, 미스 달리였다. 그녀는 세놓을 방이 있는지 없는지도 말하지 않았다. 그저 나를 아래 위로 훑어보더니 몇 가지 물어 보고는 바로 방을 보여 줬다.

방은 2층에 있었다. 침실에 거실이 따로 딸려 있었고 난방을 전기 난로로 했다. 침실과 거실에 각각 베란다가 있었는데 베란다의 바로 밑에는 차고가 있었다. 베란다에서 잔디가 깔린 정원이 내려다보였다. 부엌은 작았지만 전기 레인지가 있었다. 욕실에는 구식의 회전식 수도관이 있는데, 불을 붙이면 관 내의 물이 회전하면서 따뜻하게 데워져 작은 세면대로 흘러나온다. 이 방은 원래 한 칸이었던 큰 방을 온갖 궁리를 해서 두 칸으로 나눈 것이었다. 바깥에 있는 계단을 통해서 정원으로 내려가면 별도의 출입문이 있었다. 나는 확인해야 하는 사항들을 명확하게 물어본 후에 다음날 중수를 데리고 방을 보러 갔다.

미스 달리의 집은 위치가 아주 좋았다. 학교와 도서관이 모두 가까웠고 길만 건너면 바로 대학 교정으로 연결되었다. 라오진의 하숙집은 욕실과 화장실이 모두 공용이었다. 하지만 욕실과 화장실을 다른 사람과 함께 쓰는 걸 누가 좋아하겠는가? 대충 방세를 계산해 보니, 수도세, 전기세 등을 더하면 라오진 하숙집의 방세보다 비쌌다. 하지만 예산을 벗어나지만 않으면 괜찮다. 나는 예산을 너끈하게 잡아 놓았다. 중수는 방을 보고 생각지도 않게 좋은 방을 얻게 되었다고 좋아했다. 우리는 미스 달리와 계약을 했고 바로 라오진 하숙집에 연락을 했다. 크리스마스는 라오진 하숙집에서 보내고 새해 전후로 해서 새집으로 이사를 했다.

우리 셋

우리는 매일 식품점에서 필요한 우유와 빵을 미리 주문했다. 우유는 매일 새벽에 우리집 문 앞으로 배달되고, 빵은 막 화덕에서 꺼낸 것으로 점심시간에 맞춰 집까지 가져다주는 남자아이가 있었다. 식품점에는 계란, 차, 버터, 그리고 소시지, 햄 같은 가공식품, 각종 육류, 채소와 과일까지, 필요한 식품이 모두 있었고 우리가 미리 필요한 것을 골라 놓으면 집까지 배달해 주었다. 상품은 모두 나무 상자에 담아 문 앞에 놓아 두었다. 상품을 꺼내고 남은 빈 나무 상자는 그대로 두면 다음에 배달을 와서 다시 가지고 갔다. 매번 물건을 살 때마다 돈을 지불하지는 않았다. 물건을 주문할 때 상점 주인이 작은 장부에 적어 놓으면 2주에 한 번씩 결산을 해서 지불했다. 우리는 도서관에 갈 때나 저녁에 탐험을 할 때 길 건너에 있는 식품점으로 가서 주문을 하고 계산서가 오면 돈을 지불해 주었다. 한 번도 밀린 적이 없었다. 상점 주인은 우리를 오래된 단골로 대해 줬다. 조금 오래된 물건을 주문하면 바로 "이거 좀 오래 됐어요. 이틀 있으면 새로 들어오는데 그때 새것으로 보내 줄게요."라고 말해 주고 신선한 물건이 들어올 계획이 있으면 미리 알려 주기도 했다. 중수의 〈화이쥐 시집槐聚詩存〉을 보면 1959년에 내게 써 준 시 중에 무슨 '쌀과 장작을 헤아리며 살림을 배운다'는 구절이 있는데 그저 상점에 가기 전에 얼마나 필요한지 먼저 생각해서 주문했다는 말이다.

라오진 하숙집에서 새집으로 이사하던 날은 잘 기억이 나지 않는다. 하지만 방 안에 고전풍의 옷장이 나란히 놓여 있던 것은 기억이 난다. 옷장을 보고 우리 방은 원래 큰 방 뒤쪽에 달린 작은 옷방이 아니었을까 생각했다. 우리 방에는 서랍장도 많이 있었다. 오후 늦게 이사를 해서 저녁이 다 되어서야 우리 둘은 전기난로와 커피포트 사용법을 배웠다. 커피포트는 아주 잠깐이면 바로 물이 끓었다. 미스 달리의 셋방은 솥, 포크와 나이프, 컵, 접시 같은 주방용품을 비롯해서 생활용품까지 모두 구비되어 있었다. 그럭저럭 저녁을 준비하여 먹었다. 이삿짐이 아주 적은데도 하루 종일 바쁘게 움직였고, 옷 정리, 책 정리를 늦은 밤까지 했다. 중수는 피곤해서 머리를 대자마자 그대로 곯아떨어졌다. 하지만 나는 피곤하면 오히려 잠을 못 자는 사람이라 잠을 잘 수가 없었다.

새집으로 이사한 첫날, '얼뜨기' 중수가 엄청난 일을 해냈다. 늦게 잠든 내가 일어날 기미가 없자 중수 혼자서 아침상을 차린 것이다. 중수는 침대 위에서 사용하는 작은 밥상(약간 큼직한 쟁반같이 생겼는데 짧은 상다리가 달렸다)에 아침을 차려 내 침대 위로 날라 왔다. 나는 잠결에도 아침밥을 먹으려고 벌떡 일어났다. 중수는 달걀을 반숙으로 삶고 식빵을 구웠다. 우유를 데워서 진하고 향기로운 밀크티를 만들었다. 친구들에게서 배웠다고 하는데 뜻밖에 모두 다 성공이었다(라오진 하숙집 어디에 이런 고급 홍차가 있단 말인가?). 우리는 각자 자신의 몫으로 우유를 한 잔씩 마셨다. 거기다 버터, 잼, 꿀까지! 여태까지 이렇게 맛있는 아침밥을 먹어 본 적이 없었다.

우리는 함께 사는 동안(시댁이나 친정에 갔을 때, 하루 세 끼니를 다 차려 주는 하녀가 있던 시절, 중수가 아팠던 때를 제외하고) 아침밥만큼은 늘 중수가 차려 주었다. 매일 아침 큰 찻잔으로 밀크티 한 잔을 마시는 것은 중수에게 평생 끊을 수 없는 즐거움이었다. 하지만 중국으로 돌아간 후에는 인도의 립턴 홍차를 구할 수가 없어서 우리는 세 종류의 중국 홍차를 섞어서 마셨다. 전홍 홍차의 향과, 후홍 홍차의 맛과 치홍 홍차의 색을 취하는 것이다. 지금도 우리 집에는 홍차를 담는 통이 세 개가 있다. 볼 때마다 그때의 즐거웠던 나날이 떠오른다.

중수가 차려 주는 아침밥을 생각하니 그로부터 30여 년이 더 지난 후, 1972년 초봄의 일이 떠오른다. 우리가 간부학교에서 베이징으로 돌아온 지 얼마 되지 않았던 때인데 그 당시 베이징에는 도시가스 보급이 막 시작되어서 여전히 연탄을 쓰는 집이 많았다. 밤새 연탄불이 꺼져 버렸는데 아침에 일어나 보니 중수가 여느 때와 마찬가지로 아침상을 차려 왔다. 아침상에는 중수가 좋아하는 돼지기름으로 구운 떡까지 올라와 있었다. 중수는 의기양양한 표정이었다. 내가 어떻게 떡까지 구웠느냐고 칭찬을 하자 중수는 시치미를 떼고 아무 말도 하지 않았다. 아침을 먹다가 아무래도 이상한 생각이 들어 물었다.

— 꺼진 연탄불을 누가 다시 붙여줬어요?

그러자 중수가 으스대며 말했다.

— 내가 성냥불로 붙였지!

중수가 성냥개비로 불을 붙인 것은 평생 동안 단 한 번이었다. 그리고 그 사건은 오로지 아침밥을 만들기 위해서 일어난 것이었다!

미스 달리의 셋방으로 이사 온 후 우리만의 부엌이 생기자 중수는 홍사오러우가 먹고 싶다고 했다. 다른 남자 유학생들은 물론 위다전과 위다인 자매 역시 요리를 잘하지 못했다. 하지만 우리에 비하면 그나마 조금 더 나은 수준이라고 할 수 있었다. 그들은 먼저 고기를 한번 삶아서 물을 따라 버리고 생강을 넣고 간장을 넣고 갖은 양념을 하라고 가르쳐 줬다. 생강과 간장은 옥스퍼드에도 수입된 것이 있었다. 하지만 간장이 짜고 씁쓸하기만 해서 맛이 없었다. 우리 부엌에는 살림이라고 할 만한 것이 거

122   우리 셋

의 없었다. 칼 대신 커다란 가위로 고기를 뭉텅뭉텅 잘라 낸 다음 친구들이 가르쳐 준 대로 훙사오러우를 만들어 보았다. 둘이서 전기레인지 앞을 지키고 서서 열심히 고기를 삶았다. 불을 있는 대로 세게 해서 삶다가 물이 졸아들면 다시 물을 부었다. 그 뻣뻣하고 질긴 고기를 어떻게 먹어 치웠는지 기억이 잘 나지 않는다. 그 일이 있고 난 후, 어느 날 갑자기 어머니가 귤 정과를 만들 때 은근한 불로 계속 끓이던 것이 생각이 났다. 맞아. 그렇지! 우리의 얕은 과학지식으로도 은근한 불의 위력이 훨훨 타오르는 큰 불보다 세다는 것은 알 수 있었다. 은근한 글의 힘이 무섭게 휘두르는 칼의 힘보다 강한 것과 같은 이치이지 않은가! 그 뒤로 다시 훙사오러우를 만들 때는 황주 대신 셰리 와인을 넣고 은근한 불에 익혔다. 고기 삶은 물도 따라 버리지 않고 거품만 걷어 내었다. 훙사오러우는 생각보다 훨씬 더 맛있게 되었고 중수는 신나게 먹었다.

새집으로의 이사는 또 하나의 모험이었다. 스스로 음식을 요리해 먹는 것도 우리에게는 모험이었다. 훙사오러우를 먹을 수 있었던 것은 그 모험이 성공했다는 것을 의미한다. 훙사오러우를 성공한 이후부터는 닭고기든 돼지고기든 양고기든 일사천리로 성공가도를 달렸다. 간장 양념을 하지 않아도 맛이 있었다. 은근한 불에 오래 익혀서 하얗게 삶아 내기만 해도 맛있는 고기가 되었다. 연한 양고기를 사다가 가위로 가늘게 잘라서 불 옆에 선 채로 훠궈를 해 먹기도 했다. 고기를 다 먹은 다음에는 채소를 탕 속에 넣고 끓여 먹었다. 또 예전에 부엌에서 보았던 채소 볶음의 기억을 더듬어 채소 볶음도 시도해 보았다. 채소는 삶은 것보다 볶은 것이 더 맛이 있었다.

한번은 상점에 편두콩이 들어왔는데, 우리는 어떻게 요리해 먹어야 할지 몰랐다. 한쪽 콩깍지를 벗겨 보니 안에 들어있는 콩알이 너무 작았다. 문득 '아, 이것은 콩깍지를 먹는 것이구나' 하는 생각이 들어 약한 불에 조려서 먹어 보았다. 성공이었다. 또 뼈까지 통째로 포장되어 있는 고기절임을 사다가 생고기와 같이 끓여 먹었는데 그러면 고기절임에서 중국 햄과 비슷한 맛이 났다. 조리 식품 코너에 있는 서양의 햄은 중국의 생햄과는 맛이 달랐다. 식품점의 조리 식품 코너에는 돼지도 얼굴을 내밀고 있었다. 나는 그때 처음으로 돼지 머릿고기를 식품점에서 살 수 있다는 것을 알았다. 턱뼈를 제거하고 머릿고기를 눌러 둥그렇게 만든 배드챕을 한 치 정도 되는 두께로 잘라서 팔았다. 입, 코, 귀, 각 부위가 다 맛있었지만 목살은 비계가 있어서 별로였다. 그리고 살아 있는 새우도 있었다. 새우를 앞에 두고 나는 숙련된 전문가처럼 말했다.

— 수염이랑 발은 잘라 버려야겠지요.

하지만 싹둑, 한 번 가위질을 하자 새우가 꿈틀, 움직이는 것이 아닌가! 나는 가위와 새우를 내던지고는 부엌 밖으로 뛰쳐나갔다. 내가 다시 들어오자 중수가 무슨 일이냐고 물었다.

— 새우가, 내가 가위로 잘랐더니, 아파서 꿈틀대는 거예요. 우리 앞으로 새우는 먹지 말아요!

중수는 내가 생각하는 것처럼 새우가 아파서 그런 것이 절대 아니라고 설명했다. 그리고 자신은 새우를 계속해서 먹고 싶으니 앞으로 새우 손질은 자신이 하겠다고 했다.

우리의 탐험과 발명은 계속되었다. 두 원시인의 음식은 점점 요리로 발전되어 문명의 꽃을 피웠다.

둘이 함께 배워가며 스스로 밥을 해 먹는 것은 놀이처럼 즐거웠다. 중수는 배부르게 먹고 나서 진한 먹물로 스마일 표정을 그려 주었다. 그 시절 중수가 정말로 즐거운 기분이 들 때 마음을 표현하는 방식이었다.

점심은 내가 전담하고 중수가 보조를 한다. 가끔은 사람이 밥을 먹지 않고도 살 수 있다면 훨씬 더 편하고 즐거운 삶이 되지 않을까 하는 생각이 든다. 하지만 중수는 즐거운 삶을 살기 위해서 사람은 밥을 먹어야만 한다고 했다. 신선처럼 하얀 돌을 삶아 먹고 영원히 배가 고프지 않다면 세상에 무슨 재미가 있겠느냐며 그는 절대 그런 신선이 부럽지 않다고 했다. 그렇게 말해 놓고 중수는 또 이런 시를 썼다.

그대가 연기와 그을음 속에서 밥을 지으니
차라리 밥 안 먹고 사는 신선이 되고 싶소

사실 우리가 사용하는 전기레인지에서는 연기가 나지도 않고, 중수 역시 밥을 안 먹는 신선이 될 생각은 추호도 없었다. 그는 또 이런 시도 지었다.

거위는 네 발 달린 자라에게 페티코트를 입으라 하네

사실 우리는 거위나 자라를 먹어 본 적이 없었다. 중수는 늘 먹던 것만 먹으려 하는 나를 고지식하다고 놀렸는데, 이 시도 나를 놀리느라고 지은 것이다.

중수는 나에게 시를 가르쳐 주겠다고 여러 번 말했었다. 하지만 나는 진심으로 '시인이 될 만한 자질이 없다'고 말했다. 학생 때 수업 과제로 시를 쓰면 칭찬을 받았지만, 그것은 정말이지 그저 운율만 맞춘 것뿐이었다. 나는 시를 좋아한다. 중국어로 된 시, 외국어로 된 시 할 것 없이 모든 시를 좋아한다. 중수와 함께 시를 논하는 것도 아주 좋아했다. 우리는 종종 함께 시를 암송하곤 했다. 함께 시를 암송하다가 둘 다 생각나지 않는 글자가 있다면, 그 글자를 몰라 앞 뒤 운율을 맞출 수가 없다면, 그 글자는 분명 시 전체를 볼 때 가장 시구에 적절하지 않는 글자일 가능성이 높다. 시 전체적으로 적절하고도 훌륭하게 운율을 맞추는 글자는 입에 잘 붙어서 절대 잊을 수가 없기 때문이다.

그 시절, 우리는 힘차게 생활했고 나날이 즐거웠다. 마치 온 세상을 정복한 것 같았다.

새집으로 이사하고 난 후(그날 큰 눈이 내렸던 것이 기억난다), 이전의 하숙집 주인인 라오진이 눈길을 허겁지겁 달려와 황망한 소식을 전했다.

— 국왕이 돌아가셨어요.

1936년 이른 봄, 영국의 국왕 조지 5세가 서거하였다. 영국 왕실이 이토록 국민들에게 존경과 사랑을 받는다는 것을 예전에는 잘 알지 못했다. 라오진은 마치 혈육을 잃은 것처럼 슬퍼하였다. 얼마 지나지 않아 에드워드 8세가 왕위를 다시 양위하였다는 소식이 보도되었다. 중수의 영국인 친구 스튜어트가 급히 구해다 준 호외 신문을 보니 머리기사로 실려 있었다. 그날도 눈이 내렸다. 모든 일이 그해 겨울에 한꺼번에 일어났다.

스튜어트는 우리집에 자주 놀러 왔다. 샹다도 우리집에 자주 놀러 오는 친구였는데 샹다는 휴즈 목사님 집에서 매일 감자만 먹는다고 투덜거렸다. 그래서 우리는 변변치 않은 집밥이지만 끼니마다 감자를 먹는 샹다를 불러 함께 먹었다. 샹다는 잠시도 집에 있지 않고 늘 밖으로만 돌며 왕성한 사교 활동을 했다. 밤낮으로 우리집에 들러 중수에 대한 욕을 포함해서 모든 중국 유학생들 사이에서 일어나는 일들을 알려 주었다. 우리는 위씨 자매와는 서로 알고 지내며 가끔 내왕했지만 다른 사람들하고는 동떨어져 생활했기 때문에 샹다는 우리집의 소식통이었다.

스튜어트는 중수와 같은 학교에서 함께 문학을 전공한 친구이다. 스튜어트와 중수가 가장 힘들어하는 과목이 두 과목이 있었는데 하나는 고문서학이고 다른 하나는 제본학이었다. 두 사람은 제본학 교재의 설명을 제대로 이해하지 못했다. 커다란 정사각형의 종이를 어떻게 여러 번 접어야 하는지 설명도 되어 있고 점선으로 접는 부분을 표시한 그림도 있었지만 두 사람은 아무리 해도 제대로 접을 수가 없었다. 두 사람은 화가 나서 씩씩대다

우리 셋

가 나에게 달려와서는 어떻게 교재를 이렇게 만들어 놓을 수 있냐며 불평을 했다. 나는 두 사람이 반대로 접었다고 말해 주었다. 종이를 접어서 실로 묶는 제본과 같은 일은 여자들이 비교적 쉽게 이해한다. 교재에 있는 그림 설명은 거울에 비춰진 모양과 같았다. 두 사람은 갑자기 아! 하고 깨달았고 마침내 제대로 접는 데 성공하였다. 두 사람은 바로 나를 고문서학으로 끌어들였다. 나는 귀이개를 들고 한 자 한 자 짚어 가며 글자를 구별했다. 예를 들면 알파벳 '에이(a)'는 처음에 '알파(α)'에서 점점 변형된 것이다. 시간에 쫓기지 않고 글자를 제대로 보기만 한다면 그들의 시험 문제는 사실상 어렵지 않았다. 시험에서 번역해야 하는 문제는 많은 양이 아니었고 몇 줄의 글자만 번역하면 되는 것이지만 결코 한 글자라도 틀리게 번역해서는 안 된다. 틀린 글자 하나에 몇 점씩 엄격하게 감점을 하기 때문이다.

중수는 허겁지겁 문제를 제대로 보지도 않고 고문 한 페이지를 모두 번역했다. 그는 한 페이지를 다 채점 하기도 전에 이미 감점으로 점수가 남아나지 않았고, 결국 불합격했다. 하지만 재시험이 있으니 걱정할 필요는 없었다. 중수는 재시험에서 충분히 합격할 수 있을 테니까 말이다. 중수는 재시험을 치르고 합격한 후에야 비로소 홀가분해질 수 있었다.

우리는 다음 학기에도 미스 달리의 집을 계약하기로 했다.

미스 달리는 조금 더 큰 방이 나왔다며 우리에게 그 방을 주겠다고 했다. 우리는 모든 짐을 미스 달리의 집에다 놓고 간단한 짐만 가지고 여행을 떠났다. 런던과 파리로 탐험을 떠난 것이다.

중수와 나의 인생에서 가장 활기차고 즐거운 1년이었다. 가장 열심히 공부한 1년이기도 했다. 중국에 있는 집이 못 견디게 그리운 것만 빼면 아무런 근심 걱정이 없었다. 하지만 중수는 나처럼 중국에 있는 집을 그리워하는 것 같지 않았다.

우리 셋

셋

처음 런던에 갔을 때 중수의 사촌인 중한이 런던 구경을 시켜 주었다. 중한은 우리를 대영박물관, 유명한 미술관, 밀랍인형 박물관 같은 곳으로 데리고 다녔다. 여름 방학이 되면 중한은 혼자 자전거를 타고 독일과 북유럽을 돌며 여행을 하기도 하고 공장에서 실습을 하기도 했다. 하지만 중수는 그저 감탄만 할 뿐, 중한과 같은 재주는 없는 사람이었다. 또 그런 일을 하고 싶어 하지도 않았다. 중수는 나와 함께 애처롭게 '탐험'을 하거나(우리 집에서 하이드 파크까지, 토트넘 코트 로드에 있는 고서점까지, 동물원에서 식물원까지, 또 호화로운 고급 주택가가 있는 서쪽에서 가난한 빈민가가 있는 동쪽까지) 친구들을 만나거나 했다.

파리에는 중국 유학생들이 훨씬 많았다. 런던에 있을 때였는지, 파리에 있을 때였는지, 잘 기억이 나지 않지만, 중수는 정부 당국으로부터 1936년 '세계청년대회' 대표로 스위스 제네바 회의에 참석하라는 전보를 받았다. 대표는 중수 말고도 2명이 더 있었는데 둘 다 모르는 사람들이었다. 누구를 통해서 알았는지 당시 파리에서 주재하고 있는 공산당 당원인 왕하이징이 우리를 중국 식당으로 초대했다. 왕하이징은 나에게 '세계청년대회'의 공산당 대표를 맡아 달라고 했다. 나는 매우 자랑스러웠다. 중수와 함께 스위스로 가는 것이 남편의 동반자가 아니라 공산당 대표의 자격으로 가는 것이기 때문이었다.

중수와 나는 공산당 대표로 온 다른 사람들과 함께 다녔다. 대회 전날, 밤 기차를 타고 제네바에 도착했다. 우리는 타오싱즈와 같은 칸에 탔는데 다음날 날이 밝을 때까지 셋이서 계속 이야기를 나누었다. 타오싱즈는 나를 객실 밖으로 데리고 나가 달리는 기차 위의 밤하늘을 보여 주었다. 나는 타오싱즈에게 과학적으로 밤하늘의 별을 찾는 방법을 배웠다.

'세계청년대회' 기간 동안 빠져도 될 것 같은 회의가 열리면, 우리 첸 대표와 양 대표는 사이좋게 회의에 참석하지 않았다. 둘은 울퉁불퉁하고 좁디좁은 산길을 걸으며 레먼 호수를 탐험했다. 처음엔 호숫가를 빙 돌아 오자는 생각으로 걷기 시작했는데, 가

우리 셋

면 갈수록 호수가 넓어져서 한 바퀴를 다 돌아올 수는 없었다.

하지만 중요한 회의는 절대로 빠지지 않았다. 예를 들면 '중국 청년이 세계의 청년들에게 고함' 같은 연설이 있는 회의는 꼭 참석했다. 이 회의에서는 공산당 측의 대표가 무대에 올라 연설을 했는데(영문 연설문은 첸중수가 썼다) 반응이 아주 좋았다.

우리는 스위스를 다녀와서 파리에서 일이 주일 정도 더 놀았다.

그때 파리 대학(소르본느)에서 공부하고 있는 친구들 중에 성청화가 있었다. 성청화는 칭화대학에서 나와 함께 불문학을 공부했었다. 성청화는 파리대학에서 학위를 받으려면 2년 과정을 거쳐야 하는데 옥스퍼드 대학처럼 '식사 제도'를 통해서 학교에 거주하고 있다는 것을 증명할 필요가 없다고 했다. 일찌감치 입학 등록만 해 놓으면 된다는 것이다. 그래서 우리는 옥스퍼드로 돌아오기 전에 성청화에게 부탁하여 미리 입학 수속을 해 두었다. 1936년 가을, 우리는 옥스퍼드에 있었지만 이미 파리대학의 학생이 되었다.

미스 달리가 우리에게 새로 세를 놓은 방은 처음에 들어간 방과 비슷했다. 욕실에는 신식욕조가 놓여 있었다. 이제 더 이상 회전식 수도관에 불을 붙이지 않아도 되었다. 신식욕조는 전기로 물을 데우는 방식이었는데 우리는 한 달 후에 나온 전기세 고지

서를 보고는 깜짝 놀라서 당장 더운물을 아껴 쓰기 시작했다.

우리에게는 이 여름 방학이 먼 여행을 떠난 여름 방학인 셈이었다. 나는 옥스퍼드로 돌아온 후 아기를 가졌다. 가정을 이루고 나면 대부분 아기를 바라게 되는데 우리도 예외는 아니었다. 다행히 나는 그때 한가한 사람이었고, 아이가 태어나면 프랑스로 데리고 가서 키우면 된다고 생각했다. 우리는 파리에서 유학하는 많은 여학생들이 아기를 집에서 키우지 않고 탁아소나 고향에 맡긴다는 것을 알고 있었다.

중수는 간곡하게 부탁했다.

— 나는 아들은 싫고 딸을 갖고 싶어. 그냥 딱 당신 닮은 딸 하나만 있었으면 좋겠어.

하지만 나로서는 나를 닮았다면 만족하지 못할 것 같았고, 중수를 닮은 딸이라면 좋을 것 같았다. 딸, 그것도 중수를 닮은 딸, 도대체 어떻게 생겼을까? 나는 상상하고 또 상상하였다. 나중에야 하는 이야기지만, 우리 딸은 중수를 쏙 빼닮은 얼굴로 세상에 태어났다.

나는 배 속에 아기가 생겨도 그다지 신경이 쓰일 것 같지 않았다. 하지만 아기를 갖고 나니 내 몸은 이 새로운 생명에게 모든 것을 바친다는 것을 알게 되었다. 새로운 생명의 성장은 모체의 소멸이었다. 나는 소멸까지는 아니지만 내 몸의 모든 기능이 약해져서 30% 정도 줄어들었다. 중수는 연말에 쓴 일기 속에서 나를 이렇게 묘사하며 놀렸다.

연말, 지캉은 한 해 동안 읽은 책을 헤아려 본다
많이 읽지 못했다고 속상해한다
이미 미모와 재능을 겸비한 현모양처인데
박사까지 되고 싶은 모양이다

우리는 아침 일찍 조산원으로 갔다. 중수는 아주 조심해서 나를 데리고 갔다. 1인실을 예약하고 원장에게 산부인과 전문의를 소개해 달라고 하자 원장이 물었다.

— 여의사를 원하시나요?

사실 원장이 산부인과 전문의였다. 일반 병실에 있는 산모의 아기는 원장이 모두 받았다. 중수는 이렇게 대답했다.

— 가장 실력이 좋은 전문의라면 누구라도 상관없습니다.

조산원 원장은 나에게 닥터 스펜스를 소개해 주었다. 그가 사는 가든 빌라는 우리 집에서 멀지 않은 곳에 있었다.

닥터 스펜스는 내가 대관식을 기념하는 '코로네이션 베이비'를 낳을 것이라고 했다. 출산 예정일을 계산해 보니 마침 조지 6세 대관식(5월 12일)이 있는 시기였기 때문이다. 하지만 우리 딸은 영국의 대관식에는 아무런 관심이 없었는지, 아니면 세상 밖으로 나오기가 싫었는지, 18일에 조산원으로 들어가서 아무리 애를 써도, 19일이 지나도록 아기는 태어날 기미를 보이지 않았다. 결국 닥터 스펜스는 나에게 편안히 '죽었다' 깨어날 수 있는 약을 주었다.

잠에서 깨어나 보니 나는 마치 신생아처럼 부드러운 플란넬 이불에 싸여 있었다. 발치에는 따뜻한 물주머니가 들어 있었다. 뱃가죽은 푹 꺼져 있었고 온몸이 닿기만 해도 뼛속까지 아파서 조금도 움직일 수가 없었다. 나는 옆에 있는 간호사에게 물어 보았다.

— 어찌 된 일이죠?

간호사가 말했다.

우리 셋

— 난산이었어요. 그것도 아주 지독한 난산이요.

문밖에서 고개를 디밀고 들여다보던 간호사 한 명이 신기하다는 듯이 물었다.

— 어떻게 소리를 지르지 않을 수 있지요?

내가 아파서 죽을 것 같은데도 아야 소리 한 번 내지 않는 걸 보았던 것이다. 나는 문밖에서 들려온 느닷없는 질문에도 대답해 주었다.

— 소리를 질러도 아프니까요.

간호사들은 더욱 이상하다는 듯이 물었다.

— 중국 여자들은 다 그렇게 철학적인가요?
— 중국 여자들은 소리를 지르면 안 되나요?

간호사가 아기를 안고 와서 보여주었다. 아기는 뱃속에서 온몸이 시퍼렇게 된 채로 세상에 나왔고, 파리한 아기의 몸을 그녀가 찰싹 찰싹 때려서 살렸다고 했다. 아기는 옥스퍼드에서 태어난 두 번째 중국 여자아기라고도 했다. 나는 완전히 깨어나지 못해서 말할 힘이 없었다. 다시 가물가물 깊은 잠 속으로 빠져들었다.

중수는 이날 나를 보러 네 번이나 왔었다. 조산원은 우리 집에서 멀지 않았지만 바로 오는 버스가 없어 중간에 갈아타야 했다. 나는 전날 승용차를 타고 왔지만 중수는 차라리 걸어오는 것을 택했다. 중수는 오전에 와서 딸이라는 소식을 들었지만 나를 만날 수는 없었다. 두 번째로 왔을 때는 내가 진정제를 맞고 아직 깨어나지 않았다는 말을 들었다. 중수는 세 번째 왔을 때 비로소 나를 볼 수 있었다. 나는 꽁꽁 싸매고 있던 플란넬 이불에서는 벗어났지만 여전히 몽롱하게 잠에 취해 있었고 말할 힘이 없었다. 중수가 애프터눈 티 이후에 네 번째로 왔을 때 나는 깨어 있었다. 간호사들이 중수를 위해 아기를 안고 나와 아빠에게 보여주었다.

중수는 아기를 보고 또 보았다. 자세히 아기를 들여다본 후에 자랑스럽게 말했다.

— 내 딸이로군, 내가 좋아하는 내 딸.

아위안은 어른이 되고 나서 아빠의 환영사를 듣고 무척 감동했다. 아위안은 내 이야기를 듣고 갓 태어난 자신이 아주 이상하고 못생긴 아기였다고 생각했기 때문이었다. 하지만 나는 아위안을 낳기 전까지 막 태어난 아기를 본 적이 없었기 때문에 그 당시 아기를 보고 느꼈던 그대로 표현할 수밖에 없었다. 나는 중수가 네 번째로 방문했을 때, 이미 일곱 번이나 같은 길을 왔다 갔다 하느라 너무 피곤할 테니 돌아갈 때는 차를 타고 가라고 당부했다.

중수는 매년 아위안의 생일 때마다 이날은 엄마가 정말 고생한 날이라고 말하면서 아위안이 알아주기를 바랐다. 하지만 이날은 아빠에게도, 아위안 본인에게도 힘들었던 날이었다. 아위안은 죽다 살아나는 고생을 했다. 아위안은 엄마 뱃속에서 막 나왔을 때 별로 울고 싶지 않은 척하다가 결국 우렁차게 울음을 터뜨렸다. 간호사들은 아위안을 미스 싱 하이(Miss Sing High)라고 불렀다. 나는 '소리 높여 노래하는 아가씨'라는 원뜻을 은하수를 뜻하는 한자 '싱하이星海'를 써서 음역하였다.

1인실은 2층에 있었다. 날씨가 좋으면 간호사들이 커다란 베란다 창문을 열고 침대를 베란다 근처로 끌어다 놓았다. 나는 복도를 지나가다가 옆 병실은 모두 2인실이거나, 3인실인 것을 알았다. 1인실은 6~7개 정도이거나 아니면 8~9개 정도밖에 없는 것 같았다. 간호사들은 세밀하게 잘 보살펴 주었다. 내 침대는 아위안의 식탁이 되었다. 간호사들은 매일 정해진 시간에 아기를 데리고 와서 '나'를 배불리 먹인 후에 다시 영아실로 데려갔다. 영아실에는 아기만 돌보는 전문 간호사들이 따로 있었는데 흰 가운을 입지 않은 일반인은 출입이 금지되었다.

보통 1인실에 입원하면 7~10일 정도, 일반실도 5~7일 정도 있다가 퇴원한다. 하지만 나는 무려 3주일 하고도 2일을 더 있었다. 조산원에서는 입원비를 일수로 계산했는데 병실은 부족하고 1인실이 많지 않다 보니, 한 사람이 오래 입원하는 것을 반기지 않았다. 나는 여러 번 퇴원하려고 했지만 그때마다 문제가 생겼고 조산원에서는 예외적으로 특별실을 마련해 주었다.

퇴원하기 이틀 전, 나는 간호사와 함께 엘리베이터를 타고 1층으로 내려갔다. 간호사는 나에게 1층에 있는 일반실을 보여 주었다. 32명의 산모와 32명의 신생아가 있었는데 쌍둥이도 한 쌍이 있었다. 아기들은 차례로 줄을 서서 알몸으로 저울에 올랐다가 깨끗이 씻고 다시 엄마에게 돌아갔다. 아기들은 모두 엄마의 침대 끝에 달린 요람에 누워 있었다. 나는 엄마의 침대 끝에 아기 요람이 달린 것이 참 부러웠다. 나는 아위안이 울어도 울음소리만 들을 수 있을 뿐 우는 모습은 볼 수가 없었기 때문이었다. 간호사들은 아기를 어떻게 씻기고 옷은 어떻게 입히는 지 가르쳐 주었다. 나는 간호사들만큼 빠르게 하지는 못했지만 배워서 할 수는 있게 되었다.

중수는 이때 혼자 집에서 지내면서 매일 조산원으로 면회를 왔다. 면회를 와서는 잔뜩 걱정스러운 얼굴로 이렇게 말하곤 했다.

— 내가 사고를 쳤어

잉크병을 엎질러서 주인집 식탁보에 잉크 물이 들었다고 한다. 그러면 나는 이렇게 말해 준다.

— 괜찮아요. 내가 가서 빨면 돼요.
— 잉크 물인데?
— 잉크 물도 빨아서 지울 수 있어요.

중수는 내 말을 듣고 마음이 편안해져서 돌아간다. 그래 놓고 또 금방 사고를 친다. 이번엔 스탠드가 떨어져 망가졌다고 한다. 어떤 스탠드냐고 물어보고는 나는 또 이렇게 말한다.

— 걱정 말아요. 내가 고칠 수 있어요.

그러면 중수는 또 마음이 편안해져서 돌아간다. 다음 차례는 방문의 문지도리가 떨어진 사고였다. 중수는 방문이 닫히지 않는다고 또 수심으로 가득 찬 얼굴을 한다. 하지만 내가 "걱정 말아요. 내가 고칠 수 있어요."라고 말하면 중수는 금방 마음이 편안해져서 돌아간다.

내가 '걱정 말아요'라는 말을 하면 중수의 온갖 걱정은 모두 사라져 버린다. 중수는 걱정할 필요 없다는 내 말을 굳게 믿기 때문이다. 우리가 런던을 탐험하던 시절 중수의 광대뼈에 종기가 난 적이 있다. 나 역시 무척 걱정이 되었다. 누군가 소개해 준 영국인 간호사한테 갔더니 더운 찜질을 하라고 알려 주었다. 나는 '걱정 말아요. 내가 고쳐 줄게요'라고 말해서 중수를 안심시켰다. 나는 열심히 몇 시간마다 한 번씩 찜질을 해 주었다. 며칠 되지 않아 거즈에 고름이 묻은 종기의 뿌리가 뽑혀 나왔고 얼굴에는 흉터가 조금도 남지 않았다. 중수는 감격에 겨워했고 내가 하는 '걱정 말아요'라는 말을 절대적으로 믿게 되었다. 나는 집으로 돌아가서 내가 조산원에 있을 때 중수가 저지른 몇 가지 사고를 말끔히 처리했다.

중수는 우리 모녀를 승용차에 태워 집까지 편안히 모셔 왔다. 그리고 푸릇푸릇하고 연한 누에콩을 넣고 닭곰탕을 끓여 바쳤다. 시댁 식구들이 그들의 '대감마님'인 귀한 장남이 이렇게 산모 시중을 들고 있는 것을 본다면 얼마나 놀랄지 모를 일이다.

중수는 구두 논문 심사를 순조롭게 통과했다. 중수와 같은 학년인 옥스퍼드의 경관유학생庚款留學生은 구두 시험 후 자신만만하게 말했다.

— 한 시험관이 문제를 제기했는데, 그 문제에 답을 하고 나니, 그 뒤로는 아무도 문제를 제기하지 않더군.

하지만 그는 오히려 논문을 처음부터 다시 써야 했다. 같은 과의 영국인 친구도 구두 논문 심사를 통과하지 못해서 학위를 받을 수 없었다. 문학 학사 학위를 받은 중수는 옥스퍼드의 친구들에게 작별을 고하고 짐을 꾸려서 떠날 준비를 했다. 우리 세 식구는 프랑스 파리로 향했다.

넷

우리 딸은 호를 가지고 있다. 새로 태어난 아기에게 할아버지는 젠루라는 이름을 지어 주고 리잉이라는 호까지 지어 주었다. 소띠로 태어난 아기의 명운을 점쳐 보니 '영리하고 아름다운 소'라고 나왔고, 할아버지는 그 뜻을 담아 아기의 호를 지은 것이다. 하지만 아기의 '첸젠루'라는 이름도, 아름다운 뜻을 가진 호 '리잉'도 부르기가 영 어색했을 뿐만 아니라 소리 내어 불렀을 때 아무런 울림이 없었다. 우리는 아무 때나 생각나는 대로 이것저것 불러보다가 결국 아기를 '아위안'이라고 부르게 되었고 입에 잘 붙고 부르기가 쉬운 '아위안'이라는 이름이 딸의 아명이 되었다.

아위안 아기는 태어난 지 백일이 되던 날, 부모를 따라 옥스퍼드에서 런던으로 가는 기차에 오른다. 런던에서 기차를 갈아타고 다시 도버 항구로 가서, 페리호를 타고 바다를 건너, 프랑스의 칼레 항구에 상륙하여 프랑스의 영토로 들어온 아기는 또다시 기차를 타고, 파리로 가서 마침내 부모의 친구들의 도움으로 세를 얻은 파리 근교의 아파트에 무사히 입주했다.

허리 밑까지 내려오는 유아복을 입은 아위안은 정말 예쁜 아기였다. 런던에서 갈아탄 기차 안에서 한 중년 신사가 새근새근 잠든 아위안을 한참 들여다보더니 '차이나 베이비'라는 말을 했다. '차이나 베이비'는 '중국 아기'라는 뜻과 '도자기 인형'이라는 두 가지 의미를 담고 있는 쌍관어이다. 도자기처럼 살결이 곱고 예쁜 중국 아기라는 칭찬을 들으니 우리는 어깨가 으쓱해졌다.

중수는 아기를 안는 게 몹시 서툴렀다. 그래서 손으로 들어야 하는 타자기 같은 짐은 모두 여행 가방에 밀어 넣어 화물로 부치고, 중수는 작은 가방만 두 개 들도록 했다. 그래야 내가 아기는 안고 가다가 힘이 들 때 중수에게 아기를 건네주고 손을 바꿀 수 있기 때문이었다. 페리호가 프랑스의 칼레 항구에 도착하니 항구 직원이 배 위로 올라왔다. 항구 직원은 사람들 속에서 아기를 안고 서 있는 나를 보더니 앞으로 나오라고 했다. 나는 아위안을 안고 다른 승객들보다 먼저 배에서 내렸다. 다른 승객들은 모두 줄을 서서 차례로 배에서 내렸다. 세관 신고를 할 때도 내가 제일 먼저 하게 되어서 짐도 여유 있게 하나씩 찾아서 내릴 수 있었다. 중수도 바로 뒤따라왔다. 세관 직원들은 모두 중국 아기에게서 눈을 떼지 못했다. 연신 친절한 미소를 지으면서 짐을 하나도 열어보지 않고 '통과', '통과', '통과', 연속으로 내 짐에다 '통과' 표시를 해 주었다. 아기와 아기 엄마를 배려하고 보호해 주는 것을 보면 프랑스 사람들이 영국 사람들보다 아기를 더 좋아하는 것 같다.

집주인인 마담 카소는 우체국 직원으로 근무하다 정년퇴직한 사람이었다. 퇴직금으로 집을 한 채 사서 세를 놓았는데 세입자가 원하면 하루 세끼의 식사도 제공했다. 마담 카소는 최고의 요리사라 할 만큼 음식 솜씨가 훌륭했다. 더구나 얼마 되지 않는 식비를 받고 아주 풍성한 식사를 마련해 주었다. 그녀의 남편은 먹는 것에는 돈을 아끼지 않는 사람으로 고기며 생선이며 한꺼번에 몽땅 사서 장을 봐 온다. 그러면 식당 안에 있는 커다란 식탁에 그야말로 진수성찬이 차려진다. 마담 카소의 식탁에 앉는 사람들은 모두 독신의 남녀 세입자들로 10명 정도가 된다. 우리 방에는 주방이 딸려 있었기 때문에 막 이사 왔을 때만 몇 번 마담 카소의 식탁에서 식사를 했다. 우리를 대신해서 집을 알아봐 준 사람은 파리대학에서 유학하던 성청화였다. 성청화는 기차역으로 마중을 나와서 우리를 마담 카소의 집으로 데려다 주었다. 마담 카소의 집은 기차역에서도 가깝고 차로 5분 정도만 가면 바로 파리 중심이 나오는 곳에 있었다.

파리에 있는 중국인 학생들의 수는 적지 않았다. 그냥 해외여행을 온 학생들을 제외하고도 방학을 파리에서 지내려고 오는 구미 지역의 유학생들도 아주 많았다. 집 밖을 나가면 늘 동창이나 아는 사람을 우연히 만나게 되었다. 당시 유학생들은 파리 대학 기숙사인 '국제대학촌'에 많이 살았다. 미스 H는 미국관, 미스 T는 영국관, 성청화는 스위스관에서 기숙했고 다른 학생들은 파리 각 지역에 흩어져 살았다. 자주 왕래하던 친구들로는 린리광과 리웨이 부부가 있다. 리웨이는 칭화대학 중문과 동창이었는데 시작詩作과 전사塡詞에 능한 달필이었다. 진정한 학자였던 린리광은 산스크리트어를 전공하며 박사 과정을 밟고 있었다. 린리광과 리웨이에게는 우리 딸과 같은 해, 같은 달에 태어난 아들이 있었다.

리웨이는 아이를 탁아소에 보낸 친구 이야기를 해 주었다. 탁아소에서는 아기가 기계처럼 규칙에 따라서 정해진 시간에만 먹고, 마시고, 자고, 용변을 보도록 훈련받는다고 한다. 그래서 리웨이는 도저히 아이를 탁아소에 보낼 수 없다고 했다. 나 역시 아위안을 차마 탁아소에 보낼 수는 없었다.

우리 앞집에 사는 부인은 아기가 없었다. 공무원인 남편은 일찍 출근하고 늦게 퇴근했다. 부인은 종종 아위안을 자기 집으로 안고 가서 데리고 놀았다. 부인은 우리에게 아위안을 시골에서 기르는 게 어떠냐고 물었다. 시골은 공기도 좋고, 신선한 우유와 채소가 있으니 아위안을 자신에게 맡기면 시골로 데려가서 잘 키울 수 있다고 했다. 또 우리 부부가 아위안이 잘 있는지 보고 싶을 때는 언제든 쉽게 만날 수도 있다고 했다.

만약 앞집 부인이 아위안이 태어나기 전에 이런 제안을 했다면 승낙했을 지도 모른다. 하지만 아기를 내 배 속에 품고 있는 동안에는 괜찮았는데, 아이가 내 배 속에 없으니 오히려 더 걱정이 되고 어떻게 돌봐야 할지 몰라 애가 탔다. 앞집 부인은 아위안의 침대를 그녀의 침실에 옮겨다 놓고 아위안을 데리고 자겠다고 했다. 아위안이 어떤지 한번 보자는 것이다. 아위안은 아주 순한 아기여서 밤새 울음 소리 한번 내지 않았다. 하지만 중수와 나는 뜬 눈으로 밤을 새웠다. 둘 다 똑같이 애를 태우면서 말이다. 앞집 부인도 파리에서 출근하는 남편을 두고 정말로 그녀 혼자서 아위안만 데리고 시골로 가기는 쉽지 않았을 것이다. 부인은 아무 때나 아위안을 안고 가서 데리고 놀았고, 우리도 외출할 때 아위안을 봐달라고 부탁하기도 했다. 물론 그에 대한 수고비는 당연히 지불했다.

중수는 옥스퍼드 논문 시험에 통과하고 나서 마치 중죄를 사면 받은 듯 했다. 중수는 오랜 시간을 들여 단지 학위 하나를 얻는 것은 그다지 가치 없는 일이라고 생각했다. 정작 읽고 싶었던 책들은 뒤로 하고 불필요한 과제나 하면서 시간을 낭비했다는 것이다. 중수는 '문학 학사는 바로 문학에 대한 무지를 입증하는 것이다'라는 옥스퍼드 출신의 영국 학자들의 평가를 자주 인용했다. 중수는 앞으로는 학위를 위해서는 공부하고 싶지 않다고 했다. 우리는 계속 파리대학에 있었지만 각자가 원하는 과목을 정해서 공부했다. 파리대학의 학생은 아주 자유로웠다.

국제대학촌에서 기숙하는 미스 H와 미스 T 그리고 성청화 역시 박사 학위를 취득할 생각이 없었다. 파리대학의 박사논문 구두 심사는 공개 심사였는데 누구나 참석해서 방청할 수 있었다. 그들은 자주 구두 심사를 방청하러 갔다. 시험관들은 자신의 중국어 실력을 과시하기 위해서인지 몰라도, 늘 곤란한 질문을 해서 응시자를 무안하게 만든 다음에야 비로소 박사 학위를 수여했다.

진정한 학자라도 이 구두 심사 과정은 참기 힘들었고, 또 피해갈 수 없었다. 더구나 돈으로 논문을 산 사람들도 뻔뻔하게 똑같은 박사 학위를 받았다. 그래서 린리광은 파리대학 박사 학위를 하찮게 여기고 고국으로 돌아가 박사 학위를 받으려고 했다. 하지만 몇 년 후에 파리에서 병들어 죽었고 박사의 꿈은 이루지 못했다.

중수는 파리에서 보낸 1년 동안 착실하게 공부에만 매진했다. 프랑스 문학은 15세기 시인인 비용에서부터, 18세기, 19세기의 시인들을 차례로 공부했다. 독일 문학도 이런 식이었다. 그는 매일 중국, 영국 문학을 공부했고, 이틀에 한 번씩 프랑스 문학, 독일 문학을 공부했다. 나중에는 이탈리아 문학이 더해졌다. 책을 생명만큼이나 사랑하는 중수가 맘껏 책을 읽으며 보낸 1년이었다. 처음 프랑스에 왔을 때 우리는 구스타브 플로베르의 〈보바리 부인〉을 함께 읽었다. 그때 중수는 나보다 더 모르는 단어가 많았는데, 마음껏 책을 읽었던 그 1년을 보내고 난 후, 중수의 프랑스어 수준은 내 수준을 훌쩍 뛰어넘어 높이 높이 올라갔고 나는 그의 소설 〈포위된 성圍城〉에 나오는 어떤 부인처럼 아이를 낳고 나서 전부 까먹어 버렸다.

우리는 사교 활동을 왕성하게 하는 사람들이 아니었다. 하지만 파리에는 중국 유학생들이 많았고 우리에게도 자주 만나는 친구들의 모임이 있었다. 파리 생활은 아주 유쾌하고 즐거웠다.

샹다도 파리로 왔는데 여전히 우리 집에 자주 놀러 왔다. 손님 초대하기를 좋아하는 남편 린리광과 요리를 잘하는 아내 리웨이도 늘 손님을 집으로 초대해서 식사를 했다. 성격이 호탕하고 시원시원한 미스 T 역시 손님 초대하기를 아주 좋아했는데,

우리 셋

미스 T에게는 자신보다 훨씬 젊고 아름다운 미스 H라는 친구가 있었다. 성청화는 미스 H를 마음에 두고 있었다. 성청화는 우리 부부가 같이 유학하는 것을 부러워했다. 성청화는 미스 H와 결혼하고 싶어 했지만 미스 H는 그의 마음을 받아주지 않고 있었다. 그리고 왕징웨이의 후원을 받는 철학가 선생이 미스 T에게 구애하고 있었다. 하지만 미스 T를 쫓아다니는 사람이 철학가 선생, 한 사람만 있는 것은 아니었다. 우리는 이 몇 명의 이야기만으로도 충분히 재미있었다. 우리는 국제대학촌의 식당에서 밥을 먹기도 하고, 중국 식당에 가기도 했다.

철학가 선생은 철학가 행세하기를 좋아해서 철학가 선생이었다. 함께 식사하는 자리에서도 늘 깊이 사색해야 하는 문제를 내고 모두에게 답을 요구했다. 한번은 이런 문제를 냈다.

— 자, 우리 함께 이야기해 봅시다. 자신이 추구하는 것은 무엇입니까? 또 자신이 가장 좋아하는 것은 무엇인가요? 우리 함께 이야기해 봅시다.

미스 T는 자신이 추구하는 것은 '밝은 빛'이고, 좋아하는 것은 '고요함'이라고 대답했다. 철학가는 이 대답이 최고라며 칭찬해 마지않았다. 가장 엉망이었던 최악의 답은 미스 T를 쫓아다니던 또 다른 구애자의 답이었다. 나는 그가 추구하는 것과 좋아하는 것이 무엇이었는지 다 잊어버렸지만, 프랑스어 세 글자를 이용해서 대답했던 것은 기억이 난다. 그 세 글자는 중국어로 '니미럴'이라는 외설적인 말을 만들어 냈다(내 생각에는 그가 일부러 그런 것 같다). 미스T가 이 구애자를 경멸하며 철학가 선생에게 시집간 것은 하나도 이상한 일이 아니었다.

중수와 나는 사람들과 자주 어울려 다니지 않았는데도 공부할 시간이 부족했다. 마담 카소가 제공하는 식사는 많은 음식이 천천히 하나씩 식탁에 올라오는 통에 점심 한 끼 먹는 데 2시간은 족히 걸렸다. 나는 시간이 너무 아까웠고 비위에도 그다지 잘 맞는 것이 아니라 얼마 후에는 스스로 식사 준비를 하였다. 중수가 프랑스어로 말하는 연습도 할 겸(마담 카소의 식탁에서는 그저 듣기 연습만 할 수 있었으므로) 시장에 가서 장을 봐 왔다. 우리는 큰 솥에다 닭과 말린 고기절임을 넣고 끓이다가, 버섯, 브로콜리 같은 채소를 넣어 고깃국을 만들었다. 중수는 고기를 먹고, 나는 국물을 먹고, 아위안은 국물을 먹은 '나'를 먹었다. 마담 카소가 가르쳐준 대로 스테이크를 뵈프 세녕으로 구워서 고기에서 나온 선홍색 피를 아위안에게 먹였다. 아위안은 계란 노른자에 찍은 빵도 먹었고, 마카로니도 먹었다. 아위안은 튼튼하고 건강하게 자랐다. 조그마한 동물 아위안은 아주 빠른 속도로 조그마한 인간 아위안으로 성장해 갔다.

아위안의 보드랍고 통통한 손과 발을 손에 올려놓고 자세히 들여다본다. 골격이며 모양이 중수의 손발과 찍어낸 듯 닮아 있다. 참 신기하다. 중수가 킁킁 아위안의 발가락 냄새를 맡은 후에 코를 감싸 쥐고 냄새가 지독하다고 손바람을 부치면 아위안이 까르르 웃는 소리가 흘러나온다. 아위안은 이제 거울에 비친 아기가 다른 사람이 아닌 바로 자신임을 알게 되었다. 우리가 책을 보고 있으면 아위안이 책을 빼앗아 버린다. 우리는 아위안에게도 높은 의자와 아주 큰 책을 사주었다. 알프레드 테니슨의 전집이었는데 작은 활자가 빽빽하게 채워진 두꺼운 책을 아무도 사지 않아서 책값이 아주 쌌다. 아위안은 높은 의자에 앉아서, 책상 위에 책을 펼쳐 놓는다. 연필을 들고 우리가 하는 양을 그대로 흉내 낸다. 연필을 쥐고 도무지 알아볼 수 없는 글자를 그리면서 책을 본다.

중수는 친구 스튜어트에게 보내는 편지에 딸아이 성질이 고약하다고 썼지만, 순전히 중수의 과장일 뿐이다. 사실 아위안은 아주 순한 아이다. 내가 책을 보고 있으면 아위안은 내 옆에서 조용조용 자기 책에다 글자를 그리면서 놀았다. 가끔 앞집 부인이 아위안을 안고 가서 놀기도 했다. 나는 유모차를 사서 매일 아위안을 데리고 나갔다. 아위안이 가장 처음 한 말은 "밖, 밖."이었다. 바깥으로 놀러 나가고 싶을 때 하는 말이었다.

옥스퍼드의 조산원에서 부모님과 편지를 주고받은 이후로 집안 소식을 계속 듣지 못했다. 내 고향 역시 일본군에게 점령당했다는 소식을 신문에서 보았을 때 상하이에 있는 셋째 언니에게서 편지를 받았다. 아버지가 쑤저우에 있는 식구들을 데리고 상하이로 피난을 왔다고 했다. 그 후로 우리는 프랑스로 왔고 큰언니와 몇 번 더 편지를 주고받았지만 뭔가 내게 말하지 않는 것이 있다는 느낌이 계속 들었다. 왜 엄마 얘기는 없는 것일까? 한 해를 다 보내고 새해가 되었을 때, 큰언니한테서 엄마가 지난해 11월, 피난 중에 돌아가셨다는 이야기를 전해 들었다. 내 평생 그무엇보다도 가장 가슴 아픈 일이었다. 참담하고 애통한 마음, 나는 어찌할 바를 모르고 몸부림치며 통곡했다. 지금도 그때 느꼈던 슬픔이 생생하다. 중수는 나를 위로하려 갖은 애를 썼다. 나는 필사적으로 참아냈다. 하지만 슬프다고 울 수 있고 애써 위로하려고 하는 중수가 옆에 있는 것이 얼마나 큰 행복인지 그때의 나는 알지 못했다.

엄마가 된 지 반년 만에 엄마를 잃었다. '여자는 어머니가 되고 나서야 비로소 어머니의 은혜에 보답한다'고 한다. 나는 어머니가 되었고, 조금이나마 어머니의 사랑과 헌신을 알게 되었는데 이제 보답할 내 어머니는 계시지 않았다.

우리 셋

우리는 장학금을 일 년 더 받고 유학 기간을 연장할 수 있었다. 하지만 조국과 가족이 걱정되어 급히 귀국길에 올랐다. 파리도 전쟁의 영향을 받아 귀국하는 배표를 구하기가 아주 어려웠다. 사방으로 배표를 구하러 다니다가 리옹 대학에서 3등칸 표를 구해 귀국하였다. 1938년 8월의 일이었다.

다섯

우리는 영국 우편선 3등칸을 타고 귀국하였다. 처음 중국에서 영국으로 올 때는 2등칸을 타고 왔었는데, 제공되는 식사가 아주 훌륭했다. 하지만 3등칸의 식사는 형편없어서, 배가 항해하는 20일 남짓한 시간 동안 젖을 뗀 지 두 달이 된 아위안은 거의 끼니마다 매쉬드 포테이토만 먹었다. 배에 올라탈 때는 토실토실했던 아기가 배에서 내릴 때는 아주 홀쭉해져 버렸다. 아기가 먹을 분유 같은 것을 챙겨와서 영양을 보충해 주었어야 했는데, 그런 생각을 미처 하지 못한 내가 정말 미웠다. 엄마가 아기를 건강하고 튼튼하게 할 만한 음식을 구하지 못했으므로 아위안은 상하이에 내렸을 때 토실토실하지도, 튼튼하지도 않은 아기가 되어

우리 셋

있었다.

중수는 칭화대학 교수로 임용이 예정되어 있었다. 나는 중수의 책과 노트를 옷 보따리와 따로 분리해 두었다. 배가 홍콩에 도착했을 때, 중수는 내려서 곧바로 시난롄허대학으로 갔다(칭화대학은 당시 시난롄허대학에 소속되어 있었다). 몸만 서로 멀어지는 것인데도 내 마음은 무척이나 불안했다. 아위안은 아빠를 태운 작은 도선이 점점 멀어지다가 이내 돌아오지 않는 것을 멀뚱히 바라보았다. 말도 할 줄 모르는 아기에게 설명할 방법이 없었다. 배가 상하이에 도착하자, 중수의 동생이 친척과 함께 마중을 나와 있었다. 해 질 무렵이 다 되어서야 라페이더루 거리에 있는 시댁에 도착했다. 시아버지(나는 아버지라고 불렀다), 시어머니(나는 어머니라고 불렀다), 숙부님(나는 작은삼촌이라고 불렀다), 숙모님(나는 넷째 작은어머니라고 불렀다)께 차례로 인사를 드렸다. 동서들과 시동생, 시누이들과도 차례로 인사를 했다.

온통 낯선 사람들로 꽉 찬 방 안에 들어오자 아위안이 보채기 시작했다. 배 위에서 만나 친해진 다른 승객들은 모두 사라지고 이곳에서 낯익은 사람이란 엄마, 한 사람밖에 없으니 아위안은 엄마 품으로만 파고들었다. 자기 곁으로 다가오는 사람이 있으면 "농(non), 농(non)"하며 질색을 하더니(나는 한 번도 프랑스어를 가르친 적이 없다), 낮은 소리로 '으르르르' 하는 소리를 냈다. 아위안이 작은 혀를 말아서 강아지처럼 으르렁 소리를 낼 줄 안다는 사실을 나는 전혀 알지도 못했다. 어쩌면 앞집 부인의 집에서 배운 것일 수도 있고, 돌발 상황에서 나온 아위안 나름대로의 대응이었을 수도 있다. 그때 아위안은 15개월 남짓 되었는데, 사람을 부를 줄도 모르고, 말도 할 줄 모르고, 아주 빨리 걷기는 했지만 벽을 짚어야만 걸을 줄 알았다. 이 모든 것이 책만 볼 줄 아는 답답한 엄마가 아이를 제대로 키우지 못했다는 명백한 증거였다.

모두 아위안의 으르렁 소리를 '혀피리를 분다'고 말했다. 혀피리를 불어 보라고 시키면, 신기하게도, 아위안이 그 말을 알아듣고 혀를 말아서 다시 '으르르르' '으르르르' 소리를 냈다. 하지만 이것은 아위안이 상대방을 위협하려고 하는 것이지 재롱을 떠는 것이 아니었다. 그 뒤로 며칠이 지나자 아위안은 혀피리 공연을 하려 들지 않았고, 이내 할 줄도 모르게 되었다. 시댁의 어른들이 모두 아위안이 신는 서양식 구두를 지적했다. 가죽구두가 너무 딱딱해서 성성이猩猩가 나막신을 신은 것 같다는 것이다. 부드러운 신발로 갈아 신겼더니, 과연, 금세 잘 걷게 되었다.

아위안은 어려서부터 부모가 쓰는 우시 사투리, 집에 온 손님들이 말하는 표준어, 앞집 부인의 프랑스어, 또 페리호 안에서 들리는 마구 뒤섞여 있는 온갖 언어를 듣고 자라서 처음엔 무슨 말을 어떻게 해야 할지 모르는 것 같았다. 하지만 얼마 지나지 않

우리 셋

아 계속 우시 말만 들려오니 아주 빠르게 우시 말을 배웠다.

나는 시댁에서 하룻밤을 자고 난 후, 아위안을 데리고 친정 아버지와 언니, 여동생들을 만나러 아버지의 집으로 갔다. 아위 안도 이들이 모두 피붙이인 것을 아는 듯 했다. '으르르르' 소리 도 내지 않았고 '농(non), 농(non)' 하는 소리도 하지 않았다. 시 댁과 친정은 모두 상하이의 조계지인 구다오로 피난을 와서 지 냈는데 두 집이 다 아주 비좁았다. 나와 아위안은 시댁에서 끼어 자다가, 친정으로 가서 끼어 자다가 했다.

먼저 쿤밍의 시난롄허대학으로 갔던 중수가 부모님을 뵈러 상하이에 왔다. 중수는 마침 란톈사범학원에 가시는 아버지를 배까지만 모셔다드리고(란톈사범학원까지는 우중쾅이 아버지를 모시고 갔다) 필요한 옷가지들을 챙겨서는 며칠 머물지도 않고 바로 쿤밍 으로 돌아가 버렸다.

내 친정아버지는 그때 상하이의 좁은 집에 세를 들어 살고 있었다. 사촌 언니가 친정아버지의 이야기를 듣고는 라이더팡에 있는 자기 집 3층에 들어와 살면 어떻겠냐고 했다. 사촌 언니의 남편은 내지에서 일하고 있었고, 자신은 시어머니와 함께 2층에 서 지내면 된다고 했다. 사촌 언니는 자신의 친정어머니(내 셋째 이 모)도 함께 모시고 있었는데, 셋째 이모는 4층에서 지내고 있었다.

친정아버지가 그리로 이사를 한 후에 나도 아위안과 함께 친정에서 지내게 되었다. 비로소 마음 편히 지낼 수 있는 거처가 생겼다. 친정은 시댁이 있는 라페이더루에서도 아주 가까웠다. 나는 종종 아위안을 데리고 시댁에 가서 '며느리 노릇(친정아버지의 표현에 의하면)'을 했다.

내 모교인 전화 여자 중·고등학교의 교장 선생님은 구다오에 분교 설립하는 일을 도와달라고 나를 붙들었다. 쑤저우가 함락되어 학생들이 모두 상하이로 피난을 왔기 때문이었다. 그때 나는 광둥의 부유한 상인 집의 가정교사 자리를 소개받아, 그 집 여학생에게 고등학교 1학년의 교과를 가르치는 일도 하고 있었다(국어, 영어는 물론이고, 수학, 과학까지 가르쳤는데, 1학년에서 시작하여 결국 3학년 졸업까지의 모든 교과를 가르쳤다). 아침 일찍 집을 나갔다 돌아와서, 밥만 얼른 먹고 바로 또 나가고, 저녁이 다 되어서야 겨우 집으로 돌아오는 날들이 이어졌다.

친정집 살림은 큰언니가 도맡아 했다. 내 여동생 양비는 상하이 조계지의 공부국工部局 여자 중·고등학교에 다녔고 아침 일찍 나갔다가 저녁 늦게야 돌아왔다. 식사 준비와 빨래, 청소를 하는 하녀 외에 아이 하나가 딸린 젊은 보모를 두어 아위안을 돌보도록 했다. 아위안의 보모를 구하기 전에는 아버지가 '유모 할아버지'를 자청하고 나섰다. 아위안은 이미 친정집의 중심인물이 되어 있었다. 셋째 언니와 일곱째 여동생도 아이들을 데리고 친

우리 셋

정에 자주 들렀는데 모두 아위안을 '위안위안터우'라는 애칭으로 불렀다.

아위안은 말귀를 잘 알아듣고 다루기도 쉬운 순한 아이였다. 모두가 아위안을 귀여워했다. 상하이로 돌아온 겨울(1938년)에 아위안이 홍역을 앓았다. 이듬해 봄, 1939년에는 또 이질을 앓았는데, 이질을 앓고 난 후에는 위장이 많이 약해져서 조금만 이상한 것을 먹으면 바로 배앓이를 했다. 아위안은 엄마가 먹지 말라고 하는 음식은 절대 먹지 않았다. 그러다 보니 음식을 먹을 때 아위안이 다른 사람들이 먹는 것을 보기만 하고 가만히 옆에 있는 것이 예사로운 일이 되었다. 한번은 부유한 집안의 제자가 비파를 한 바구니 보내왔다. 입에 넣으면 사르르 녹는 비파, 단물이 주르르 흐르는 비파, 생각만 해도 맛있는 비파이지만 아직 아위안은 한 번도 먹어 본 적이 없으니 배앓이가 걱정스러웠다. 옆에서 놀고 있는 아위안에게는 주지 않고 모두 비파를 먹기 시작했다. 그런데 갑자기 아위안이 다가오더니 내 옷자락을 짜긋짜긋 잡아당겼다. 아이 눈에서 작은 눈물이 한 방울 뚝 떨어졌다. 비파를 먹던 사람들은 모두 얼굴을 붉혔다. 그 사랑스러운 눈물방울에 어떻게 미안한 마음이 들지 않을 수 있을까?

1939년, 여름 방학이 되자 중수가 상하이로 돌아왔다. 라페이더루의 시댁은 그렇지 않아도 비좁은 집이 더욱 좁아졌다. 친정아버지는 큰언니와 여동생에게 아버지 방에 와서 자라고 하고 방을 하나 비웠다. 그리고 중수에게 라이더팡에 와서 지내라고 했다. 중수는 여름 방학 내내 처가 식구들과 지내면서 아주 즐거워했다.

내 사촌 언니의 동서는 시어머니와 자주 말다툼을 했다. 매일 오후가 되면 어김없이 따따부따 다투는 소리가 들려왔다. 큰언니는 사촌 언니의 체면을 생각해서 다투는 소리가 들리면 곧바로 우리들에게 방문을 닫으라고 엄하게 명령했다. 하지만 중수는 귀가 어찌나 밝은지 조그만 문틈으로 새어 나오는 소리를 전부 알아들었다. 중수는 시어머니와 며느리가 청산유수로 빠르게 말을 주고받으며 싸우는 것을 듣고 있다가, 가장 흥미진진한 부분을 가지고 재빨리 아버지 방으로 달려가서 그대로 흉내를 냈다. 큰언니는 중수의 이야기를 아주 재미있게 듣다가 결국 자신이 내린 방문 봉쇄령까지 풀어 버렸다.

중수는 라이더팡에서 지냈지만 아침마다 라페이더루에 다녀오는 일을 제일 먼저 했다. 하지만 나는 매일 아침 중수와 함께 시댁에 다녀올 수 없었다. 당시 새로 짓고 있던 전화 분교의 교장이 되었기 때문이다. 내 모교의 교장 선생님은 학교 이사회의 결정이라며 나를 억지로 전화 분교의 교장으로 보냈다. 내가 말을 듣지 않을까 봐 멍셴청 선생님께 부탁을 드려서 사전에 교

우리 셋

육국에 임용안을 올려 버렸다. 나는 하는 수 없이 억지로 '개가 밭을 가는 모양(친정아버지의 표현에 의하면)'이 되어 개교 준비를 하느라 바빴고 그래서 중수와 함께 시댁에 다녀올 수 없었다.

하루는 중수가 시댁에 다녀와서 근심이 가득한 얼굴로 말했다. 아버지가 편지를 보냈는데 아버지도 도울 겸 란텐사범학원으로 와서 영문과 주임을 맡는 것이 어떠냐고 물으셨다고 한다. 나는 칭화대학의 교수 자리는 구하기 어려운 자리라고 생각했다. 일한 지 1년도 채 안 되어서 무엇 때문에 또 직장을 옮긴다는 말인가? 중수도 결코 칭화대학을 떠나고 싶어 하지 않았다. 하지만 자신의 어머니, 숙부님, 동생들이 한결같이 란텐사범학교로 옮기기를 바라니 마땅히 그리해야 하지 않을까 하고 생각하는 것뿐이었다. 나는 중수에게 어떻게 해서든 가서는 안 되고, 그 이유를 시댁 식구들에게 설명하는 것이 마땅하다고 말했다.

우리는 유학을 떠나는 배 안에서 프랑스어 '봉(bon)'의 발음을 두고 말다툼을 한 적이 있다. 내가 중수의 발음에 사투리 억양이 배어 있다고 하자 중수는 그렇지 않다고 하며 싸움이 시작되었다. 중수는 내 기분을 상하게 하는 말을 퍼부었고 나 역시 있는 힘껏 그에게 상처를 주었다. 결국 나는 승객 중에서 영어를 할 줄 아는 프랑스인 부인을 찾아 판정해 달라고 부탁했다. 프랑스인 부인은 내가 맞고, 그가 틀렸다고 판정하였다. 싸움의 승리자는 나였지만 재미도 없고 기분이 나빴다. 싸움에서 진 중수는 당연히 기분이 나빴다. 옛말에 '젊은 부부의 싸움은 뱃머리에서 시작해서 뱃고물에서 끝난다'고 하는데 우리의 말다툼도 서로의 주장만 오고 갈 뿐, '봉(bon)'의 발음에 대한 각자의 생각은 바꿀 수가 없기 때문에 그저 지루할 뿐이었다. 그 사건 이후 우리는 '각자 서로 다른 의견을 가질 수 있으며, 상대방도 반드시 내 의견과 같아야 한다고 생각할 필요가 없다'는 데에 합의하였다.

중수가 시댁에 가고 없을 때, 나는 친정아버지께 이 문제에 대해 하나하나 자세히 말씀드렸다. 이 문제에 대한 아버지의 생각을 듣고 싶었다. 하지만 아버지는 내 이야기를 다 듣고 나서도 그저 무심한 듯 보였다. 내 기대와는 달리 한 말씀도 하지 않으셨다. 나는 부모님의 뜻에 순종하는 딸이었고, 아버지의 침묵은 나로 하여금 그 뜻이 무엇인지 더욱 깊게 생각하도록 만들었다. 출신과 경력은 일생일대의 문제이다. 중수 자신이 결정하는 것이 마땅하다. 내 의견을 말할 수는 있어도 그의 결정에 간섭해서는 안 된다. 그로 하여금 부모의 의견에 반대하라고 강요하는 것은 더욱이 해서는 안 될 일이다. 예전에 '봉(bon)'의 발음 때문에 시작한 싸움과 지루한 말다툼 끝에 합의한 우리 부부의 약속이 떠올랐다. 나는 내 의견을 접어 두기로 했다. 더 이상 중수에게 강요하지 않았다.

우리 셋

나는 시간을 내어 중수와 함께 라페이더루로 갔다. 시댁에 들어서자, 시댁 식구들의 빈틈없는 경계망 속에서 나는 마치 부처님 손바닥 위에 서 있는 손오공이 된 듯 했다. 그들의 한결같은 침묵, 한결같이 무겁게 짓누르는 침묵은 중수로 하여금 말을 뗄 수조차 없게 만들었다. 나 역시 아무 말 없이 하던 대로 '며느리 노릇'만 할 뿐이었다. 모두 난감한 낯빛으로 난감한 침묵을 견디고 있었다. 중수가 너무 안쓰러웠다. 하지만 나는 친정아버지께 배운 대로 아무 말도 하지 않았다. 그렇지 않아도 힘든 중수에게 내 의견까지 보태는 것은 그를 더욱 힘들게만 할 뿐이었다.

중수는 매일 아침 일(아버지가 편지로 지시한)을 하기 위해 라페이더루로 출근했다. 때때로 누구를 만나러 먼 곳까지 가기도 했다. 나도 한두 번 그를 따라 간 적이 있다. 중수는 9월 중순에 시난렌허대학의 외국문학과 예궁차오 주임에게 편지를 썼지만 예주임은 계속 그에 대한 답을 하지 않고 있었다. 중수는 10월 초순까지 기다리다가 새로 부임하는 동료와 함께 란텐사범학원으로 떠났다.

중수가 상하이를 떠나고 난 직후, 칭화대학에서 전보가 왔다. 왜 중수가 메이 교장의 전보에 답신이 없느냐는 내용이었는데, 우리는 메이 교장의 전보를 받은 적이 없었다. 중수는 란텐으로 가는 중이었고, 나는 어쩔 수 없이 칭화대학에서 온 전보를 그대로 다시 란톈사범학원으로 보냈다. 그리고 칭화대학에도 메이 교장의 전보를 받지 못했다고 따로 전보를 쳤다(이 전보가 아직도 칭화대학의 공문서로 보관되어 있다). 중수는 34일 이후에야 란톈에 도착하여 내가 보낸 편지와 전보를 볼 수 있었다. 중수는 먼저 보낸 전보의 답장을 못 받고도 왜 답이 없느냐고 두 번째 전보를 보낸 메이 교장에게 몹시 감동했다. 중수로서는 칭화대학의 파격적인 초빙을 받고도 임기를 일 년도 못 채우고 떠나는 것이 몹시 부끄러운 일이었다. 유종의 미를 거두지 못한 것이다. 하지만 만부득이한 일이었다. 공교롭게도 중수는 하루 일찍 떠났고, 전보는 하루 늦게 도착한 것뿐이다. 이 운명의 장난은 중수를 아주 괴롭게 만들었다.

2년 후, 천푸톈이 미적거리며 임명장을 보내지 않자, 우리는 분실된 전보를 떠올리지 않을 수 없었다. 전보가 어떻게 분실된단 말인가? 지금껏 듣지도 보지도 못한 일이다. 전보가 분실되었다는 이야기는 매우 흥미로웠다. 만약 전보가 분실된 것이 아니다? 그렇다면, 두 번째 전보에 숨어 있는 속사정은 아주 복잡할 것이다. 당시는 〈우미일기嗚宓日記〉가 아직 출판되기 전이었지만 우리의 예상은 틀리지 않았다. 천푸톈이 10월 전후까지 미루다가 직접 임명장을 들고 찾아왔을 때 중수는 일언지하에 거절하였다. 천푸톈은 그때에도 중수의 거절을 만류하지 않았다.

우리 셋

나는 중수에게 물어보았다.

— 당신이 예 선생님에게 미움을 샀을까요?

중수는 곰곰이 생각하더니 단호하게 말했다.

— 아니, 나는 그럴 만한 일을 한 적이 없어.

사실 중수의 스승님들에 대한 깊은 존경심은 나조차 탄복하게 만드는 것이었다. 그리고 중수는 내 친구 장언텐이 나에게 칭화대학의 도서관을 보여줬을 때처럼 칭화대학의 초빙을 기뻐하고 자랑스러워했다. 하지만 중수는 사직을 했다. 중수가 칭화대학의 초빙을 거절하고 란톈사범학원의 학과 주임의 자리로 간 것은 사실상 스승인 예 선생의 노여움을 살 만한 행동이었다. 예 선생이 상하이에서 위안퉁리를 만나 "첸중수같이 오만한 인물이 당신 밑에서 일하려 들겠는가?"라고 말한 것이며, 또 영국인 친구 후즈더가 중수에 대해서 물었을 때에도 그런 사람이 있었는지 기억이 나지 않는다고 했다가 나중에 다시 내가 가르친 학생이라고 말한 것을 보면 예 선생은 중수에게 화가 난 것이 분명했다. 중수가 칭화대학을 버리고 사범학교의 학과 주임의 자리로 간다는 것이 예 선생에게는 마치 그의 밑에서 일하는 것을 싫어하는 오만으로 비쳐질 수 있었다. 예 선생이 첸중수에게 화가 난 것은 당연한 일이었다.

나는 칭화대학에 보관되어 있는 공문 자료를 토대로 〈첸중수가 시난롄허 대학을 떠나게 된 사연錢鍾書離開西南聯大的事情〉이라는 글을 썼다. 중수가 편지로는 말할 수 없었던 사정이 더 자세하게 설명되어 있다.

중수가 상하이를 떠나 란톈으로 출발하려 할 때, 나는 중수에게 이번 생일은 길 위에서 맞게 되었으니 생일 국수는 집에서 먹고 가면 좋겠다고 말했다. 하지만 그 말은 내가 날짜 계산을 틀리게 해서 생일을 잘못 알려 준 것이다. 중수는 란톈으로 가는 도중에 〈레이양에 두고 떠나온 서른 번째 생일未陽曉發是餘三十初度〉라는 시를 썼는데 레이양을 언제 떠났는지 모르겠지만, 아무튼 생일날은 아니었다. 중수의 생일은 양력, 음력이 모두 란톈에 도착한 이후였다.

중수는 천신만고 끝에 사범학원에 도착했다. 한 달 하고도 사흘이 더 걸린 긴 여정이었다. 중수는 아버지의 엄명에 따랐을 뿐이다. 하지만 아버지의 엄명 이면에는 자애로운 가르침이 있었다. 아버지는 매우 따뜻한 아버지였지만 가부장적인 가정의 방식대로 엄하게 아들을 가르친 것이다. 하지만 이번 일로 3년 째 부

우리 셋

자 사이가 벌어진 터라 중수는 쿤밍에서 상하이까지 와서는 아버지를 배까지 모셔다드리자마자 얼굴만 보고 서둘러 가버린 것이다. 아버지는 아들과 관계를 회복하고 아들을 곁에 두고 싶으셨을 것이다. '아버지를 돕는' 것은 그저 하는 말일뿐, 정말 아버지를 도울 사람이 없어서가 아니다. 잠도 스승 집의 뒤채에서 자는 조교 우중쾅이 아버지를 두루 살피며 돕고 있었다.

우시에는 '부모가 애지중지 감싸는 막둥이'라는 말이 있다. 사실 아버지가 가장 아끼는 아들은 중수가 아니라 막내아들이었다. 장남인 중수는 감싸 주기보다는 나무랄 때가 더 많았다. 중수는 어려서부터 큰아버지라고 부르는 양아버지와 가장 가까웠다. 말하자면, 큰아버지는 중수에게 자애로운 어머니였고 아버지는 엄한 아버지였다. 큰아버지는 중수가 열한 살 때 돌아가셨다. 내 시어머니는 평생을 신중하게 조심하며 사느라, 양자로 보낸 장남에게 마음껏 드러내놓고 자애로운 어머니의 노릇을 하지 못했다. 집안의 장남으로 태어난 '대감마님'은 유모 품에서 일 년 정도 있다가 둘째, 셋째 동생들에게 바로 밀려났다. 유모는 '대감마님'을 가장 귀하게 여겼지만, 유모는 '유모'일 뿐이었다. 양어머니도 아이를 애지중지하기는 했지만 돌보지는 않았고, 아이도 양어머니를 친어머니처럼 대할 수는 없었다. 중수의 어린 시절에는 '자애로운 어머니'가 없었다. 이것이 그의 성정과 습관에 깊은 영향을 끼쳤다.

중수는 란텐에 있을 때 아버지께 외국에서 배워 온 닭고기 요리를 종종 해 드렸다. 동료 한 분이 아버지 앞에서 아들이 효심이 깊다고 칭찬하자, 아버지는 "그저 몸을 받들어 모시는 것이지, 뜻을 받들어 모시는 것이 아니라네."라고 말했고 이 말을 듣고 난 후 그분은 "나는 자식들이 내 뜻보다 내 몸을 받들어 주는 게 더 좋소."라고 말했다고 한다. 이렇듯 아버지는 늘 아들이 당신의 뜻을 받들어 모시지 않는다며 중수를 나무랐다. 중수는 나에게 보내는 편지에 이 이야기를 쓰면서 분명히 억울한 마음이었을 것이다.

아버지는 아주 훌륭한 분이었지만 작은아버지처럼 세상 물정에 밝은 분이 아니었다. 눈꺼풀 밑의 사정에는 어두운 분이었다. 예를 들면 아버지는 아들들이 전부 담배를 피지 않는다고 자랑하시는데 실제로 담배를 안 피우는 사람은 중수 한 사람이고, 다른 두 형제는 모두 담배를 피운다. 아들들은 담배를 피우다가 아버지가 나타나면 담배를 숨기는데, 모두 손에 들고 있던 담배를 주머니 속에 감추느라 옷에 구멍을 내는 지경이 되어도 아버지는 알지 못한다.

아버지의 국정에 대한 관심도 실제로 세상이 돌아가는 것과는 전혀 상관없이 그저 천진난만했다. 장제스는 병법을 모르고

우리 셋

마오쩌둥은 손자병법을 정통했으니 장제스는 마오쩌둥의 적수가 되지 못한다는 글, 〈손자병법을 말하다談孫子兵法〉를 써서, 우중쾅에게 국민당의 당원이 발행하는 간행물에 우편으로 기고하라고 명했다.

우중쾅은 세상 물정 모르는 스승님의 글이 문제를 일으킬까 두려워 급하게 우리 부부를 찾아 이 사실을 알렸다. 중수는 아버지를 설득해서 제지할 수가 없었다. 그러면 분명히 역효과가 날 것이기 때문이었다. 중수와 우중쾅은 글 속에서 인물들에 대한 평가 부분은 모두 삭제하고, 손자병법 부분만 남겨 두었다. 아버지는 잡지에 등재된 글 속에 삭제된 문장이 있는 것을 알고는 기분이 썩 좋지는 않았지만, 편집자가 삭제한 줄 알고 아무 말도 하지 않았다.

중수는 나와 함께 있지 않을 때 더욱 부지런히 편지를 썼다. 내가 그의 주변에서 일어나는 일들을 전부 알 수 있도록 특별히, 더 자세하게 일기를 써서 편지로 보냈다.

여섯

중수는 란톈으로 떠났다. 이번에 아위안은 떠나는 아빠를 오래 쳐다보지도 않았다. 방학 중에 두 부녀는 '고양이와 쥐는 펄쩍펄쩍' 놀이를 하며 매일 밤 함께 놀았는데도, 아위안은 작은 도선을 타고 점점 멀어지다가 이내 사라져 버린 아빠를 벌써 다 잊어버린 것 같았다. 아빠는 가는 내내 딸을 그리워했지만 딸은 아직 그리움이라는 것을 모르는 것일까?

아위안은 이제 혼자 계단을 기어올라 4층까지 간다. 우리는 4층에 있는 셋째 이모(이모할머니)와 사이가 아주 좋았다. 나는 아위안을 데리고 자주 4층으로 올라갔다. 사촌 언니의 딸도 매일 4층에 와서 책을 읽었다. 아위안보다 두 살 더 많은 사촌 언니의

우리 셋

딸은 상·하권으로 된 〈그림으로 배우는 한자〉 책을 보았다. 셋째 이모의 방 안에는 작은 책상이 하나 있고 작은 걸상도 두 개 있었다. 아이들은 서로 마주 보고 앉아, 하나는 책을 읽고 하나는 들었다. 집의 계단은 아주 넓고 편평해서 아위안이 혼자 오르락내리락 할 수 있었다. 아위안은 4층에 있는 셋째 이모할머니의 방에 가서 '엉가'가 책 읽는 소리를 듣다가 다시 내려와서는 외할아버지와 함께 놀았다.

아위안이 〈그림으로 배우는 한자〉를 읽고 싶어 하는 것 같아 아위안에게도 〈그림으로 배우는 한자〉 책의 상·하권을 모두 사 주었다. 어느 날 저녁밥 먹을 때가 다 되어서 집에 돌아와 보니, 큰언니와 셋째 언니, 두 여동생이 모두 웃으면서 나보고 빨리 와서 위안위안터우가 책 읽는 걸 좀 보라고 했다. 아위안에게 새로 산 책을 건네주자 아위안은 바로 책을 거꾸로 들고는 처음부터 끝까지 읽는데 한 글자도 틀리지 않았다. 모두들 아위안이 하도 많이 들어서 외운 것이려니 했는데, 큰언니가 문득 외운 게 아니라는 것을 깨닫게 되었다. 아위안은 '엉가'가 책을 읽을 때 마주 보고 앉아서 거꾸로 된 글자를 보고 익힌 것이다. 그때가 아위안이 두 돌 반이 되었을 때였다. 아버지는 아이가 너무 어릴 때 글자 공부를 시키는 것은 좋지 않으니 그대로 두면 거꾸로 된 글자는 천천히 잊어버리게 될 거라고 하셨다. 하지만 큰언니는 잘못 배운 것은 고쳐서 제대로 가르쳐야 한다며 특별히 아위안을 위해 글자 카드를 한 갑 사서 글자를 가르쳤다.

큰언니는 아주 엄한 사람이라 아이들 앞에서 절대로 칭찬하는 법이 없었다. 그런데 아위안을 가르칠 때면 자신이 어떤 사람인지 잊어버리는 것 같았다. 큰언니가 "이리 와서 아위안이 글자 읽는 것 좀 보아라." 하고 말해서 가 보면, 큰언니는 글자 카드 4장을 동판에 끼워놓고 "위안위안터우, 이리 와서 글자를 읽어보렴." 하고 말한다. 그 말을 듣고 이제 혼자서 걸을 수 있는 아위안이 걸어서 온다. 방안이 너무 넓은 듯 한참을 걸어서 오는데 걸음걸이가 중수의 걸음걸이와 꼭 닮았다. 아위안은 큰이모가 읽어주는 글자를 한번 보고는 바로 가버린다. 두 번 읽을 때까지 기다려 주지 않는다. 큰언니는 "아위안은 글자를 한 번만 보고 바로 아는구나. 반복하지 않아도 전부 기억한단다."라고 말한다. 완전히 자신의 교육원칙을 잊어버린 것이다.

큰언니보다 4살이 어린 둘째 언니는 어릴 적에 어머니 품에 안겨 있다가 글자 공부하는 큰언니를 보고 글자를 익혔다. 아버지가 바깥일을 마치고 집으로 돌아와서, 어린아이에게 글자를 가르치다니 아이를 바보로 만들 셈이냐고 호되게 어머니를 나무랐고, 어머니는 자신이 가르친 것이 아니고 아이가 혼자 옆에서 보고 배운 것이라고 말했다. 아버지는 아위안이 글자를 익히는 것

우리 셋

을 보고 당신이 가장 아끼는 둘째 딸 생각이 났다. 아버지는 내게 '한 번 보고 다 기억하는 사람'이 있다고 말씀하셨다.

항일전쟁이 끝나고 집에 새로운 가정부가 들어왔다. 모두 '아쥐'라고 불렀다. 아쥐의 어머니도 상하이에서 남의 집 일을 하고 있었는데 일하는 집의 주소가 바뀌자 우편엽서에 새집 주소를 적어 딸에게 보냈다. 나는 아쥐에게 우편엽서를 잃어버리면 어머니를 찾지 못하게 되니 잘 간수하라고 일러두었다. 그런데 어느 날 아쥐가 울상이 되어서 베개 밑에다 넣어 둔 우편엽서가 사라졌다고 했다. 어디에 두었는지 다시 잘 생각해 보라며 그녀를 다독이고 있는데, 옆에 있던 아위안이 조용히 말했다. "나도 본 것 같은데, 한번 생각해 볼게요." 나는 당연히 아위안이 우편엽서가 놓여 있는 장소를 말할 줄 알았다. 그런데 아위안은 우편엽서에 쓰여 있던 주소를 말하기 시작했다. 무슨 무슨 구, 무슨 무슨 로, 더신리 8호까지! 이게 정확한 주소인지 알 수 없으니 일단 이 주소대로 편지를 보내 보자고 했다. 아위안이 말해 준 주소는 정확했다. 한 글자도 틀리지 않았다. 아위안이 8살 때 일이었다. 그때 아버지는 이미 돌아가셨지만 '한 번 보고 다 기억하는 사람'이 있다는 말씀이 또다시 떠올랐다.

아위안에 대한 아버지의 총애는 대단했다. 아버지의 침대는 아주 넓고 컸지만 우리 형제자매 중에 아버지 침대에서 잠을 자

본 사람은 한 사람도 없다. 하지만 아위안은 늘 외할아버지의 침대에서 낮잠을 잤다. 피난 생활을 하느라 아버지 침대가 아주 작고 좁은데도, 아버지가 매우 아끼시는 타이완산 대나무 싸개로 만든 귀베개(어머니가 직접 만들어서 아버지께 드린 것인데 중간에 귀를 넣을 수 있는 구멍이 있다)까지 베고 침대 발치에서 잠을 잤다.

아위안은 〈동요전집〉으로 많은 글자를 배웠다. 〈동요전집〉은 원래는 4권이 한 질로 묶인 책이었는데(셋째 고모가 내 동생들과 나에게 각자 한 권씩 나눠 보라고 주신 것이다) 어쩌다가 한 권만 상하이까지 오게 됐는지 모르겠다. 아마도 셋째 언니가 자기 딸을 가르치려고 막내 여동생 양비의 책을 들고 온 것 같다.

나는 하루 종일 '개가 밭을 가는 모양'으로 학교 일과 가정교사 일을 하고 있었고, 큰언니와 여동생이 밤에 잘 준비를 다하고 편안한 시간이 되면 아위안과 노래를 부르며 동요를 가르쳤다. 아위안은 알고 있는 동요가 많았다. 나는 글자를 빠트리지 않도록 손가락으로 글자를 짚어 가며 책을 외우게 했다. 〈동요전집〉은 상당히 큰 글자로 되어 있어서 아위안이 자그마한 손가락으로 한 자 한 자 짚어 가며 읽기에 딱 좋았다. 아위안은 이런 식으로 〈동요전집〉을 읽으면서 많은 글자를 익혔다.

큰언니는 아위안에게 글자를 가르칠 때 아이가 원하는 방식으로 가르쳤다. 아위안은 글자 카드를 한 봉지씩 익히는 것이 아

우리 셋

니라 글자 카드가 담긴 봉지 여러 개를 한꺼번에 뜯어서 와르르 쏟아 놓고 카드 더미 속에서 글자를 찾고 싶어 했다. 아위안이 예전에 거꾸로 된 모양으로 기억하는 글자들은 다시 한번 거꾸로 뒤집어져 원래 모양으로 제대로 알게 되었다. 아위안은 종종 큰언니가 짐작하지 못한 글자도 알고 있었다. 한번은 아위안이 '보다'라고 쓰인 글자 카드를 집어 들더니 〈동요전집〉을 가지고 와서 펼쳐 놓고 '아주머니 이리 와서 한번 보셔요'라고 쓰인 부분을 찾았다. 아위안은 카드를 '보셔요' 부분에 갖다 대면서 "'보다'가 여기 있네!" 하고 말했다. 더구나 아위안은 두 손가락을 겹쳐서 책장을 펄렁펄렁 빠르게 넘겼는데 중수가 책장을 넘기는 모습과 아주 똑같았다. 그건 또 언제 보고 배운 것일까? 중수가 지난 여름 방학에 라이더팡에 왔을 때는 책을 볼 시간도, 마땅히 볼 책도 없어서 그냥 사전만 뒤적이다가 갔는데, 아위안의 책장 넘기는 모습이 아빠를 닮다니 정말 신기하고도 재미있었다.

라페이더루에 있는 시댁은 길가에 있는 집이었는데 집 뒤쪽에는 같은 모양의 건물들이 좁은 골목길을 사이에 두고 죽 늘어서 있었다. 거기에 사는 사람들은 모두 같은 골목을 통해서 드나들었다. 큰언니의 친구도 그 골목길 5호에 세 들어 살고 있었는데 집주인이 그녀의 사촌 여동생이었다. 집주인은 220만 평 전답을 상속받아 부자가 되었는데 상속 문제로 소송을 할 때 우리 아버지에게 도움을 받았다. 가끔 큰언니를 찾을 일이 있어 우리 집에 왔다.

1940년 여름 방학이었다. 일요일 오후, 셋째 언니도 친정집으로 와서 아버지와 우리 자매들은 내 방에서 이야기를 하고 있었다. 그런데 갑자기 기이한 손님이 찾아왔다. 옷차림이며 화장이며 소설 〈포위된 성〉에 나오는 미스 바오 같은 여자였는데 키가 연속극에 나오는 미스 바오보다 더 컸다. 위에는 벌꿀색 레이스가 달린 민소매 옷을 입었는데 속에 입은 브래지어가 다 비쳤고, 몸에 꽉 끼어 삼각팬티처럼 보이는 짧은 바지 밑으로 터질 듯이 탱탱하고 미끈한 두 다리가 그대로 드러났다. 하얀색 샌들을 신었는데 샌들 밖으로 빨간색 매니큐어를 바른 발톱이 보였고 입술에도 새빨간 립스틱이 발라져 있었다. 손에는 챙이 넓은 밀짚모자를 들고 있었다. 바로 그 5호의 부자 집주인이었다.

아버지는 해괴망측한 옷차림을 보고 웃음을 참느라 잔뜩 얼굴을 찌푸리더니 바로 몸을 일으켜 당신 방으로 들어가 버렸다. 양비 역시 웃음을 참지 못할 것 같으니 얼른 아버지 뒤꽁무니를 따라서 가버렸다. 나와 큰언니, 셋째 언니는 손님께 차를 대접했다. 나는 손님과 마주하는 자리에 앉았고 아위안은 내 옆에서 놀고 있었다. 아위안은 손님에게 정말 관심이 많았다. 아위안은 자신이 앉는 작은 걸상을 들고 와서 손님 앞에 놓았다. 작은 걸상에 앉아 손님한테 얼굴을 바싹 갖다 대고 손님을 꼼꼼히 훑어보았다. 순간 셋째 언니의 웃음보가 터져 버렸고, 급히 몸을 일으켜 아버지 방으로 도망을 치는 무례를 저질렀다. 나는 아무 일도 없었다는 듯이 천연스럽게 아위안을 안아서 조금 떨어진 곳에 앉히고 큰언니와 함께 손님 대접을 했다.

손님이 가고 난 후에 우리 자매들은 함께 찻잔을 씻었다(일요일은 하녀가 쉬는 날이다). 빨간 립스틱이 묻어 있는 찻잔을 씻고, 찻잔 받침 위에 놓여 있던, 역시 빨간 립스틱이 묻어 있는 담배 꽁초를 버리면서 "아버지는 정말 무례하셨어." 하고 이야기를 했다. 나 역시 셋째 언니가 웃음을 참지 못한 것을 나무라기는 했지만, 모두 여태까지 한 번도 그런 차림새를 본 적이 없었기 때문에 모두 즐겁게 웃으며 이야기했다. 우리집 사람들은 정말 잘 웃는다. 우리집에서는 그 해괴망측한 손님을 '순결한 빨강 부인'으로 불렀다(우시말로 '빨강'은 아무것도 걸치지 않은 벌거숭이를 가리킨다).

손님이 다녀가고 얼마 지나지 않아 나는 아위안을 데리고 라페이더루에 있는 시댁에 '며느리 노릇'을 하러 갔다. '며느리 노릇'이란 시어머니의 '새끼'를 데리고 가서 보여드리고 동서, 시누이들과 함께 이야기하다 오는 효도를 말한다. 시댁에서는 이웃집의 스캔들을 둘러싸고 시끌벅적하게 토론하는 중이었다.

— 어젯밤 5호집의 며느리가 남편이 간통하는 현장을 잡았대
  요. 간통한 남녀 한 쌍이 다 잡혀갔다고 해요.

나는 5호집의 며느리가 누구인지 알고 있었지만 그저 듣고
만 있었다. 시어머니는 당신의 귀한 손자를 품에 안고 있었다. 손
자는 당시 시댁의 '소황제'였는데 아주 성가시게 굴었다. 하지만
소황제보다 겨우 1살 더 많은 아위안은 내 무릎에 얌전하게 앉
아 조용히 있었다. 나는 잠시 앉아 있다가 이만 라이더팡으로 돌
아가겠다고 인사를 드렸다.

나는 아위안을 안고 문밖으로 나왔다. 아위안이 내려서 걸어
가겠다고 해서 땅에 내려놓자, 아위안이 나를 보고 "엄마, 5호집
며느리가 바로 순결한 빨강 부인이에요."라고 말한다. 나는 5호집
며느리가 순결한 빨강 부인인 것을 알고 있었지만 아위안은 어떻
게 알았을까? 나는 아위안에게 어떻게 알았느냐고 물었다. 하지
만 겨우 3살된 아이라 설명할 줄을 몰랐다. 그저 "맞아요, 맞아
요." 하며 고개를 끄덕끄덕할 뿐이었다. 몇십 년의 세월이 흐른 뒤
에 아위안과 옛날이야기를 하다가, 어떻게 5호집 며느리가 순결
한 빨강 부인인 줄 알았냐고 다시 물어보았다. 아위안은 "순결한
빨강 부인이 여자아이를 데리고 할머니 집 골목 안쪽으로 들어
가는 걸 본 적이 있었어요."라고 했다.

우리 셋

아위안은 세밀하게 관찰한다. 아위안이 관찰하고 추리해서 내린 결론은 종종 놀라울 정도로 정확하다. 나는 순결한 빨강 부인이 딸을 데리고 있는 것을 본 적이 없어서 딸이 있는지도 몰랐다. 중수도 이렇게 '사물의 이치를 연구하는 것'을 좋아한다. 함께 탐험하면서 사물의 이치를 연구하여 새로운 발견을 하곤 했다. 아위안이 해괴망측한 손님 앞에 걸상을 놓고 얼굴을 들이대며 세밀하게 관찰한 것 역시 사물의 이치를 연구하는 것이었고 그 결과, 아위안은 그녀가 골목길 안쪽으로 여자아이를 데리고 가던 사람이라는 것을 알아낸 것이다. 내 친정아버지는 종종 위안 위안터우의 두 눈은 못 보는 것이 없다고 말했다. 하지만 아위안은 시댁에서 아무 소리도 내지 않고 아무것도 모르는 것처럼 얌전하게 내 무릎에 앉아 있기만 했다.

1940년 늦가을, 남동생이 빈 의과대학을 졸업하고 귀국했다. 아위안을 총애하는 또 한 사람, 외삼촌이 돌아온 것이다. 남동생은 아버지 방에서 지냈다.

중수는 여름 방학에 상하이로 돌아온다고 편지를 썼고 시아버지도 일 년 후에 중수와 함께 상하이로 돌아올 것이라 말했지만, 일 년이 지났는데도 중수는 돌아올 생각을 하지 않았다. 중수는 쉬엔머우 선생과 함께 상하이로 돌아오는 중에 길이 막히자 다시 란톈으로 돌아간 것이었다.

하지만 나는 이미 라페이더루 골목에 셋방을 하나 구해 놓았다. 귀국한 남동생이 집으로 들어오면 여름 방학 동안 중수까지 라이더팡에서 함께 지내기는 어렵기 때문이다. 아위안은 이제 외할아버지 집을 떠나게 될 것이다. 외할아버지는 자신의 몸에 착 달라붙어 있는 아위안을 보고 말했다.

— 이제 아위안이 가고 나면 할아버지는 예뻐할 사람이 없네.

아위안은 외할아버지의 말을 듣고 울음을 터뜨렸다. 아위안의 뜨거운 눈물이 앉아 있는 외할아버지의 무릎 위로 뚝뚝 떨어졌다. 외할아버지의 얇은 마바지는 온통 아위안의 눈물로 흠뻑 젖어버렸다. 나는 그때 집에 없었는데 나중에 큰언니가 해준 이야기를 들으니 고개를 숙이고 울고 있는 아위안의 머리 위로 아버지의 눈물이 뚝뚝 떨어졌다고 한다. 우리 아버지는 절대로 눈물을 흘리는 분이 아니다. 중수가 중도에 란텐으로 돌아가 오지 않으니, 우리는 이사를 나간 셋집에서 한 달만 살고 방을 다시 뺐다. 우리 모녀는 라이더팡으로 돌아왔고 아버지와 외할아버지 곁에서 일 년을 더 지낼 수 있었다. 순결한 빨강 부인이 손님으로 찾아왔을 때가 우리가 이사를 나간 후인지, 이사를 나가기 전인지 잘 기억이 나지 않는다. 아마도 이사를 나갔다가 다시 돌아온

우리 셋

후였던 것 같다.

아위안이 아는 글자가 많아지자 아이들이 읽는 그림책을 많이 사주었다. 아위안은 책 읽는 속도가 아주 빠르고 간단한 책은 잘 읽지 않아서 길고 긴 이야기책을 사주었다. 한번은 3권이 한 질로 되어 있는 〈집 없는 아이〉를 사주었다. 아위안은 책의 첫 부분만 읽고는 울음을 터뜨렸다. 나는 이야기의 끝부분에 가면 집 없는 아이는 더 이상 떠돌아다니지 않게 된다고 이야기해 주었다. 하지만 아무 소용이 없었다. 아위안은 책 3권을 다 읽고 또 통곡을 하였다. 의자 위에 떨어진 눈물 자국을 보니 5편짜리 동전만큼이나 컸다.

아위안은 저녁에 엄마와 함께 놀고 싶은데 엄마는 학생들의 숙제를 봐줘야 한다. 아위안은 엄마 옆에 학생들의 숙제가 산더미처럼 쌓여 있는 걸 보고(왜냐하면 나는 고3 학생들의 영어 선생도 겸하고 있었기 때문이었다) 눈물이 그렁그렁한 눈으로 여린 주먹을 꽉 움켜쥐었다. 아위안은 숙제 더미를 향해 주먹을 날렸다. 나는 아위안의 모습이 너무 마음 아팠다. 그런데 〈집 없는 아이〉를 읽고 아위안이 또 상처받는 것을 보니, 정말이지, 내가 아위안을 학대하고 있다는 생각이 들었다. 하지만 내가 할 수 있는 일은 〈집 없는 아이〉를 안 보이는 곳으로 치우고 아위안에게 다른 책을 사주는 것뿐이었다.

나는 책을 읽다가 웃긴 대목이 나와도 웃지 않고 슬픈 대목이 나와도 울지 않는다. 중수는 책을 보다가 웃긴 대목에 이르면 아무 생각 없이 배를 움켜쥐고 웃는다. 아위안이 책을 보고 저리도 슬프게 우는 것은 분명 아빠를 닮은 것일 텐데, 중수가 책을 보고 눈물을 흘리는 것은 본 적이 없으니, 아마도 아위안이 아직 마음이 여린 아이여서 그런 것일까? 세월이 흘러 아위안이 대학 교수가 되고 나서야 〈집 없는 아이〉에 대해서 이야기를 했다. 아위안은 나에게 작가는 누구고, 번역은 누가 했으며, 결말이 어떠했다는 이야기를 해 주었다. 아마도 마음속에 집 없는 아이를 계속 안고 있었던 것 같다.

우리 셋

일곱

1941년 여름 방학에 중수가 상하이로 왔다. 육로로 오다가, 다시 배로 갈아타고, 먼 길을 돌고 돌아서 왔다. 라페이더루 시댁에는 식구들이 점점 불어나고 있었다. 일 년 전 나는 라페이더루 골목에 셋방을 하나 구했다가 한 달 만에 다시 방을 빼고 나왔는데 그때는 어디를 가도 방을 구할 수가 없어서 하는 수 없이 시댁의 1층 응접실에 들어가 살 수밖에 없었다. 중수가 돌아오기 전에 나는 아위안을 데리고 라페이더루의 시댁에 들어가 살면서 중수를 기다렸다.

중수는 시커멓게 그을린 얼굴에, 덥수룩하게 자란 긴 머리를 하고, 거친 옷감으로 만든 아주 촌스러운 여름 창산을 걸친 모습으로 나타났다. 중수는 딸에게 주려고 배에서 외국 귤 하나를 들고 내렸다. 아위안은 아빠가 나타나자 호기심 어린 표정으로 한쪽에 서서 쳐다보았다. 귤은 받자마자 바로 엄마한테 주어 버리고 계속해서 이 낯선 사람이 누구인가 하고 쳐다보았다. 2년 동안 보지 못한 아빠를 못 알아보는 듯 했다. 아위안은 아빠가 들고 온 짐 보따리를 엄마 침대 옆에 놓자 뭔가 아주 불안한 듯 의심스러운 눈초리로 계속 아빠를 지켜보았다. 저녁밥을 먹고 나서 아위안이 아빠에게 처음 말을 꺼냈다.

— 이 사람은 우리 엄마야. 네 엄마는 저기 있어.

아위안은 아빠를 쫓아내려고 했다. 중수가 웃으면서 볼멘소리로 말했다.

— 나도 하나 물어보자, 네 엄마를 내가 먼저 알았을까, 네가 먼저 알았을까?
— 당연히 내가 먼저 알았지. 나는 태어나자마자 알았어. 너는 다 큰 다음에 알았잖아.

나는 아위안이 한 말을 그대로 옮겨 적었다. 단지 우시말을

우리 셋

표준어로 바꾸었을 뿐이다. 나는 그때 너무 놀라서 아위안의 말 한마디 한마디를 똑똑히 기억하고 있다.

중수는 살그머니 아위안에게 귓속말을 했다. 그러자 아위안의 마음은 바로 바뀌어 아빠에게 친근하게 굴었고 엄마도 두 번째가 되어 뒷전으로 밀려버렸다. 아위안과 아빠는 늘 뜻이 맞는 '형제'였다. 그때 중수가 뭐라고 했는지 나는 묻지 않았다. 나중에도 물어볼 생각을 하지 않았고 지금은 물어볼 사람이 없으니 물어볼 수가 없다. 중수가 귓속말로 뭐라고 한 것일까? '네가 태어나자마자 나는 널 알았어'라고 했을까? 아니면 '너는 내 딸이다'라고 했을까? 그것도 아니면 '나는 네 아빠란다'라고 했을까? 우리 세 사람 중에 내가 제일 우둔한 사람이라서 그런지 도대체 중수가 무슨 말로 단번에 딸의 마음을 사로잡았는지 짐작할 수 없다. 나에게는 계속 궁금한 수수께끼로 남았다. 아무튼 두 사람은 바로 가장 절친한 친구가 되었다.

아위안과 아빠는 함께 웃고 떠들며, 장난을 치고, 말썽을 부렸다. 예전에 아위안은 라페이더루에서 유별나게 얌전한 아이였는데, 아빠가 돌아온 후부터는 더 이상 얌전한 아위안이 아니었다. 아위안과 아빠는 누가 어른이고 누가 아이인지 모르게 함께 장난을 치고 다녔다. 완전히 딴사람이 되어버렸다. 이제 생각해보니 아위안이 5살(만으로는 4살을 조금 넘은)이 될 때까지 아이 옆에는 예뻐하고, 돌봐주고, 가르쳐 주는 사람만 있었지 같이 장난치고 놀아주는 사람이 없었다.

아위안은 60살 생일을 두 달 앞두고 세상을 떠났다. 세상을 떠나기 전에 아위안은 병상에 누워서 〈우리 셋我們仨〉을 썼다. 제1장의 제목이 〈아빠는 나를 놀린다〉이다. 아위안이 쓴 글을 이 책의 부록으로 뒷부분에 넣었다.

중수가 이번에 상하이로 돌아온 것은 그저 여름 방학을 보내려고 온 것이었다. 중수는 이미 칭화대학에서 그를 다시 초빙하기로 결정했다는 소식을 들었다. 아마도 우미 선생이 소식을 전해 준 것 같았다. 중수는 란톈의 직무를 사직하고 시난롄허대학으로 돌아올 준비를 했다. 이 때 쓴 〈다시 윈난으로 향하는 서글픈 마음又將入滇憤念若渠〉이라는 시가 〈화이쥐 시집〉에 1941년 작품으로 수록되어 있다. 칭화대학의 공문서에는 1941년 3월 4일, 중수를 초빙한다는 기록이 정확하게 남아 있다. 〈우미일기〉에도 학과 내의 결정으로 중수를 교수로 임용한다는 내용이 1940년 11월 6일 일기에 있었고, 또 '시기하는 자들의 반대가 있었으나 결국 통과되었다'라고 말하고 있다. 중수는 자신을 시기하는 사람들이 반대했다는 것도 몰랐고, 또한 당시 학과 주임이 천푸톈이었다는 것도 모르고 있었다.

천푸톈은 화교였고 중국 문화에 대한 이해가 부족했다. 중수가 학교에 있을 때 천푸톈은 외국문학과의 평교수일 뿐 학과 주임이 아니었다. 중수는 천푸톈을 천푸톈 선생 혹은 천푸톈이라고 부르지 않고 에프티(F.T)라고 불렀다. 중수와 에프티는 서로 왕래를 하는 사이도 아니었다.

중수는 머지않아 칭화대학으로부터 초빙 소식이 올 것이라는 생각만 하고 있었다. 중수는 '집 나간 여편네를 기다리는 머저리'같이 기다리고 또 기다렸다. 하지만 칭화대학에서는 감감무소식이었다. 둘째 남동생이 처자식을 데리고 외지로 나가 직장을 구하고, 여동생도 아버지가 있는 곳으로 가는 동안, 중수는 그저 칭화대학의 초빙만을 기다리고 있었다.

아무래도 중수가 잘못 알고 있는 것 같았다. 나는 뭔가 잘못된 것 같다고, 칭화대학이 당신을 초빙하지 않은 것 아니냐고 물었다. 하지만 중수는 위안통리가 이미 약속했으니 만약 내지로 들어가는 것에 문제가 생긴다면 중앙도서관 자리로 가면 된다며 의기양양하게 말했다. 나는 중수가 위안통리와 편지를 주고받기는 한 것인지 의심스러웠다. 나중에 중수가 말해 준 이야기로는 예 선생이 첸중수가 너무 오만하다는 말을 위안통리한테 했다고 하는데 나 역시 무슨 까닭인지 알 수가 없었다. 아무튼 칭화대학도 위안통리도 아무런 소식을 보내오지 않았다.

개학이 다가오자 중수는 양쪽이 모두 허사가 되고 실업자가 될 수도 있다고 생각했다. 중수는 절친한 친구인 천린루이에게 일자리를 부탁했다. 당시 지난대학의 영문학과 학과 주임이었던 천린루이는 "마침 잘되었네. 우리 학과에서 모두가 쑨다위에게 불만이 많았는데 자네가 와서 대신해 주면 좋지." 하고 말했다. 중수는 '쑨다위'라는 이름만 들었지 서로 아는 사이는 아니었다. 그래도 다른 사람의 자리를 뺏을 수는 없기에 그 자리에서 바로 거절하였다. 그리고 내 친정아버지가 소개해 준 전단여자학원에서 시간 강사로 두 과목을 맡기로 하였다.

시난롄허대학이 개학을 하고 나서 천푸텐 선생이 상하이로 왔다. 그는 칭화대학의 외국문학과 학과 주임으로서 직접 첸중수를 초빙하러 온 것이다. 칭화대학이 예전에 이미 첸중수 초빙을 결정했다면 초빙을 위한 임명장 또한 이미 우편으로 발송했어야 했다. 시간을 끌며 임명장을 보내지 않는 것은 중수를 환영하지 않는다는 뜻을 명백하게 보여주는 것이다. 중수가 굳이 환영받지 못하는 자리에 가서 망신을 당할 이유가 있는가? 평생 남들로부터 배척당한 일이 적지 않았지만, 중수는 그때마다 남들과 싸우려 들지 않고 순순히 물러났다. 중수는 정중하게 초빙을 거절했고 천푸텐 선생은 임무를 끝내자마자 바로 돌아갔다. 그들은 몇 마디 말도 나누지 않았다.

우리는 라페이더루의 좁은 집에서 시댁 식구들과 8년을 함

우리 셋

께 살았다.

시아버지는 자주 편지를 보내왔는데 늘 작은아들 앞으로 보냈다. 편지에는 늘 '어머니를 모시고 집안을 책임진다'는 칭찬을 잊지 않으셨다. 중수가 상하이로 돌아와서 '어머니를 모시고 집안을 책임지게' 된 다음부터는 작은아들 칭찬에 '형님을 도와'라는 구절을 덧붙였다. 중수가 또 어째서 동생도 혼자 해냈던 일에 '도움'을 받아야 하는 사람이란 말인가! 아버지가 이렇게 말하는 것을 중수도 알고 있다. 분명히 서러울 텐데 잘 참는다. 아위안도 서러움을 잘 참는다. 시어머니를 닮아 중수도, 아위안도 서러움을 잘 참는다.

그때 나는 부잣집 여학생의 가정교사 자리를 고등학교 과정까지 다 마치고 나서 아는 대학 조교에게 넘겨주었다. 진주만사변 이후에 구다오가 점령되어 전화분교도 폐교가 되었지만 나는 곧이어 다른 일을 하게 되었다. 공부국의 소학교에서 임시 교사로 반나절만 수업을 했다. 봉급이 꽤 두둑했고 매월 쌀 세 말도 받았다. 단지 학교가 집에서 멀리 떨어져 있는 것이 흠이었다. 밥을 먹자마자 학교로 달려가서 수업을 하고, 돌아오는 버스 안에서 끄덕끄덕 졸았다. 그리고 업무 외의 시간에는 극본을 썼다. 극본 〈원하는 대로 이루어지다称心如意〉가 무대에 올랐을 때도 나는 소학교 교사로 일하고 있었다.

전단여자학원을 책임지고 있던 팡덩 수녀님은 중수를 만나 본 후, 바로 새로운 과목을 몇 개 개설하여 중수에게 맡겼다. 중수는 연이어 한 학생의 지도 교수도 맡게 되었는데, 물가가 오르면 그만큼 오른 지도 교수비를 받았다. 적의 수중에서 사는 것은 고생스러웠지만 그래도 우리는 자급자족이 가능했고 자급자족하는 것이 곧 적을 이기는 것이었다. 중수는 어려움에 처했지만, 오히려 이로 인해 가족이 떨어져 지내지 않고 함께 있을 수 있어서 좋다고 생각했다. 중수는 "앞으로 죽음이 우리를 갈라놓지 않는 한 헤어지는 일은 없다. 살아서는 절대 헤어지지 않는다."라고 말했다.

중수의 여동생은 아버지가 있는 곳으로 갔다. 어느 해였는지 잘 기억이 나지 않는데, 아마도 1944년이었던 것 같다. 중수의 둘째 남동생은 식솔들을 거느리고 한커우로 가서 어머니 앞으로 편지를 보내왔다. 아버지는 여동생을 당신 제자인 아무개한테 시집을 보내려 하는데 여동생이 이를 거부하며 홀로 물가를 배회하고 있으니, 행여나 목숨을 귀히 여기지 않고 경솔한 일을 벌일까 걱정이 된다는 이야기를 했다(둘째 남동생의 집은 아버지 집과 강 하나를 사이에 두고 있어 왕래가 쉬웠다). 시어머니가 가장 아끼는 막내딸이었다. 전통 가정에서는 남존여비의 관습이 있기 마련이지만, 첸씨 집안은 아들이 많고 딸이 귀했는데, 막내딸은 그 중에서도 가

우리 셋

장 귀한 딸이었다. 둘째 남동생의 편지에 의하면 아버지가 고른 인사는 절대 배필로 마땅한 사람이 아니었다. 예전에 중수하고도 일한 적이 있는 학교 강사였다. 중수는 여동생의 입장에 서서 당사자가 원하지 않는다면 마땅하지 않다고 했다. 어머니는 그저 상대가 외지인이기 때문에 그런 줄 알고 있었다. 처자식을 데리고 쑤저우로 가서 사는 셋째 남동생은 평소 쑤저우에서 상하이로 왕래했었는데, 그때는 상하이에 없었다.

시어머니는 중수에게 편지를 보내어 혼사를 못하도록 말리라고 했다. 시어머니가 안쓰러웠던 숙부님도 혼사를 저지하는 편지를 보냈다. 숙부님의 편지는 아주 진보적이었다. 집안의 젊은 부부들을 보면 다툼이 잦은데, 유독 중수 부부는 다툼이 없으니 혼인은 자유롭게 하는 것이 좋을 것 같다고 썼다. 중수는 하나밖에 없는 딸을 원하지도 않는 외지인에게 시집 보내지 마시고 다시 고려해 주십사 하고 완곡하게 어머니의 이유를 설명하여 편지를 썼다. 그리고 여동생에게도 따로 편지를 보내서 스스로 원하지 않는 일은 싫다고 말할 수 있어야 한다고 용기를 북돋아 주었다. 하지만 여동생은 감히 아버지의 뜻을 거스르는 일을 직접 말할 수 없었고, 그 대신 오빠의 편지를 꺼내서 아버지에게 내밀었다.

아버지는 불같이 화를 냈다. 아버지가 오로지 딸자식을 위해 좋은 사윗감을 고르려고 하였고, 품성과 학문을 겸비한 우수한 강사를 눈여겨보았다. 그는 아버지가 가르쳐 향후 반드시 큰 인재가 될 사람이고, 청빈한 학자에게 시집을 가는 것은 '거친 차를 마시며 맨밥을 먹어도 만족해야 하는 법'이다. 외지인이면 또 어떻다는 것이냐……. 그때 시아버지가 보낸 편지가 한 통이었는지 두 통이었는지 잘 기억이 나지는 않지만, 자유결혼을 한 추안핑(당시 사범학원에서 일하고 있었다)은 지금까지도 이혼한다고 계속 시끄러웠고, 이제 자식들도 있는데 자식들이 뭘 보고 배우겠느냐며 비꼬았던 것은 기억이 난다(이것은 중수가 여동생이 아버지의 뜻을 거스르도록 부채질했다는 의미이다). 시아버지와 중수의 편지는 모두 아름다운 어휘와 절묘한 문체로 쓰인 명문장이었다. 나는 두 사람의 편지에서 그들의 감정을 조금이나마 읽어낼 수 있을 뿐이었다. 내가 어쩔 수 없이 줄이고 요약해서 말하니, 그들의 문학적인 색채를 그대로 전할 수 없는 것이 매우 아쉽다. 하지만 나는 아버지와 중수의 감정을 조금은 이해할 수 있었다.

넷째 작은어머니는 아주 재미있는 분인데 눈을 꿈적꿈적하시며 나한테만 살짝 "약삭빠른 놈은 아무 일 없고, 어수룩한 놈은 또 사서 욕을 먹는구나."라고 하셨다. 약삭빠른 놈은 아버지의 뜻을 받드는 중수의 남동생(당시 상하이에 없었던)을 말하고 어리숙한 놈은 중수를 가리키는 것이다. 사실 이번 일로 약삭빠른

우리 셋

숙부님도 꾸중을 들었고 나까지 연달아 꾸중을 들었다.

1945년 8월, 중수의 여동생은 얌전히 아버지의 뜻에 따라 혼인을 했다. 시어머니는 국공내전이 끝나기 직전에 바로 시아버지가 있는 곳으로 가서 줄곧 딸 부부와 함께 살았다. 중수의 여동생은 똑똑하고 예쁜 딸 둘을 낳았다. 내가 아직 만나 보지는 못했지만 그 밑으로도 아들과 딸을 하나씩 더 낳았다. 다 지났으니 하는 말이지만, 아버지가 일방적으로 추진한 혼사이니 반드시 만족스러워야만 했다.

사실 중수는 아버지가 가장 신임하는 아들이다. 중수에 대한 애정이 깊은 만큼 엄할 수밖에 없었고 엄한 아버지의 겉모습에 가려 인자한 아버지의 정이 드러나지 않는 것뿐이다. 중수가 어릴 때부터 아버지를 두려워했다고 해도 부자간의 정은 깊었고 중수는 아버지를 존중하면서도 안쓰럽게 생각했다. 중수가 이런 말을 한 적이 있다.

— 아버지는 어머니가 몸도 약한데 7년 동안 아들을 4명이나 낳았다고 안방에 들지 않고 서재에서 지내신 분이야. 밤낮없이 지칠 때까지 일만 하시다가 잠잘 때도 침대의자에 누워서 겨우 쉬곤 하셨어. 강절전쟁 때 군인들이 우시에 와서 마구잡이로 약탈했는데 아버지도 그때 있는 재산을 다 빼앗기

고 빚까지 많이 지게 되었지. 그래도 아버지는 그 많은 빚을 혼자 다 책임지고 갚았어.

— 작은아버지는요?

— 작은아버지는 상관없었어. 아버지가 책임자였으니 말이야. 겨우 빚을 다 갚았는데 이제 아버지가 병들어 버렸어.

나도 시아버지가 '아야, 아이고' 하는 소리를 들은 적이 있다. 어디에 부딪혔나 하고 생각했는데, 그 소리는 아파서 내는 소리가 아니라 그냥 습관적으로 내뱉는 소리였다. 왜냐하면 아주 오랫동안 온몸이 아팠기 때문에 아프지 않아도 '아야, 아이고' 하는 소리가 저절로 나오는 것이었다.

중수에게는 아버지의 훈계가 아름다운 문장일 뿐 큰 도움이 되지 않았다. 중수가 아버지에게 보여주는 '뜻'은 아버지와 완전히 같지는 않았지만 그래도 아버지를 이해한 것이었다. 아버지가 중수에게 보여주는 '뜻'은 중수를 완전히 이해할 수는 없지만 그래도 중수를 지지해 주는 것이었다. 아버지는 인자하고 아들은 효성스러웠지만 이 두 부자의 '뜻'은 결코 가까이 닿을 수 없었다.

중수는 사촌 동생인 중한과 사이가 좋았는데, 친형제보다 더 가까웠다. 한번은 중한이 산리허 아파트에 있는 우리집에 와서는 정곡을 찌르는 말을 한 적이 있다. "사실은 형님보다 제가 더 셋째 큰아버지를 닮았어요." 우리는 중한의 말이 정말 맞는 말이라고 생각했다. 중한은 시아버지가 바라는 가장 이상적인 아들의 모습이었다.

여덟

상하이가 함락된 이후, 제일 견디기 어렵고 힘들었던 시절은 진주만사변 이후부터 항일전쟁이 끝날 때까지였다. 중수는 자오 후이대학에서 하는 수업 외에도 지도 학생이 두 명 더 늘어서 저우 학생, 첸 학생, 팡 학생, 이렇게 세 명을 지도했다. 하지만 생활은 날이 갈수록 곤궁해졌다. 쌀과 땔감을 구하기가 쉽지 않았다.

일본인들이 시커먼 밀가루를 시장에 배급했다. 키질을 해서 이물질을 골라내어도 쭉정이가 반이었다. 쌀도 알맹이 없는 왕겨를 갖다 놓고 쌀이라며 배급했는데, 그것도 흰색, 노란색, 검은색의 모래가 섞여 있었다. 검은색 모래는 그나마 쉽게 골라낼 수 있었지만 흰색, 노란색 모래는 키질로는 안되어서 족집게로 하나씩

우리 셋

골라낼 수밖에 없었다. 골목에 쌀장수 소리가 들리면 얼른 달려가서 아무리 비싸도 사야만 했다. 그때 상하이에는 이런 노래가 유행했다.

똥차는 아침을 알리는 우리네 새벽닭
똥차를 따라 시작되는 아침의 소리
앞문에서는 채소 사려
뒷문에서는 쌀 사려

쌀 장수의 "쌀 사려—" 소리 뒤에는 바로 "다미大米 쌀 사시오—" 하는 소리가 들린다(이 소리는 상하이 사투리로 들으면 '두미杜米 쌀 사시오'라는 소리로 들린다. 두미는 소매상인을 통하지 않고 유통되는 현지 생산 쌀이다). 이런 쌀이라면 많으면 많을수록 좋았다. 왕겨를 먹고는 살 수가 없기 때문이다.

하지만 두미 쌀도 생으로는 먹을 수 없는데 석탄 가게에 석탄이 없었다. 겨우 조개탄을 구해서 300근을 배달해 달라고 하면 200근만 배달되었다. 그러면 우리집의 석탄 광주리에도 200근만 쌓아 둘 수밖에 없었다. 조개탄은 진흙을 너무 많이 섞어서 불이 붙지 않는 것도 있었고 석탄재를 많이 섞어서 불을 붙이자마자 바로 다 타서 꺼져버리는 것도 있었다. 길을 걷다가도 나무 장수든 숯 장수든 눈에 보이기만 하면 놓치지 말고 붙잡아야 했다. 한번은 석탄 가게에서 석탄가루 300근을 사 왔는데 내 눈에는 무엇보다도 귀한 보배로 보였다. 석탄가루는 다른 이물질이 섞여 있지 않은 순수한 석탄가루이고 조개탄보다 자리도 많이 차지하지 않았다. 집에서 석탄재를 섞어서 동그랗고 납작하게 빚어서 쓰면 조개탄 400근, 500근하고 맞먹는다. 석탄 난로는 허리 부분을 잘록하게 만들어야 석탄을 아낄 수 있다. 나무를 때서 불을 지피는 '화덕'은 집에서 만들어야 하고, 굵은 장작을 가져다가 가늘게 쪼개고 잘라서 작은 조각으로 만들어 써야 했다. 숯은 또 숯을 넣는 화로에 넣어서 썼다. 석유와 석유 난로도 반드시 집에 구비해 놓아야 했다. 뭐든 가리지 않고 있는 대로 연료를 구해다가 썼다. 내가 소학교에서 수업을 하고 극본을 쓰고 했던 것은 모두 다 쌀과 땔감을 사기 위해서였다.

중수의 둘째, 셋째 남동생들은 차례로 상하이를 떠났다. 상하이에 남아 있는 중수는 집안 살림을 유지할 만한 직장도 없이 그저 몇몇 학생들에게서 받는 지도 교수비로 버티고 있었다. 형제들 중에 가장 변변치 못한 것이었다.

어느 여름날, 수박 한 통이 배달되었다. 우리는 당연히 우리 집에 온 것이 아니라고 생각해서 사촌 동생들을 시켜 3층으로 올려다 놓았다. 그런데 잠시 후에 중수의 학생에게서 수박이 잘 도착했느냐고 묻는 전화를 받았다. 사촌 동생들은 다시 또 올라가서 수박을 가지고 내려왔다. 아위안은 수박을 보고 깜짝 놀랐다. 이렇게 수박이 크다니! 이게 다 우리 거라니! 이전에 수박을 사면 매번 2단(塊)이나 3단을 사 왔다. 아위안은 아빠가 수박을 나눠서 위층에 보내고도 자신의 것이 많이 남은 것을 보고 감탄해 마지않았다. 한 번도 이런 날을 보낸 본 적이 없었다. 저녁에 아위안은 진지하게 아빠에게 말했다.

— 아빠, 이 수박 다 아빠 거야! 그리고 나는 아빠 딸이야!

아위안은 자신이 아빠 딸로 태어난 것이 대단히 영광스러운 일이라고 생각하는 듯 했다. 한껏 으스대는 아위안을 보고 모두 함박웃음을 터트렸다. 뜻밖에도 변변치 못한 중수를 자랑스러워하는 딸이 있었다.

아위안은 수박을 먹고도 별 탈이 나지 않았고 내가 주는 많은 음식들을 모두 잘 먹고 잘 소화해 냈다. 중수는 늘 아위안을 놀리고, 약 올리기를 좋아했는데 매번 음식을 앞에 두고 "베이비, 노 잇(Baby, no eat)"이라고 말하며 짓궂은 장난을 쳤다. 아위안이 차츰 아빠의 말뜻을 알게 되면서, 그 말을 들으면 엄마의 눈치를 살피게 되었다. 하루는 아빠가 "베이비, 노 잇(Baby, no eat)"이라고 하자 엄마의 얼굴을 살피던 아위안의 입에서 생애 최초의 영어 한마디가 불쑥 터져 나왔다. "베이비, 예스 잇!(Baby, yes eat)" 그때 아위안은 6살쯤 되었을 것이다.

항일전쟁이 끝나기 전, 미군이 상하이에 '융단폭격'을 퍼부을 것이라는 소문이 돌았다. 상하이로 피난 온 사람들이 잇달아 다시 상하이를 떠나기 시작했다. 친정아버지는 1944년 이른 봄에 큰언니를 비롯하여 셋째 언니와 형부까지 모든 친정 식구들을 데리고 다시 쑤저우의 고향집으로 돌아갔다.

그해 여름에 일곱째 여동생과 제부는 두 아들을 데리고 쑤저우의 고향집에서 여름 방학을 보냈다. 나는 바빠서 도저히 몸을 뺄 수가 없었기 때문에 아위안은 이모와 이모부를 따라 외할아버지 집으로 갔다. 7살 아위안은 외갓집에서 사촌 언니 2명과 사촌 동생 4명과 함께 놀았다. 내 고향집의 후원은 이미 황폐해져 잡초만 무성한 곳이 되었다. 사촌들은 모두 후원을 뛰어다니며 신나게 노는데 아위안은 선비처럼 얌전했다. 아이들이 나무에 올라갈 때도 아위안은 무서워서 올라가지 못하고 나무 밑에서 그저 쳐다보기만 했다. 나는 어려서 아주 장난꾸러기였다. 나무 위, 지붕 꼭대기도 거침없이 올라갔다. 하지만 아위안은 워낙 타고나길 조용한 성격에 민첩하지 못한 몸으로 타고났다. 스스로 '얼뜨기'라고 부르는 중수를 닮았다.

우리 셋

쑤저우 고향집은 아주 오래된 낡은 집이었다. 전선도 손본지 오래되었고, 이미 전기 공급도 끊겨서 밤이면 석유등을 켜야 했다. 아이들은 밤이 되면 귀신이 나올까 봐 무서워하는데 오히려 아위안은 무서운 줄 몰랐다. 사촌들은 깜깜한 후원에서 놀 때 모두 아위안에게 지켜 달라고 했다. 이것도 아위안이 아빠의 기질을 타고난 것이다. 나는 귀신이 제일 무서웠다. 중수는 어릴 적에도 귀신이 무섭다는 말이 무슨 말인지 몰랐다고 한다. 중수와 중한이 어릴 때 살았던 우시 류팡성상 골목에 있는 집은 흉가로 불렸다. 중수는 자신이 "귀신이다!" 하고 놀라게 하면, 귀신을 무서워하는 중한이 "으악!" 하고 소리를 지르며 멀리 달아나는 것이 재미있었다고 한다. 중수는 내게 이 이야기를 들려줄 때도 으스대고 있었다.

한번은 셋째 언니와 일곱째 여동생이 아이들을 모두 데리고 관첸제 거리에 있는 현묘관으로 놀러 갔다. 그런데 갑자기 아위안이 보이지 않았다. 셋째 언니는 급한 마음에 모두 셋으로 나누어 제각각 흩어져서 찾아 보라고 했다. 아위안은 뜻밖에도 현묘관 대전 안에 있었다. 도사를 따라 현묘관 대전 안으로 들어온 것이었다. 도사가 아위안을 부른 것도 아닌데, 아위안이 타고난 '사물의 이치를 연구하는 기질'은 도사로부터 눈을 떼지 못하게 했고 계속 따라가게 만들었다. 도사의 머리가 정수리에 감아올려져 있는 것을 보고 처음에는 할머니인가 했는데 무슨 할머니 얼굴에 수염이 저렇게 덥수룩하지? 아위안에게는 '순결한 빨강 부인'보다 더 놀랍고 신기한 일이었고 가족들과 멀어지는 것도 모르는 채 그대로 도사를 따라갔던 것이다.

내 자매들은 아위안이 이렇게 야무지지 못한 것이 내가 너무 치마폭에 감싸서 키운 탓이라고 한다. 그 말이 맞다. 나는 길을 걸을 때도 꼭 아위안의 손을 잡고 걸었다. 전차를 탈 때도 꼭 내 무릎에 앉혔다. 그런데 서너 살쯤 되었을 때, 아위안이 한번도 전차를 타본 적이 없다고 말하는 것을 들었다. 나는 아위안이 전차를 타 봤지만 자신이 탄 것이 전차라고 말하는 것인지 몰라서 그런 줄 알았다. 그래서 한번은 아위안을 안고 전차를 타고 가면서 "이게 전차 아니야?" 하고 아위안에게 말했다. 그러자 아위안은 내 목에 팔을 두르고 귓가에 입을 대고 살그머니 속삭였다. "이건 엉덩이 차야." 아위안에게 '탄다'는 것은 자신의 몸을 직접 좌석에 대고 앉는 것이었다. 그러니 아위안은 늘 내 엉덩이 위에 앉는 '엉덩이 차'를 탄 것이다. 나는 비로소 아위안이 왜 전차를 타본 적이 없다고 했는지 알 수 있었다.

아위안이 쑤저우에서 보여주었던 행동들은 조금씩 바보스러운 것들이었는데, 모두 내가 아니라 중수를 닮은 것이었다.

아위안은 이때 쑤저우에서 상하이로 돌아오고 나서, 다시는

우리 셋

외할아버지를 만날 수 없었다. 내 친정아버지는 1945년 3월 말, 항일전쟁이 끝나기 전에 쑤저우에서 돌아가셨다.

이 시기에 중수는 많은 친구들과 자주 왕래를 했다. 동년배로는 천린루이(스화푸), 천시허, 리젠우, 커링, 푸레이, 친형이나 다름없는 쉬옌머우, 함께 시를 짓는 벗이었던 마오샤오루가 있다. 손위로는 중수를 높게 평가해 주는 쉬썬위(홍위, 해방 후에 고궁박물원 원장을 지냈다), 리바커(쉬안궁), 정전둬, 리쉬안보 등이 있다. 정차오쭝, 왕신디, 쑹티펀, 쉬궈장 등은 중수보다 젊은 친구들이었다. 리바커, 정전둬, 푸레이, 쑹티펀, 왕신디는 늘 집에 모여 함께 밥을 먹는 친구들이었다. 그 시절, 친구들이 모여서 함께 밥을 먹는 것은 마음이 즐거울 뿐 아니라 몸도 같이 즐거운 일이었다.

가난 뒤에는 병이 따라온다. 중수는 이때 매년 한 번씩 병치레를 했다. 아위안은 학교에 들어간 지 한 달 만에 바로 또 몇 개월 동안 휴학을 했다. 소학교는 모두 6년 과정인데 아위안의 등교 일수는 한 학기가 모자란다. 항일전쟁이 끝난 1947년 겨울, 아위안의 오른쪽 집게손가락 관절이 부어올랐다. 검사를 해 보니 골결핵이었다. 당시에는 치료 약이 없었다. 중의학에서는 '유주' 혹은 '천골유주'라고 한다. 의서를 보니 '뼈의 관절이나, 뼈 속의 비어있는 공간에서 발병하며 완치가 어렵다'고 되어 있었다. 아위안은 의사가 나에게 설명해 주는 내용을 옆에서 듣고 자신의 병에 대해서 알게 되었다. 아위안은 집에 와서 눈물이 그렁그렁한 눈으로 말했다.

— 나는 엄마 아빠를 힘들게 할 거예요.

나는 허둥지둥 아위안을 달랬다.

— 아위안은 다 나을 거니까 지금 무서워하지 않아도 돼. 그냥 편안하게 쉬고 치료만 하면 되는 거야.

의사는 아위안의 손가락 몇 개를 고정했다. 아이를 침대 위에 계속 누워 있게 하고, 비타민 A와 D 그리고 영양가 있는 음식을 먹이라고 했다. 10개월 후 아위안은 완치되었다. 의사는 아이들이 이 병에 걸리면 다리나 머리로 전이되어 일찍 죽는데 아위안은 아주 운이 좋았다고 한다. 아위안은 병이 나은 후로 포동포동 살이 올랐다. 자나 깨나 늘 내 가슴을 짓누르고 있던 커다란 돌덩이가 비로소 사라졌다. 하지만 이번에 내가 아프기 시작했다. 매일매일 미열이 있었고 한 달에 1파운드씩 계속 체중이 줄었지만 원인을 알 수 없어 중수의 애를 끓였다. 1949년 우리는 칭화대학의 초빙을 받아들였다. 그때 중수는 "새로운 환경으로 바

우리 셋

꿔 봅시다. 사는 데가 바뀌면 당신도 나아질 거야."라고 했는데, 과연, 칭화대학으로 가서 1년이 지나자 미열이 사라졌다.

아홉

1948년 여름, 중수의 돌아가신 조부님의 100세 탄생일을 맞아 각지에 흩어져 살던 식구들이 모두 우시의 고향집에 모였다. 이때는 중수도 아위안도 아프지 않고 건강해서 나는 아주 즐거운 마음으로 상하이에 있던 다른 식구들과 함께 치츠창에 있는 고향집으로 갔다.

중수의 고향집에서는 결혼 후에 한 열흘 정도 지낸 적이 있다. 이번에 다시 가 보니 집안이 온통 낡고 못쓰게 된 물건들로 꽉 차 있어서 사람이 들어갈 자리도 없었다. 하지만 우리 방에 놓여 있었던 커다란 침대며, 화장대며, 책상은 일찌감치 다른 사람에게 팔아 버리고 없었다. 우리는 치츠창의 고향집에서 하룻밤

우리 셋

을 겨우 자고 작은 아버지가 새로 지은 집으로 옮겼다.

이번에 가족들이 모두 모였을 때 시아버지는 그동안 안중에 없었던 '손녀, 젠루'의 비범함을 발견하고 아주 흡족해했다.

시아버지는 가끔 사랑방에서 주무신다(본래 밤낮 구분 없이 아무 때나 주무신다). 언뜻 잠에서 깨어 보니 웬 여자아이가 이불깃을 끌어 발까지 꼭꼭 여며 주더니, 그대로 돌아앉아서 책을 읽고 있는 것이 아닌가? 방바닥은 온통 책으로 뒤덮여 있었고, 앞마당에서 아이들이 와글대는 소리가 시끄러운데 여자아이는 조용히 앉아서 책을 보고 있었다. 시아버지는 여자아이에게 "너는 누구냐?" 하고 물었다. 그때 아위안이 뭐라고 이름을 댔는지 모르겠다. 시댁에서는 아위안을 '젠루'라고 부르지만 우리는 아위안으로 부른다. 그때 아위안은 만으로 열한 살이었다. 〈서유기〉, 〈수호전〉 같은 소설을 다 읽은 후에, 아빠의 꾐에 빠져서 엄마의 지도 아래, 문어로 된 린수의 번역 소설들을 읽고 있던 때였다. 중수와 같은 성향을 가진 아위안은 어디를 가든지 책을 찾았는데 마침 그곳에서 〈소년〉 잡지를 넣어 둔 작은 상자를 찾아냈다. 하지만 〈소년〉같은 류의 잡지는 아위안에게 그다지 재미있는 책이 아니어서 한 번씩 훑어보고 내려놓아 방바닥이 온통 책으로 뒤덮인 것이다.

시아버지는 아위안이 읽고 있던 〈소년〉에 대해서 시험 삼아 자세히 물어보고, 또 다른 방면에 대해서도 얼마나 알고 있는지 시험해 보았다. 마치 콜롬버스가 신대륙을 발견했을 때처럼 놀라웠다. 젠루는 할아버지로부터 "우리 집안의 독서종자로구나!" 하는 인정을 받으며 당장에 할아버지 마음속의 서열 1위를 차지했다. 시아버지는 중수의 둘째, 셋째 동생에게도 너희 아들들의 자질은 이러저러하고, "우리 집안의 독서종자는 젠루뿐이다."라고 말했다. 시아버지는 듣는 사람의 기분을 생각하지 않는다. 말할 때나, 편지를 쓸 때나, 글을 쓸 때나 일관된 작풍을 가지고 있다.

1945년 항일전쟁이 끝나고 중수는 전단여자학원 수업을 그만두었다. 중앙도서관의 영문 편집장을 맡아 〈서림계간書林季刊〉을 편찬한 후에는 지난대학의 교수로 재직하면서 영국문화위원회의 고문이 되었다. 〈포위된 성〉을 출간한 후에는 친구들 중에 〈포위된 성〉 애호가들이 더 늘어서 우리는 사교 범위가 더욱 넓어졌고 사교 활동도 빈번해졌다.

상하이가 함락된 이후, 우리는 온갖 고생을 다 했다. 세력에 따라 대접이 달라지는 세상인심을 알게 되었다. 우리 부부는 일상에서 겪는 온갖 일들을 맛 좋은 술을 마시듯 일부러 천천히 음미하며 여유 있게 보냈다. 어려운 일을 겪은 후에 생기는 지혜를 생각하면, 그 맛은 천천히 음미할 만한 가치가 충분하기 때문이다. 중수는 "스무 살에 제멋대로 하지 못하면 패기가 없는 것이고, 서른 살에 제멋대로 한다면 아는 것이 없는 것이다.'라고 말한 바 있는데 이것은 '스무 살에 제멋대로 하지 못하면 변변치 못한 것이고, 서른 살에 제멋대로 한다면 변변치 못한 것이다'라는 동성파桐城派 선학의 말을 인용한 것이다. 이 말 역시 중수에게 남의 이야기가 아닌 바로 자신의 이야기가 되었다.

항일전쟁이 끝나고 우리는 각계각층의 인사들을 만나게 되었다. 매번 모임에 나갔다 돌아오면 연구하고 탐색할 거리가 아주 많았다. 우리는 보고 들은 모든 것들을 갈고 닦았다. 많은 이들과 많은 일들을 '독파'하면서 세상에 대한 학문을 넓혀 나갔다.

주자화는 중앙경관유학생시험의 감독관이었는데 첸중수를 아주 높게 평가했다. 그는 자주 집에 와서 밥을 먹고 가라고 중수를 불렀다(손님 대접을 위한 것이 아닌 평범한 집밥이었다). 한번은 주자화가 유네스코의 무슨 직위를 권하였는데 중수는 그 자리에서 거절을 했다. 나는 중수에게 그 이유를 물어보았다.

— 유네스코 자리를 왜 거절했어요?
— 그건 당근이야!

나는 그때 '당근'이 '채찍'과 연관된 그 '당근'을 말하는 줄 몰랐다. 애당초 '당근'을 먹지 않으면 채찍도 맞지 않을 것이다.

중수는 매월 난징에 업무보고를 하러 갔다. 아침에 일찍 새벽차로 갔다가 저녁 늦게야 집으로 돌아왔다. 한번은 중수가 일찍 돌아와서 반갑게 맞았더니 중수가 말했다.

— 오늘 저녁에는 '정상(장제스)'과 악수하는 일정이 있어서 일찌감치 빠져나왔지.

승리의 기쁨은 잠시뿐이었다. 어느 곳에서도 희망을 찾아볼 수 없고 근거 없는 소문만 세상에 떠돌았다. 인심이 흉흉해졌다.

중수의 첫 번째 지도 학생은 무슨 책을 사든 지도교수에게 책을 골라달라고 부탁했다. 사실 이런 부탁은 지도교수에게 원하는 책을 무한정 살 수 있는 기회를 주는 것이다. 중수는 모든 책에다 '차치재장서借痴齋藏書'라고 쓰고 '차치재' 글자를 새긴 도장을 찍어 놓았다. 학생은 읽지 않고 지도교수에게 빌려만 주니 '책을 빌려주는 바보'가 아니면 무엇인가! 상하이에 칩거하는 동안 중수는 책을 사는 즐거움을 마음껏 누렸다. 새책도 사고 헌책도 샀다. 문화대혁명 시절 잃어버린 책이 많았는데 어떤 사람이 차치재 도장이 찍혀 있는 책을 중수에게 우편으로 보내온 적도 있었다. 아마도 상하이의 헌책을 파는 노점에서 차치재장서를 발견했던 것 같다. 차치재장서에는 소련의 철의 장막 배후의 이야기

우리 셋

를 쓴 책도 있었다. 모두가 불안에 떨던 시절, 우리는 수많은 책을 폭넓게 읽으면서 조금도 불안해하지 않았다.

정전둬 선생과 우한 동지는 공산당은 지식인을 중시한다고 말하면서 안심하고 국공내전이 끝날 때까지 기다리라고 했다. 하지만 우리도 잘 알고 있었다. 나라에 필요한 것은 과학자이지 우리처럼 쓸모없는 지식인이 아니었다.

해외로 도피하려고 했다면 아주 길이 없었던 것은 아니다. 하지만 사람은 어디로 가야 할지, 무엇을 따라야 할지 결정해야 하는 중요한 선택의 기로에 서 있으면 가장 근원적인 감정에 따르게 되는 것 같다. 우리는 결코 애국을 주창하는 사람이 아니고 그런 얘기를 듣는 것도 좋아하지 않는다. 해외로 도피하지 않은 것은 고향에 계신 부모님과 형제들, 우리 가족들을 버리고 떠날 수 없었기 때문이었다. 온갖 치욕을 당하고 있는 힘없는 조국이었지만, 조국을 떠나 남의 나라의 눈치를 보며 사는 하등 국민이 되고 싶지 않았다. 우리는 조국의 문화, 조국의 문자, 조국의 언어를 사랑하는 문화인이다. 우리는 강하고 자랑스러운 중국인으로서 살기를 바랐다. 결코 외국인이 되기를 원하지 않았다. 개인적으로는 결코 이로운 결정이었다고 볼 수는 없었지만, 우리는 상하이에 남아 전쟁이 끝나기를 기다렸다.

열

국공내전이 끝난 후 신중국이 건설되었다. 하지만 우리 부부는 여전히 구시대의 지식인으로서 분수를 지키고, 법을 준수하며, 성실하고 선량하게 살았다.

1949년 여름, 우리 부부는 모교인 칭화대학의 초빙을 받았다. 8월 24일 딸을 데리고 기차에 올라 26일 칭화대학에 도착했다. 신중국의 일을 시작하였다.

중수는 주로 대학원생들을 가르쳤는데 무슨 과목이었는지는 지금 기억나지 않는다. 당시 칭화대학에는 부부가 동시에 전임교수가 될 수 없다는 규정이 있었기 때문에 나는 비전임 교수직으로 일했다. 비전임은 강의 시간에 따라 급여를 받았는데 월

우리 셋

급이 너무 적었다. 나는 스스로 '날품팔이 교수'라고 불렀다. 나중에 칭화대학에서 규정을 폐지하자, 학과 주임은 나를 전임으로 임용하겠다고 했다. 하지만 나는 그대로 '날품팔이 교수'로 남겠다고 했다. 아직 사상 개조가 완성되지 않아서 제대로 적응을 못하고 있었고, '날품팔이 교수'라는 구실이라도 있어야 회의에서 빠질 수 있기 때문이었다. 나는 전임이 아닌 '날품팔이 교수'이므로 여교수회에서 주최하는 세미나에도 참가하지 않았다. 학교에서 수업을 한 두 과목 더 늘렸기 때문에 이미 전임교수의 자격은 충분했지만 나는 모든 회의로부터 도망가기 위해서 삼반운동三反運動이 시작될 때까지 '날품팔이 교수'를 굳건히 지켰다.

아위안이 학교에서 쓰는 정식 이름은 첸위안이다. 할아버지로부터 '독서종자'로 지목되기 전까지 집안에서 별로 중요시하지 않았던 딸아이였다. 우리는 아위안의 이름에 돌림자를 넣어 짓지 않고, 정식 이름도 아명을 그대로 가져다 사용함으로써 집안에 반란을 일으켰다. 상하이를 떠날 때, 아위안은 열두 살로 막 중학교 1학년을 마친 때였다. 한 손에는 서양 인형 하나를, 다른 한 손에는 작은 가방 하나를 들고 엄마 아빠를 따라 기차를 탔다. 겉으로 보기에는 그저 어린아이 같지만 아이의 가방 속에 들어 있는 인형 옷은 모두 직접 만든 것이었고 인형의 배 속에는 금덩이가 몇 개 들어 있었다. 아위안은 그때 이미 철이 다 든 아이였다.

아위안은 원래 칭화부속중학교에 다닐 생각이었다. 그런데 학교에서 반드시 1학년으로 입학하기를 요구했다. 아위안은 1학년 과정부터 다시 공부하고 오후까지 이어지는 회의에 계속 참석해야 했다. 병상에서 막 일어난 아위안에게는 오후에 휴식하는 것은 아주 중요했기 때문에 나는 아위안을 휴학시키고, 내가 직접 가르치기로 했다. 아위안은 아빠의 조수 노릇을 하며 학생들의 성적표 작성 같은 소소한 일들을 도왔다. 아위안은 종종 아빠의 눈에는 보이지 않는 사소한 발견을 하곤 했다. 예를 들면, 남학생 아무개와 여학생 아무개는 서로 사귀는 사이가 분명하다, 왜냐하면 다른 학생들과는 달리 두 사람의 과제물에만 자색 잉크가 사용되었다, 등등을 알아냈다. 과연 그 두 사람은 나중에 결혼을 했고, 아위안의 말대로 서로 사귀는 사이였다. 아위안은 아빠의 조수 노릇을 정말 열심히 했다.

중수는 칭화대학에서 1년동안 근무한 후, 번역모선위원회翻譯毛選委員會에서 〈모택동선집毛澤東选集〉을 번역하는 일을 하게 되었다. 중수는 시내에 있다가 주말이 되면 학교로 돌아와 대학원생들을 가르치는 일을 겸하였다. 번역모선위원회의 지도자는 쉬용잉 동지였고 중수에게 일을 소개해 준 사람은 칭화대학 동창인 차오관화 동지였다. 이 일이 결정된 날 저녁, 시내에 사는 오랜 친구 한 명이 인력거까지 잡아 타고 와서 축하 인사를 했다. 그가 돌아가고 난 후 중수는 당황한 얼굴로 말했다.

— 저 친구는 내가 '남서방행주南書房行走'라도 하는 줄 알고 있지만 사실 그렇게 좋은 일자리가 아니야. 잘해야 본전이거든.

중수는 '잘해야 본전'인 자리에서 자신이 공로도, 과실도 없이 일을 하고 있다고 생각했다. 그래서 등 뒤에서 날아오는 칼날을 피하지 못했다. 문화대혁명 중에 붙은 대자보에서 공문서의 자료를 보지 않았더라면, 중수는 아직도 자신의 죄목이 무엇인지 몰랐을 것이다. 이때 날조된 사건에 대한 이야기는 내 책 〈간부학교 이야기干部六记〉와 〈병오년에서 정미년까지, 그때의 기록丙午丁未年紀事〉에서 모두 언급했다. 중수와 나는 자주 셜록 홈즈처럼 탐정 놀이를 즐겼다. 둘이서 같이 정탐을 해서 모함했던 사람이 누구라는 증거를 찾아냈다. 중수는 세상에 맞서 싸우는 사람이 아닌데도 어쩔 수 없이 사람들의 시기와 질투를 받았다. 내가 걱정하자 중수는 나를 위로했다.

— 애태우지 말아요. 그 사람도 그럴 만한 사정이 있었겠지.

중수의 말이 맞았다. 이 말은 나에게 몇 가지 지혜를 주었다.

사실 중수는 다른 사람들의 시기를 살 만한 사람이 아니다. 지도자에게 고분고분하고, 동료들 사이에서도 혼자 두드러지게 보이기를 바라지 않는다. 중수는 다른 사람과 경쟁하려 하지 않고 오히려 도와주고 협조하는, 아주 쓸모 있는 사람이다. 중수는 쉬융잉 지도자 동지와 오랫동안 함께 일을 하면서 처음에는 믿을 수 있는 부하였지만 나중에는 가까운 친구가 되었다. 허치팡, 위관잉 동지들의 지도 아래 〈당시선주唐詩選注〉를 편찬할 때 같이 일했던 젊은 동지들이 지금도 건재하다. 그들에게 묻는다면 모두 내 말에 동의할 것이다. 중수는 그저 맡은 일에 충실하고 틈을 내서 읽고 싶은 책을 읽을 수 있기를 바랐을 뿐이다. 중수는 효율적으로 일을 했고 일을 끝내고 남은 시간을 무척 아꼈다. 중수를 모함했던 자들은 오히려 중수를 크게 도와준 셈이었다. 그들 덕에 중수는 그들이 말하는 무슨 고상한 일을 하지 않아도 되었고 묵묵히 자신의 터를 가꾸는 데 집중할 수 있었다.

중수는 시내로 나가 살게 되자 아위안에게 엄마를 잘 돌보라고 부탁했다. 내게 아위안을 잘 돌보라고 당부하는 것이 아니었다. 아위안은 막중한 책임감을 느끼며 그러겠다고 대답했다.

우리 집에서 일하던 리 어멈은 나이가 들면서 자주 아팠다. 한번은 눈이 아주 많이 왔는데 그날도 리 어멈이 아프다고 일찍

우리 셋

집으로 돌아갔다. 해 질 무렵 아위안이 말했다.

— 엄마, 조개탄 속에 있는 고양이 똥은 내가 벌써 다 치웠어요.
　이제 조개탄을 가지고 오셔도 돼요.

　아위안은 엄마가 고양이 똥을 만지는 것을 끔찍하게 싫어하는 것을 알고 있었다. 하지만 엄마가 조개탄을 가져오는 일을 자신에게 시키지 않을 것도 알고 있었다. 그래서 아위안은 혼자 몰래 바깥으로 나가서 눈 속에 있는 고양이 똥을 치웠다. 하지만 이 때문에 아위안의 아픈 손가락이 꽁꽁 얼어 버렸으니 중수는 아위안이 아니라 나에게 아이를 잘 돌보라고 당부했어야 했다.
　어느 날 밤, 아위안이 열이 조금 나기에 나는 억지로 일찍 재우려고 했다. 아위안은 싫다는 말은 못하고 이렇게 말했다.

— 엄마, 엄마는 윈터 교수님 집에 가서 음악 감상을 해야 하
　잖아요.

　윈터 교수는 종종 학생들을 불러 음악 감상을 했다. 나를 위해 늘 제일 좋은 자리를 남겨 두고 내가 좋아하는 음반을 골라놓았다. 아위안도 열이 나지 않았다면 나와 함께 갔을 것이다.

— 엄마 혼자 다녀 올게.

그러자 아위안이 머뭇거리며 말했다.

— 엄마 혼자 무섭지 않겠어요?

아위안은 엄마가 무서워하는 것을 알고 있지만 에둘러댔다. 나는 엄마이고 어른이므로 허세를 부리며 말했다.

— 안 무서워. 엄마 혼자 다녀올 수 있어.

아위안은 얌전히 침대 위에 누웠지만 잠을 자지는 않았다.

혼자 문밖을 나서서 작은 다리 근처까지 걸었다. 다리 너머에는 황량한 들판이 펼쳐지는데 너무 무서워서 다리를 건널 수가 없었다. 다리 앞으로 걸어간다, 되돌아온다. 다시 다리 앞으로 걸어간다, 되돌아온다. 나는 두 번, 세 번 반복한 후에도 도저히 무서워 다리를 건널 수가 없었다. 결국 그대로 뒤돌아 집으로 돌아왔다. 아위안은 아직 깨어 있었다.

— 안 갈래.

아위안은 아무 말도 하지 않았다. 아위안은 참 착하다.

말하자니 우습지만, 아위안과 함께 있으면 마치 중수와 함께 있는 것처럼 느껴진다. 이 작은 꼬마가 옆에 있으면 다리를 건너는 것이 조금도 무섭지 않다. 중수가 딸에게 엄마를 부탁한 것은 이런 이유에서였다.

학교에 가지 않으니 아위안은 친구들과 어울리기가 어려웠다. 하지만 아위안은 칭화대학의 교정을 돌면서 혼자 유유자적하며 즐겁게 지냈다. 아위안이 침상에서 적은 〈우리 셋〉을 보면 그때의 일상에 대한 이야기가 잘 나와 있으니 여기서 또 이야기하지는 않겠다.

나는 중2, 중3 과정의 교재를 사서 아위안에게 수학(주로 대수학이었고, 기하학, 삼각함수도 조금씩), 화학, 물리, 영어 문법 등을 가르쳤다. 중수는 주말에 와서 아위안이 중문, 영문으로 쓴 작문을 봐주었다. 대수학은 하면 할수록 복잡해져서 슬슬 하기 싫어지며 꾀가 났다.

— 엄마는 도저히 못 따라가겠다. 너 혼자 해 봐, 할 수 있을까?

이렇게 말하면 말 잘 듣는 착한 아위안은 선생도 없이 혼자 터득했다. 다음날 내가 혼자서 할 수 있겠느냐고 물어보면 아위안은 그렇다고 한다. 그래도 며칠 동안 안심하지 못하고 있다가 또 아위안을 부른다. 어려운 것이 있으면 그때그때 바로 말해야 한다고 일러둔다. 그렇지 않으면 내가 정말로 따라잡을 수 없게 될 것이다. 아위안은 혼자서 할 수 있다고 아주 자신감 있게 말했다. 나는 바로 아위안에게 참고서 한 질을 더 사주었다.

1951년 가을, 아위안은 베이만여자중·고등학교(원래 우이여자중·고등학교로 부르다가 나중에는 뉴스얼중·고등학교로 바뀌었다)에 1학년으로 입학했다. 입학시험에서 대수학은 만점을 받았다. 아위안은 시내로 나가 학교 기숙사에서 살게 되었다. 아위안은 학교에서 친구들을 많이 사귀었고 주말이면 함께 우리집으로 와서 놀기도 했다. 외동딸 하나만 있는 우리 부부는 딸의 친구들과도 친구처럼 지냈다. 나중에 아위안이 불치병에 걸렸을 때, 가까운 곳에 사는 친구들은 물론 먼 곳에 사는 친구들까지 서로 약속을 해서 함께 병원에 와 주었다. 나는 10대 소녀들의 우정이 이토록 오래 유지될 수 있다는 것에 놀랐다. 아위안의 친구들은 지금까지 나의 친구들로 남았다.

아위안마저 학교 기숙사로 가버리고 집 안에는 나 혼자 남았다. 주말이 되어야 가족이 모두 모였다. 그 해 연말에 '삼반운동'이 시작되었다. 그전에는 누가 '왜 양장 선생은 학과 회의에 참석하지 않느냐'고 하면 '나는 자격이 없어서'라고 말했었다. 하지

우리 셋

만 이때부터는 회의에 반드시 참여해서 '삼반운동'이나, '탈고자할미파운동脫褲子割尾巴運動', '세조운동洗澡運動' 등을 열심히 했다.

중수 역시 시내에서 세조운동에 참여했다. 하지만 번역모선위원회는 원래 인원이 적은 부서로 만들어졌고, 1년 후에는 중수와 그를 돕는 조수 일고여덟 명만이 남았다. 운동은 참여하는 사람이 많아야 세력이 커지고 위력을 발휘한다. 몇 사람 되지도 않는 부서에서 하는 운동으로는 어림도 없었다. 칭화대학의 운동은 드높은 명성과 위력을 가지고 있었고 학생들은 첸중수 선생이 학교에서 하는 세조운동에 참여할 것을 요구했다. 나는 바로 시내로 나가서 중수를 대신해 2주일간의 휴가를 신청했고 중수가 학교로 돌아와 한번 더 '세조운동'을 하며 제대로 학습할 수 있도록 했다.

아위안처럼 착한 중수는 학교로 돌아와서, 나와 함께 여러 회의에 참석하며 열심히 학습했다. 중수는 중형 대야로, 나는 소형 대야로 씻으며 목욕 의식을 했다. 둘 다 한 번에 통과되었다. 그다음은 '충성노실운동忠誠老实運動'이었다. 나는 중수를 대신하여 해명해야 하는 모든 문제에 대해서 진술서를 작성해 제출했다. 진정한 충성심이 굳건했으므로 해명해야 하는 문제가 어떤 것이냐는 따지지 않았다. 미적대지 않고 하나하나 명쾌하게 써서 빠르게 제출했다. 그러던 어느 날, 중수와 함께 학교 선생들 대열에 서 있는데 당 대표가 우리 앞으로 다가왔다. 그는 "당은 당신을 신임합니다."라고 말하며 한 사람 한 사람 악수를 했다. 마침내 우리는 깨끗해졌다. 1952년 '원계조정院系調整'에 의해서 중수와 나는 둘 다 문학연구소, 외국문학팀의 연구원으로 조정되었다. 문학연구소는 신베이징대학의 소속으로 임시로 편제되었고, 업무는 중앙선전부로부터 직접 지시를 받았다. 문학연구소는 1953년 2월 22일 정식으로 설립되었다.

1952년 10월 16일 '원계조정'에 따라 우리집은 칭화대학에서 베이징대학의 중관위안으로 이사를 했다. 중수와 아위안은 둘 다 시내에 있으니 나 혼자 이사를 했다. 물건들을 옮기느라 이삿날 우리집의 귀염둥이인 야옹이를 미처 챙기지 못했다. 주말에 중수와 아위안이 왔을 때 함께 예전 집으로 가서 야옹이를 찾았다. 커다란 포대 자루에 담아서 내가 짊어졌다. 집으로 돌아오는 내내 중수와 아위안은 포대 자루 속의 야옹이를 달래며 걸었다. 야옹이는 포대 자루 속에서 오들오들 떨었다. 하지만 새집에 와서 풀어놓으니 야옹이는 도망가 버렸다. 우리는 마음이 너무 아팠다.

1954년 연말, 중수는 번역모선위원회의 일은 일단락 짓고 문학연구소로 돌아왔다.

문학연구소의 소장인 정전둬 선생은 고전문학팀의 팀장을

우리 셋

겸하고 있었다. 정 선생은 외국문학팀의 인원은 이미 다 차서 중수가 들어오기 어렵다는 것을 알고 나에게 말했다.

— 일단 우리 고전문학팀에서 송시 부문의 일을 하다가 외국문학팀으로 다시 가는 것으로 합시다.

중국고전문학은 중수의 전문 분야가 아니어서, 중수에게는 그리 탐탁한 자리가 아니었다. 중수는 대학에서 외국문학을 전공했고, 또 외국문학을 가르쳤다. 중수가 칭화대학에서 문학연구소로 옮겨올 때도 외국문학팀 소속으로 온 것이다. 외국문학을 그만두고 송시를 선별하고 편찬하는 일이라니, 중수는 결코 원하지 않았다. 하지만 중수는 정 선생의 뜻을 잘 알고 있었고, 또 그것이 옳은 판단이었다고 생각했다. 중수는 꾹 참고 탐탁지 않은 자리를 받아들였다. 그리고 고전문학팀으로 차출된 후, 다시 외국문학팀으로 돌아가지 못했다.

삼반운동은 구시대 지식인들이 받았던 제1차 개조운동으로, 우리들은 '심금을 울리는' 비판을 받았다. '강산은 쉽게 바뀌어도 타고난 본성은 바꾸기가 어려운 법'이니 우리는 꽉 막히고 고집스러워서 개조할 수 없을 줄 알았다. 하지만 놀랍게도 '행동하기 시작한 군중'이 마치 전원 버튼을 누르면 똑같이 행동하는 로

봇처럼 일사불란하게 움직였다. 군중은 있고 개인은 없었다. 사람들이 모두 변했다. 구시대의 지식인 역시 변했다. 하지만 정도의 차이는 있었다. 어떤 이는 변했지만 완벽하게 변하지 못해서, 또 어떤 이는 변하고자 했지만 변할 수 없어서, 그리고 아마도 남몰래 변하지 않으려고 한 이도 있었을 것이다.

나는 분명하게 변했다. 더 이상 귀신을 무서워하지 않게 되었다. 조금 기준에 못 미치기는 했지만, 나는 변했다.

우리 셋

열하나

우리는 괜한 잘못으로 시비에 휘말리지 않도록 사람들과 거리를 두고 지냈다. 평소에는 집 안에서 일을 하고 매월 업무 진행 상황을 보고했다. 우리는 종종 밖으로 놀러 나가기 위해서 업무 시간과 노는 시간을 바꾸기도 했다. 주말에는 딸아이가 집에 오고 공원에 사람도 많기 때문이다. 이허위안의 허우산에 있는 쑹탕에는 사람이 적어서 자주 갔다. 우리는 늘 허우산을 걸었다. 허우산의 소나무들은 서로 같은 모양이 하나도 없고 각기 다르게 생겼는데 우리는 어디에, 어떻게 생긴 소나무가 있는지 다 알고 있었다.

동물원도 우리가 좋아하는 곳이다. 1934년 봄, 내가 칭화대학에 다닐 때 중수가 와서 함께 베이징을 여행한 적이 있다. 그때 중수와 함께 동물원에도 갔었다. 동물원 안쪽 구석으로 계속 걸어가다 보니 끝자락에 작은 집들이 몇 채 보였다. 창문 앞에는 소나무가 한 그루 서 있고 집 옆으로 작은 시냇물이 졸졸졸 흐르고 있었다. 중수는 이 작은 집을 마음에 들어 했다. 나중에 이런 집에서 살고 싶다고 했다. 십여 년이 흐른 뒤에 다시 와 보니, 작은 집들이 보이지 않았다. 창문 앞의 소나무와 옆에 흐르던 작은 시냇물도 어디로 가버렸는지 알 수가 없었다.

우리는 동물원에 가면 꼭 아기 판다를 보고 온다. 아기 판다들은 조용히 창 옆에 앉아서 놀러 온 사람들을 구경한다. 다른 작은 동물들처럼 우리에서 이리저리 뛰어다니지 않는다. 곰은 아주 총명해서 물을 마실 때 사람처럼 손가락을 움켜서 물을 떠마신다. 보기보다 훨씬 더 총명한 것은 코끼리다. 코끼리는 쇠사슬에 묶여 야트막한 칸막이를 사이에 두고 암수가 따로 격리되어 있다. 수컷 코끼리는 몸을 흔들고, 머리를 흔들면서 계속 제자리에서 움직인다. '묶을 테면 묶어봐, 어차피 나는 한 발짝도 움직일 생각이 없어'라고 말하는 듯하다. 암컷 코끼리는 코를 이용해 앞 다리에 묶여 있는 쇠고리를 풀 줄 안다. 그리고는 긴 코를 울타리에 들이대면서 의기양양한 얼굴로 웃는다. 사육사는 쇠고리가 풀린 것을 보고 얼른 다시 채워 놓는다. 그러면 코끼리는 순순히 다시 채우도록 놔 두었다가 잠시 후에 또 풀어버린다. 마치 사육사를 놀리는 것 같다. 우리는 이 두 마리 코끼리를 보고 가장 감탄했다. 코뿔소는 사람들을 싫어해서 구경하는 사람들을 향해 오줌을 발사한다. 코뿔소는 냄새가 지독한 오줌을 아주 멀리까지 발사하기 때문에 먼 곳에서 구경하던 사람들도 피하는 수밖에 없다. 하마는 제일 못생겼다. 물 위에 떠오르는 것을 보려고 한참을 기다려도 좀처럼 모습을 드러내지 않는다. 봄에는 종종 날개를 활짝 펴고 있는 공작을 볼 수 있다. 중수의 '사물의 이치를 연구하는' 기질은 공작이 날개를 펴는 것은 암컷 앞에서 휘황찬란한 꽁지깃을 자랑하기 위한 것이 아니라 그저 꽁지깃을 들어 올려 수컷의 뒷부분을 보여주기 위한 것임을 발견했다. 동물원에서 제일 불쌍해 보이는 동물은 큰 새였다. 새장 속에 갇혀서 날개도 제대로 펴지 못했다. 판다는 공들여 제대로 만든 우리 안에서 아주 편안해 보였다. 판다의 우리 앞은 늘 구경하는 사람들로 붐볐다. 하지만 우리는 편안하고 인기 있는 판다가 결코 부럽지 않았다. 원숭이는 제일 재미있는 동물이지만 우리는 원숭이 구경에는 그다지 관심이 없었다.

동물 구경은 먹이를 줄 때가 가장 재미있다. 사자는 고기를 주기 전에 우리에서 암수를 따로 갈라놓는다. 왜냐하면 사자는 고기 앞에서 부부간의 정 따위는 내팽개쳐 버리기 때문이다. 돼지류의 동물들은 땅콩을 껍질째 먹는다(곰은 껍질을 다시 뱉어내고, 원숭이는 겉껍질을 깐 다음 속껍질까지 손으로 비벼서 벗겨 먹는다). 코끼리는 무엇이든 껍질째 먹는다. 위장이 아주 커서 사육사가 주는 먹이를 통째로 삼켜버린다. 사과도 통째로, 무도 통째로, 바나나도 통째로 꿀떡꿀떡 삼킨다. 하지만 스스로 먹이를 찾아 먹을 때는 아주 세심하게 살핀다. 볏짚을 먹을 때는 먼저 볏짚 더미 속에서 한 움큼 집어낸 다음, 탁탁 털어서 가지런하게 만들어 입으로 가져간다. 이런 걸 보면 재빠른 원숭이와 둔한 코끼리 중에 누가 영리한 동물인지 단정지을 수 없다. 우리는 코끼리를 좋아한다.

가끔 아위안과 함께 놀러 나갈 때도 있다. 하지만 아위안은 몸이 약해서 우리처럼 활기차고 씩씩하게 걷지 못한다. 산이나 동물원이나 구경을 하려면 많이 걸어야 하고, 줄도 서고, 사람들 틈에 끼어서 차도 타야 한다. 아위안에게는 힘든 일이다. 이허위안의 허우산은 내려오는 길이 아주 험하다. 아위안은 그 길을 성큼성큼 걷지도 못한다. 중수는 내가 다리 힘도 기를 겸 같이 나가서 놀자고 할 수 있지만 아위안은 체력이 안 따라주니 억지로 가자고 할 수는 없다.

아위안은 매주 주말에 집에 왔다. 그런데 옷이나 이불보 같은 빨랫감을 가지고 오는 법이 없었다. 집에 가지고 와서 가정부한테 빨아 달라고 하면 될 텐데 그렇게 하지 않고 스스로 빨래를

우리 셋

했다. 아위안의 친구들은 아위안이 외동딸 같지 않다고 했다. 이렇듯 착실하니, 아위안은 학교에서도 품행, 성적, 체력이 모두 우수한 '삼호학생三好學生' 후보로 선정되었다. 선생님은 이에 대해서 집에 갔을 때 어머니 의견을 들어 오라고 했다. 나는 아위안에게 물었다.

— 네가 어떻게 세 가지가 모두 우수할 수 있니?

아위안의 체력이 우수하지 않은 것은 명백한 사실이었다. 아위안은 웃으며 말했다.

— 영광스럽게도 당이 그렇다고 하네요.

아닌 게 아니라, 아위안처럼 체력이 약한 사람이 병이 재발하여 아픈 상황에서도 3학기를 모두 마쳤다는 것은 체력이 우수한 것이었다. 아위안이 말을 잘 듣는 아이라서 그나마 다행이었다. 아위안은 의사의 권유대로 1953년 봄부터 1954년 봄까지 휴학을 일 년 했다. 그때 중수는 1954년 연말에야 시내에서 다시 신베이징대학으로 돌아왔으니, 휴학 기간 동안 아위안은 엄마하고만 함께 지냈다.

아위안은 신베이징대학(옌징대학을 말한다)의 교정에서 칭화대학의 후이러우 건물 안에 있던 음악실과 비슷한 장소를 찾아다녔다. 학교에서 일하는 사람들에게 물어보면 다들 "잘 몰라요."라고 대답했다. 아위안이 "정확하지 않아도 괜찮아요. 아는 대로 그냥 편하게 말씀해 주시면 돼요."라고 애원하면 그들은 웃음을 터뜨리면서 딱 잘라 말한다. "그런 데는 없어요." 아위안은 매우 실망했다.

중관위안은 새로 지은 곳이라 녹색이라고는 찾아볼 수가 없었다. 아위안은 나와 함께 인근에 있는 농원에 가서 버드나무 묘목 다섯 그루를 사다가 대문 앞에 심었다. 윈터 교수도 화분을 많이 보내 주어서 마당에 옮겨 심었다. 장언톈 부부가 보내준 통병풍으로 응접실을 둘로 나누어 한쪽을 작은 서재로 만들었다. 장언톈 부부는 통병풍 외에도 장식용 연병풍 하나와 난, 해당화 등 화초 화분도 몇 개 더 보내주었다.

중수의 〈화이쥐 시집〉에 수록되어 있는 1950년에 쓴 시 〈용안실에서 시를 읊으며 휴가를 즐기다容安室休沐杂咏〉 12수에는 그가 주말에 집으로 돌아오는 일상이 그려져 있다. 여기서 나오는 작은 서재가 바로 그의 편안한 용안실 혹은 용안관이다. 상무인쇄관에서 출판한 〈용안관일기容安馆日札〉가 바로 이때 시작한 것이다. 용안관이라 하니 아주 대단하게 들리지만 겨우 스물두 평

우리 셋

정도 되는 작은 집의 좁은 응접실에 병풍으로 칸막이를 해서 만든, 어디 앉을 자리도 없는 비좁은 용안관이었다.

아위안은 종종 내가 옌징대학 도서관에 갈 때 함께 가 주었다. 책을 빌려오면 아위안이 미리 책장을 잘라 주었다. 그 당시 오래된 책들은 모두 옛날식으로 큰 종이 한 장을 접어서 묶는 방식으로 제본이 되어 있었는데, 이미 대출된 적이 있는 책도 여전히 일부 책장이 붙어 있는 책이 있었다.

책을 빌릴 때는 책마다 카드 위에 대출자 이름을 쓰고 카드를 도서관에 남겨둔다. 아위안은 대출 카드를 한번 쓱 보고도 기억력이 좋아서 누가 어떤 책을 빌려 갔는지 다 기억했다. 하루는 아위안이 이상한 일을 발견했다. 어떤 남자가 빌려 간 책을 다 읽지도 않으면서 자꾸 책을 빌려 간다는 것이다. 책을 빌려다가 그저 몇 장만 들쳐 보고 마는지 대출 카드에 이름은 많은데 빌려 갔던 책의 대부분은 책장이 잘려 있지 않았다.

아위안은 심심하면 내 책상 위에 있는 책을 가져다가 읽었다. 나는 아위안을 마음 놓고 방임하였다. 아위안은 피아노 치기를 좋아해서 칭화대학 후이러우 건물에 있었던 음악실에 미련이 많았지만 옌징대학에는 그런 음악실이 없었다. 나중에 아위안에게 피아노를 사 주었지만 그때는 이미 복학을 한 후여서 피아노를 칠 시간이 없었다. 당시 아위안이 할 수 있는 일은 책을 읽는 것뿐이었다. 아위안은 소설, 전기, 서신집 할 것 없이 영문 책을 대량으로 읽었다. 그래서 나중에 외국어 과목을 러시아어로 바꾼 후에도 영어를 잊어버리지 않았다.

1954년 봄, 아위안이 복학을 했다. 일 년을 휴학했으니 한 학년을 유급한 셈이다. 원래 학년에서는 영어를 외국어 과목으로 공부했었는데, 복학을 하면서 한 학년 밑으로 내려와 외국어 과목을 러시아어로 바꿨다. 남들은 중학교 1학년 때부터 공부한 러시아어를 이제야 시작하니 아위안은 남들보다 4년 6개월이나 뒤쳐진 것이다. 러시아어로 바꾸는 것을 결정할 때는 이런 생각을 미처 하지 못했다.

아위안은 복학하기 4개월 전부터 거방푸 교수의 부인에게 러시아어 교습을 받았다. 거방푸 교수는 원계조정으로 신베이징 대학의 소속이 된 칭화대학의 러시아인 교수였다. 아위안은 매일 거방푸 교수의 집으로 가서 수업을 했다. 거방푸 부인은 아위안을 아주 좋아해서 만날 때마다 칭찬을 아끼지 않았고 아위안은 거방푸 부인뿐만 아니라 거방푸 가족 모두와 아주 가까운 친구가 되었다. 나는 아위안이 영문으로 쓴 〈나의 러시아어 선생님〉의 원고를 남겨 두었는데 중수가 수정한 것 말고는 초고를 찾을 수가 없었다. 하지만 당시의 이야기가 생생하게 잘 묘사되어 있는 글이었던 것으로 기억한다.

우리 셋

아위안은 복학 후 무리 없이 러시아어 수업을 따라갔다. 무리 없이 따라가는 것은 물론 반에서 거의 상위권이라 할 수 있었다. 변함없이 '삼호학생三好學生'이었다. '삼호학생'은 공산주의청년단원이 되는 것을 피할 수 없었다. 이 문제로 고민하던 아위안이 한번은 집에 와서 눈물을 왈칵 쏟았다.

— 친구들이 자꾸만 입단하라고 권할 때마다 나는 아직 자격이 없으니 천천히 하겠다고 했는데, 이제는 모두 자격이 충분하다고 해요. 뭐라고 말해야 할까요?

아위안은 또 이렇게 말했다.

— 공청단에 입단하면 집과는 멀어져야 해요. 집은 온통 '설탕옷을 입힌 포탄'이니까요.

나는 아위안을 달랬다.

— 너는 집과 멀어지지도 않을 거고, 엄마가 네 발목을 잡는 일도 없을 거야.

그 후로 아위안은 바로 공청단원이 되었고, 가족들과의 관계 역시 조금도 변함이 없었다.

1955년 가을, 아위안은 고등학교를 졸업하고 베이징스판대학의 러시아어 학과에 합격했다. 아위안의 장래 희망은 '교사가 되어 선봉에 서는 것'이었다. 나는 아버지가 가르쳐 주신 대로 아이가 스스로 결정하는 일에 간섭하지 않았다. 아위안은 졸업 후에 학교에 남아 교사가 되었다. 아위안은 교사가 되어 선봉에 섰고 평생 그 자리를 지켰다.

번역모선위원회에서의 일은 1954년 말에 일단락을 지었지만, 중수는 1958년 초부터 1963년까지 여전히 영문번역 최종원고팀의 팀원이었고, 1964년부터는 마오 주석의 시사번역팀에서 일해 온 아들러와 함께 영문원고 작업을 했다. 중간에 '문화대혁명'으로 잠시 멈추었다가 1974년에 다시 재개한 이후 마오 주석의 시사 번역을 완성하면서 번역모선위원회의 모든 일은 이것으로 끝이 났다. 오랜 시간을 들여 중앙의 지도에 따라 공동으로 수행한 작업이었다. 시사번역팀은 5명, 최종원고팀은 2~3명 정도인 아주 적은 인원으로 수행했다. 중수는 이 일을 하면서 연구소의 연구도 겸임하였다. 고전 팀의 〈당시선주〉도 중수가 참여하여 함께 편찬한 것이다.

1956년 여름, 첸위안이 대학생이 되어 처음 맞는 여름 방학이었다. 아위안은 중수를 따라서 우창에 있는 가족들을 만나러 갔다. 아위안의 할아버지와 할머니는 학교 사택에 살고 있었다. 중수는 이미 여러 번 여름 방학 중에 '가족 방문 휴가'를 내고 부모님을 뵈러 갔었다. 이번에는 아위안을 데리고 함께 갔다.

두 사람은 고온 지역인 우한에서 한여름을 보내고 까맣게 그을리고 살이 빠진 몸으로 돌아왔다. 햇볕 때문에 까매진 것은 둘 다 같은데 살이 빠진 이유는 서로 달랐다. 내가 만든 음식에 길들여진 중수는 시어머니의 음식이 너무 짜서 배불리 먹지 못했다. 시아버지는 밤낮 구분 없이 자는 분으로 책을 읽다가 문득 젠루에게 가르쳐줘야 할 것이 생각나면 한밤중에도 젠루를 깨웠다. 한 사람은 먹는 것이 부족해서 또 한 사람은 잠이 부족해서 살이 빠졌다.

시아버지는 이제 중수에게 '뜻을 받들라'고 바라지 않았다 (시아버지의 뜻을 잘 받드는 남동생은 가족들을 데리고 미얀마로 이민을 갔다). 중수는 이미 마흔을 넘어 쉰을 바라보는 중년이 되었고 시아버지가 가장 총애하는 사람은 '손녀 젠루'가 되었다. 부자가 만나면 그저 일상적인 집안 얘기를 끊임없이 할 뿐이었다. 시아버지는 아내가 적적한 것이 안타까웠지만 아내와도 대화가 잘 통하지 않았다. 시아버지는 자칭 '옹고집'이었다. 나는 중수에게 이게 무슨 의미냐고 물었다. 중수는 '아내에게 억지를 부리며 자기 의견만 내세워 우기는 것'을 말한다고 했다. 아마도 시아버지의 말속에는 아내에 대한 미안한 마음이 담겨 있는 듯하다. 스스로 '옹고집'이라 부르는 것도 늙은 남편이 아내에 대한 애정을 표현하는 방식이 아닐까?

중수와 아위안은 시아버지가 내게 보내는 돼지띠의 동패를 들고 북경으로 돌아왔다. 나는 시아버지와 띠가 같았다. 나는 홍루몽에 나오는 임대옥처럼 꽁한 성격을 참지 못하고 정말 나에게만 주는 선물인지 다른 사람들도 다 받은 것인지 물어보았다. 중수와 아위안은 나에게만 주는 것이라고 했다. 나는 그 즉시 동패를 애지중지하기 시작했다. 1956년 여름 방학에 있었던 일이다.

1957년, 중수는 엄동설한에도 아버지의 병을 염려하며 우창으로 내려갔다. 1월이나 2월 즈음이었을 것이다. 중수의 〈후베이로 달려가며赴鄂道中〉 시 다섯 수 중에 다섯 번째에 '아득하고 답답한 공기를 짓누르는 천둥소리', '비둘기는 곧 쏟아질 차가운 소나기에 몸을 떤다'라는 구절이 있다. 이 시는 '이른 봄의 날씨'보다 먼저 쓰인 것이다. 이 해 6월에는 반우운동反右運動이 시작되었고 중수는 두 번 다시 '가족 방문 휴가'를 쓰지 못했다.

중수의 셋째 남동생이 돌아왔을 때, 시아버지는 이미 정신이 흐릿해진 시어머니를 우시로 모시고 가라고 했다. 시아버지는 그해 11월 우한에서 돌아가셨고, 우시 메이위안에 있는 선산으

우리 셋

로 운구하여 다음 해에 우시에서 돌아가신 시어머니와 합장하
였다.

열둘

1956년 5월 즈음이었다. 중수가 딸아이를 데리고 우창으로 가족 방문 휴가를 떠나기 전이었는데 베이징에서 대학을 다니는 조카가 집에 와서 베이징대학의 학생들이 대자보를 붙였다는 이야기를 해 주었다. 우리는 밤에 몰래 학교로 가서 빽빽하게 붙어 있는 대자보를 읽었다. 너무나 놀라운 이야기였다. 삼반운동 이후, 우리는 줄곧 모두가 바뀌었다고 생각해 왔다. 하지만 조금도 바뀌지 않았고 예전에 일반적이었던 우리 두 사람의 사상은 대자보에 비하면 오히려 온건한 쪽에 속했다. 우리는 놀라워하며 기쁨에 차서 곳곳에 붙어 있는 대자보를 빠짐없이 읽어 보았다. 답답했던 가슴이 확 뚫리는 듯했다. 몇 년 동안 불편했던 마음이

우리 셋

이것으로 편안해졌다. 사람은 역시 사람이었다.

그 후 국가 지도자의 호소로 명방운동鳴放運動이 시작되었다. 중수는 중난하이에 직접 가서 마오 주석의 강화를 들었는데, '뱀을 굴에서 나오게 하려는 유인책'이라고는 전혀 생각할 수 없는 진심 어린 강화였다고 했다. 하지만 세월이 지난 후에 여러 기록과 논설을 보고 나서야 그것이 오랜 시간 동안 공들여 만든 계략이었다는 것을 비로소 알게 되었고 정치에 대한 두려움으로 모골이 송연해졌다.

연구소 내에서도 즉시 명방운동을 위한 호소가 이어졌다. 우리는 명방운동을 정치 운동이라고 생각했다. 우리는 예전부터 정치 운동에 대해서는 전혀 아는 바가 없었다. 삼반운동 이후 위평보의 '색공사상'을 바탕으로 한 홍루몽 연구는 많은 비판을 받았다. 그 뒤로 반혁명 분자에 대한 숙청이 이어졌고, 후평 사건이 일어났다. 너무 많은 정치운동과 사건들이 일어나 순서대로 일일이 기억이 나지 않지만, 위평보가 비판을 받고 난 후 1급 연구원으로 진급한 것만 기억이 난다. 그때 중수도 함께 1급 연구원으로 진급이 되었다. 1급 연구원이 되니 고위급 지식인 대우를 받았다. 고급 승용차와 고급 병원의 진료 특혜를 받았고, 그다음에는 대규모 명방운동이 기다리고 있었다.

부드러운 바람과 따뜻한 햇볕에 새가 지저귀고 꽃이 피는 것은 자연스러운 일이다. 우리는 명방운동을 겪으면서 더욱 경계하게 되었다. 대자보를 읽은 다음부터는 안심이 되었다. 대자보의 상단에는 거침없이 '명방운동'에 참여하기를 주창하고 있었고, 사방이 명방운동에 참여하라는 유혹의 글로 도배가 되어 있었다. 우리는 정치 운동이라는 것은 결국 극단으로 치닫기 마련이라고 생각했다. 나는 중수에게 말했다.

— 누군가 밥을 먹자고 해도 안 먹어도 되는 자리라면 가지 말고, 인정상 거절할 수는 없으면 아무 말도 하지 말고 밥만 먹도록 해요.

그러자 중수가 말했다.

— 모처럼 동조하지 않아도 되는 운동이로군.

중수와 나는 둘 다 자신의 의견을 밖으로 표출하지 않았고, 사실만을 이야기했다. 만약 누군가 "업무하면서 자유롭지 않다고 느끼지 않는가?" 하고 물으면 "그렇게 느끼지 않는다."라고 사실만을 말했다. 상하이가 함락되고 난 후, 나쁜 일만 아니라면 무슨 일이든 했다. 자유로운 선택? 그 시절에 어디 그런 것이 있단

우리 셋

말인가? 친한 기자 한 명이 나에게 와서 내 의견을 표명하라고 하면 "미안합니다. 저는 남들 앞에서 떠드는 것을 좋아하지 않아요."라고 말했다. 그는 내가 원래 '남들 앞에서 떠드는 것'을 좋아하지 않는 걸 알기 때문에 억지로 강요하지는 않았다.

중수는 그해 연초에 우창으로 병든 아버지를 보러 갔는데 곧 폭풍이 몰아칠 것을 예감하고 있었다. 과연 오래지 않아 '반우운동'이 시작되었고 수많은 지식인이 우파로 몰렸다.

반우운동이 시작되었을 때, 국가 지도자는 이것을 '인민 내부의 모순'이라고 말했다. 내부의 모순은 결국 피할 수 없는 것이기 때문에 이상할 것도 없었다. 하지만 반우운동이 끝나고 나서 우리는 우파 문제가 얼마나 심각한 것인지 비로소 알게 되었다. 우리는 계속 사실만을 말해 왔다. 운동이 끝났을 때에도 사실대로, 진실하게 '우파에 대한 언론에 공감한다'고 말했다. 하지만 '우파'에 대한 직접적인 발언은 단 한마디도 하지 않았다. 그렇게 함으로써 우리는 재난을 피할 수 있었다.

중수는 계속 아버지가 마음이 내키는 대로 비평할까 봐 걱정했다. 나는 시아버지가 우파 명단에 올랐는지 빠졌는지 모르지만, 아무튼 운동이 끝났을 때 시아버지는 이미 돌아가시고 안 계셨다.

계속 이어지는 수많은 정치운동에도 중수와 나는 일을 계속

했다. 중수는 늘 일을 하면서도 틈을 내어 책을 읽었다. 나도 내 부족함을 메우려면 열심히 하는 수밖에 없었으므로 업무에 관련된 책을 열심히 읽었다. 계획대로 〈질 블라스 이야기〉 번역을 마치고 나서 5만자 분량의 학술논문을 썼다. 1956년인지 1957년인지 기억이 잘 나지 않는데 '외국고전문학총서' 편집위원회가 나에게 〈돈키호테〉 번역을 맡겼다.

반우운동이 있었던 그해 봄, 내 논문이 학술잡지에 발표되면서 주목을 받았다. 중수는 1956년 말 〈송시선주宋詩選注〉를 완성하여 1958년에 출판하였다. 반우운동 뒤에는 쌍반운동雙反運動이 뒤따랐고 바로 뒤에 발백기운동拔白旗運動이 이어졌다. 중수의 〈송시선주〉와 내 논문은 모두 뽑아 없애야 하는 부르주아의 백기에 해당하는 것이었다. 정전둬 선생 역시 거대한 백기였으나, 사고로 순직했기 때문에 뽑으려 해도 뽑을 수 없게 되었다. 1958년에 중수는 번역모선위원회에서 최종원고팀의 일을 하고 있었다. 뽑아서 제거해야 할 중수의 〈송시선주〉에 대한 비판은 모두 내가 대신해서 받았다. 중수의 〈송시선주〉는 나중에 일본의 중국학자 요시카와 코지로와 오가와 타마키가 높게 평가하자 제거하지 않았지만 제대로 모양도 갖춰지지 않은 작은 백기, 나의 백기만이 뽑히고 갈기갈기 찢어지는 고통을 받았다. 나는 다시는 내 글을 쓰지 않고 남의 글만 번역하겠다고 내심 다짐했다. 중수는 '주검

우리 셋

을 빌려 영혼을 찾아오겠냐'며 나를 비웃었지만, 그래도 나는 이번 기회에 새로운 변신을 하고 싶었다.

많은 사람들이 〈송시선주〉의 작품 선정이 좋지 않다고 생각한다. 중수 자신도 선정목록이 만족스럽지 않다고 인정했다. 마땅히 선정되어야 할 작품은 수록할 수 없었고 수록할 필요가 없는 작품이 선정되었다는 것이다. 사실 선정된 작품 중에는 중수가 좋아하는 작품이라도 제외된 경우가 있었고, 중수가 선정할 필요가 없다고 생각해서 어렵게 선정된 작품들도 있었다. 나름대로 가치가 있었던 단시 몇 수, 민간의 고통을 나타내는 시, 침략당한 백성들의 비애를 적은 시들도 선정되지 않아서 그대로 사장되었다. 중수는 자신만의 기준을 가지고 작품을 선정했다. 예를 들면 원톈샹의 〈정기가正氣歌〉 같은 것은 대담하게 선정목록에서 제외하였다.

작품을 선정하는 것은 이미 만들어진 〈전송시全宋詩〉에서 시를 고르는 것이 아니었다. 중수는 조수도 없이 혼자 그 많은 송시를 모두 읽고 검토했다. 나는 그저 옆에서 아내로서 내조하는 차원에서 중수가 책을 사러 갈 때 같이 가고, 책을 보기 편하도록 붙어 있는 책장을 잘라 주고, 중수가 시에 대해서 의논하면 그 말을 들어주는 것뿐이었다. 중수는 대량의 송시를 전부 읽고 검토해 냈다. 비주류로 분류되는 몇몇 시인들의 작품까지도 찾아

내어 선정하였다. 2년 동안 중수의 작업량은 그야말로 엄청난 것인데 이것을 알아주는 사람이 몇 사람이나 있을지 모르겠다.

〈송시선주〉는 여러 비판에도 불구하고 출판이 되었다. 중수로서는 성과가 없는 것이 아니었다. 그리고 내 연구논문 역시 아무런 가치가 없다고 해도 연구를 위해 대량의 참고 문헌을 공부한 것이 성과로 남았다. 내가 적의 수중에 떨어진 상하이에서 부엌데기 노릇을 하던 시절이었다면, 수많은 책을 보며 거침없이 연구할 수 있는 시간이 있었겠는가? 시간은 곧 생명인데 우리가 살아온 시대는 생명 같은 시간을 팔아 목숨을 이어가던 시대였다. 새롭게 건설된 신중국에서는 국가가 지식인들의 생활을 보장해주었다. 안정된 일자리를 주고 온 힘을 다해 인민을 위해 봉사하라고 했다. 우리는 온 힘을 다해 인민을 위해 봉사했다. 단지 자질이 부족해 무엇이 인민을 위해 봉사하는 것인지 잘 알지 못했을 뿐이다. 국가는 우리를 위해 교육 비용을 별도로 책정하였다. 우리가 많은 월급을 받으면서 새로운 교육까지 받은 것은 분명 국가가 우리에게 준 혜택이다.

나는 동료들과 함께 사회과학원 원장을 따라 창리에 가서 교육을 받은 적이 있다. 쉬수이에 가서 1묘당 수확고가 5톤이 된다는 벼를 구경하는 교육이었는데, 그야말로 '꽃놀이'였다. 우리는 전국적인 연강운동煉鋼運動, 대약진운동大躍進運動에 참여했

우리 셋

고, 농촌으로, 공장으로 내려가 스스로 개조하는 지식인 운동에 참여했다. 우리집의 세 식구도 각각 세 곳으로 흩어졌다. 나는 1958년 1월 농촌으로 하방下放되었다가 12월 말에 베이징으로 돌아왔다. 내 하방운동에 대해서 쓴 글로는 〈첫 번째 하향第一次下鄕〉이 있다. 중수는 그 당시 번역모선위원회(최종원고팀)의 일을 하고 있다가 12월 초에 창리로 하방되었고 이듬해 1월 말(음력으로는 연말)에 다시 베이징으로 돌아왔다. 아위안은 철공장으로 하방되었다.

아위안은 철공장에서 8급 기술자인 사부 밑으로 들어갔다. 사부는 아위안이 학교에서 미술 업무를 했고 그림도 그릴 줄 안다는 이유로 아위안에게 그림 그리는 일을 시켰다. 하지만 철공장의 그림은 예전에 했던 선전 포스터와는 달라도 아주 많이 다른 그림이었다. 아위안은 재빨리 서점에 가서 관련된 책을 한 권사서 열심히 공부했다. 사부는 이렇게 열심히 하는 제자를 아주흡족해했고 아위안을 데리고 공장 여기저기에 다니며 견학을 시켜주었다. 사부가 가지고 있는 독창적인 아이디어는 아위안의 그림으로 실현되었다. 아위안은 아주 세밀하게 사부의 아이디어를 그림으로 표현했고, 이 도안으로 거푸집을 만들어 쇳물을 부었다. 아위안은 꽤 오랫동안 공장에 있었는데 사부를 진심으로 존경하며 따랐다. 종종 사부의 집안일을 나에게 들려주었다. 사부는 아위안이 공장을 떠날 때 밥그릇만하게 큰 마오 주석의 배지를 기념으로 주었다. 마오 주석의 배지 중에 가장 크기가 큰 것이라고 했다.

창리로 하방된 중수는 나와 아위안에 비해서 훨씬 더 애처로웠다. 내가 창리에서 받았던 교육이 '꽃놀이'였던 이유는 그곳이 물자가 풍부한 지역이고 우리를 환대해줬기 때문이었다. 하지만 중수가 하방되었을 때는 이미 '3년 대기근'이 시작되고 있었다. 중수는 똥거름을 주무르고, 하얗게 곰팡이가 핀 밀가루와 옥수수가루로 만든 찐빵을 먹었다. 중수는 음력으로 세밑에 다시 베이징으로 돌아왔다. 뜻밖에 베이징에서는 이미 살 수도 없게 된 비누며, 지역특산물인 과일설탕절임을 가지고 와서 살림에 보탬이 되었다. 중수가 돌아올 때 나는 혼자 기차역으로 마중을 나갔다. 혹시 길이 어긋났으면 어쩌나, 중수가 왔다가 다시 돌아가버렸으면 어쩌나 하는 걱정으로 마음 졸였던 기억이 지금도 생생하다.

우리 부부는 헤어진 지 3개월 만에 다시 만났다. 1959년 문학연구소는 시내에 있는 하이쿤다위안 건물로 이사를 했고 그해 5월, 우리집도 둥스터우탸오 1호 문학연구소 사택으로 이사를 갔다. 예전에 비해 집이 더 좁아졌다. 아주 넓은 사무실 하나를 나누어 방 다섯 칸을 만든 집이었다. 그래도 세 식구와 가정부까

우리 셋

지 전부 들어갈 수 있었고, 그러고도 응접실 하나가 남고 트렁크 같은 잡다한 물건들을 넣을 수 있는 창고 방이 한 칸 더 남았다.

시내로 이사를 하고 나니 중수가 번역모선위원회로 출근하는 것도, 시장에 가기도, 밖에 나가서 밥을 먹기도 편리해졌다. 중수는 먹는 것을 좋아했다. '3년 대기근'이 시작되면서 정치 운동도 잠잠해졌다. 하지만 아위안이 곧 졸업을 앞두고 있어 걱정이 많았다. 아위안은 전문기술자이지만 정치사상적으로 무장되어 있지 않은 '백전白專'이었다. 게다가 부모 또한 정치사상적으로 무장되어 있지 않은 '백白'이니 아위안은 출신 성분이 나빴다. 아위안은 그저 학생으로서 본분을 다했지만 앞으로 어떤 일자리에 배정될 것인가? 아위안이 지원한 곳은 '변경'이었다. 만약에 북방 지역의 '변경'으로 배정된다면 우리는 노루 가죽으로 다우르족이 입는 피다허 외투라도 만들어서 보내야 할까?

아위안은 대학생이 되고 나서 학교 활동을 많이 했다. 고등학교 때처럼 주말마다 집에 오지 않았다. 연강운동 전에 아위안이 속해 있던 미술부는 너무 바빠서 잠잘 틈도 없이 일할 때가 많았다. 한번은 아위안이 오후에 갑자기 집으로 왔다. "교수님이 집에 가서 한숨 자고 오라고 했어요. 엄마, 나 4시 반에 깨워주세요."라고 말하고는 말이 끝나기가 무섭게 잠이 들어버렸다. 4시 반에 깨웠는데도 네가 못 일어나면, 네가 일어날 때까지 계속 깨워야 하냐고 물어보고 싶었지만, 그 시간조차 아깝고 안타까워서 물어보지 못했다. 네모난 두부건 같은 아위안의 방, 그 방에 아위안의 침대만 덩그마니 놓여 있고 아위안은 자주 집에 오지 못했다. 아위안이 대학생이 되고부터 집에 잘 오지도 못했는데 직장마저 아주 먼 곳으로 가게 된다면, 우리 딸을 영영 알지도 못하는 곳에서 잃어버리는 것이었다.

하지만 때때로 예상치 못한 일들이 일어난다. 아위안이 조교로 학교에 남을 수 있게 된 것이다. 그 소식을 듣고 말로는 다 할 수 없이 기뻤다. 그 시절에는 졸업 후에 무조건 지정된 자리로 가서 일해야 했고 한번 지정된 직장은 종신토록 유지되었다. 우리 딸은 평생 부모의 곁에 있을 수 있게 된 것이다.

그 당시 우리 집 가정부는 음식 솜씨가 없었다. 중수와 나는 딸아이와 함께 자주 식당에 가서 밥을 먹었다. 시내에 있는 식당들을 한 곳 한 곳 찾아다녔다. 중수가 젊었을 때 쓴 〈식사吃飯〉라는 글을 보면 '밥을 제대로 먹는 것은 사실상 반찬을 잘 갖춰 먹는 것이다'라는 말이 나온다. 하지만 반찬을 잘 갖춰 먹으려면 식당에서 주문도 잘 해야 했다. 중수는 아무 데나 들어가도 주문을 잘 했기 때문에 반찬을 잘 갖춰 먹었다. 제대로 된 것을 고를 줄 알았다. 이것은 일종의 특별한 재능 같았다. 한눈에 전부 훑어본 다음 그중 가장 좋은 것을 골라낸다. 첸씨 부녀는 이 방면에

우리 셋

서 아주 탁월했다. 서점에 가면 좋은 책을 사 왔고 학술회의에서는 좋은 논문을 선정했으며 옷감을 사러 가면 가장 좋은 옷감을 찾아냈다. 하지만 나는, 솔직히 말해서, 멍청이 같다. 내가 주문한 음식은 보기에만 좋았지 맛이 없었다.

우리는 식당에 가서 밥도 먹고, 반찬도 먹지만, 다른 사람들 모르게 재미있는 놀이도 한다. 중수는 심한 근시지만 귀가 엄청 밝다. 아위안은 눈도 밝고 귀도 밝다. 주문한 음식이 오기 전까지 우리는 주변을 둘러보며 다른 테이블의 손님들을 관찰한다. 나는 다른 테이블에서 들려오는 말소리를 그냥 흘려듣는다. 하지만 중수와 아위안은 그들의 대화를 전부 듣는다. 나는 옆 테이블을 보면서 중수와 아위안이 하는 해설을 들으며 눈앞에 펼쳐지는 드라마를 본다.

— 저기 두 사람은 부부인데 지금 한창 싸우고 있어요.
— 헐레벌떡 뛰어온 저 남자가 싸움의 발단이네.
— (아, 저 부부의 대화 속에서 몇 번이나 나온 이름이 바로 저 남자인가?)
— 저 사람들 얼굴 좀 봐…….
— 옆 테이블은 친척들이네요.

누가 누구에게 식사대접을 하는 자리고, 누구와 누구의 관계는 이러저러하고, 누구는 또 유난히 쓸데없는 말을 하고…….
첸씨 부녀의 말은 한 마디 한 마디가 사리에 딱 딱 들어맞는다.

주문한 음식이 오면, 우리는 먹으면서 드라마를 본다. 밥을
다 먹고 계산할 때가 되면 우리 눈앞에 펼쳐졌던 어떤 '드라마'는
이미 끝났고, 또 어떤 '드라마'는 클라이맥스에 다다르고 있고,
또 어떤 드라마는 막 시작하고 있다.

우리는 셋이 함께 있기만 하면 무엇을 해도 재미가 있었다.
밥을 먹으러 간 식당에서도 재미있는 드라마를 공짜로 보았다.

우리 셋

열셋

1962년 8월 14일, 간멘후퉁 골목의 새로 지어진 사택으로 이사를 했다. 방 4칸, 부엌, 화장실(변소와 목욕탕이 붙어 있는)이 있고, 베란다가 있는 집이었다. 가구를 새로 더 사서 들여놓았다. 살기가 정말 편했다.

'3년 대기근' 시절에도 중수는 번역모선위원회의 영문 번역 일 때문에 서양 사람들과 함께 고급 음식을 자주 먹었다. 그뿐 아니라 중수와 내 앞으로 나오는 특수 물자 보급품도 있었다. 우리는 외식도 자주 했다. 생활이 풍족하고 여유로웠다. 하지만 아위안 나이 때의 '젊은이'들은 우리가 살던 예전 집보다 훨씬 더 작은 집에서 살았다. 월급에서도 차이가 엄청났다. 우리가 몇백 위

안을 받는다면 그들은 겨우 몇십 위안을 받을 뿐이었다. '젊은이'
는 신중국의 지식인이다. 구시대를 살아온 '어르신'과 '젊은이'의
생활의 격차가 이렇게 큰 것을 사람들이 곱게 볼 리 만무하다. 이
미 궁핍한 삶을 맛본 우리도 절대다수의 '젊은이'들이 생활고를
겪는 걸 보면 풍족하게 사는 것이 편하지가 않았다. 미안한 마음
이 들고 매우 부끄러웠다. 매번 무슨 운동이 일어날 때마다 '어르
신'들은 '젊은이'들의 비판의 대상이 되었다. 그것은 당연한 이치
이고, 또 그렇게 될 수밖에 없는 일이었다.

우리 월급은 10여 년 동안 동결되었다. 하지만 예전의 '젊은
이' 월급을 받던 '젊은이'들은 이제 '어르신'이 되었고 '어르신'과
'젊은이'는 서로 다른 대우를 받는 두 계층으로 나누어졌다.

1964년 동료들이 농촌으로 사청운동四淸運動을 하러 갔다.
나 역시 신청을 했지만 매번 '어르신'은 남아서 '젊은이'들이 쓴
글이나 감수하라며 승인해 주지 않았다. 가끔 이 일에 대해 비꼬
는 말을 들으면 마음이 편치 않았다.

1963년 중수는 〈모택동선집〉 제4권의 영문 번역을 끝내고
1964년에 또 '마오 주석 시사번역팀'의 구성원이 되었다. 아위안
은 1963년 12월에 다싱 현의 예현공사로 사청운동을 하러 가서
설에도 집으로 돌아오지 않았다가 1964년 4월에 학교로 돌아왔
다. 1965년 9월에 또다시 산시 우샹 현 성관공사에서 사청운동

우리 셋

을 하고 1966년 5월에 학교로 돌아왔다. 성적은 우수했고 같이 일했던 장샹쥔(학교측)과 마류하이(회사측)의 추천으로 '화선입당火線入黨'을 하게 되었다.

화선입당이 어떤 것을 말하는지 아위안도 정확히 설명하지 못했고 나도 제대로 이해하지 못했다. 아무튼 이때부터 매번 어떤 '운동'이 일어날 때마다 아위안은 '당내로 끌어들인 백전'이 되었다. 아위안이 자신의 일을 열심히 한 것은 말할 것도 없었다. 사청운동의 과중한 업무와 고달픈 생활에 대해 아위안은 10년도 더 지나서야 내게 이야기하듯 들려주었다. 당시 아위안은 필요한 것이 있으면 나에게 말했다. 아위안에게 설날 벽에 붙이는 연화年畵와 꽃씨를 소포로 보내 주었고, 이가 들끓는 몸으로 집으로 돌아왔을 때는 옷을 전부 꺼내어 빨아 주었다.

아위안이 산시에서 베이징으로 돌아온 지 얼마 되지 않아 '문화대혁명'이 시작되었다. 산시 성관공사의 젊은 혁명장교들이 베이징으로 연합하러 와서는 첸위안 선생을 찾았다. 학교장을 어떻게 적발해서 비판할 것인지 논의하자는 것이었다. 아위안은 학교장은 좋은 사람이며 적발해서 비판할 것이 없는 사람이라는 것을 사실적으로 이치에 맞게 설명하였다. 그들은 첸 선생을 아주 신뢰했기 때문에 학교장을 향했던 '혁명의 칼날'을 거두었다. 이 학교장은 10년이 지난 후에 베이징으로 아위안을 찾아왔다.

아위안이 재난에서 자신을 구해 주었다며 감사의 인사를 했다.

8월 한 달 동안 나와 중수는 차례로 혁명 군중에게 '적발'되었다. 우리는 처단해야 할 '악귀'가 되었다. 아위안은 급히 집으로 와서 우리가 잘 있는지 보려고 했다. 하지만 아위안 자신도 혁명 군중의 한 사람이었고 집으로 가려면 눈을 시퍼렇게 뜨고 지켜보고 있는 혁명 군중들의 앞을 지나쳐 와야 했다. 아위안은 먼저 대자보 하나를 써서 악귀가 된 부모와 뚜렷하게 선을 그었다. 그리고 건물 벽에 대자보를 붙이고 나서 집 안으로 들어왔다. 지금 방금 대자보를 붙여서 우리와 확실하게 선을 그었다고 말해 주었다. 아위안은 '사상적으로만 선을 그었다'고 강조한 후에 한 마디 말도 없이 내 옆에 바짝 다가와 앉았다. 아위안은 가방 속에서 바느질감을 꺼내어 한 땀 한 땀 꿰매기 시작했다. 인견을 사다가 제 손으로 마름질을 하고, 직접 바느질을 한 엄마의 잠옷이다. 소매 길이가 긴지 짧은지 몸에 대 봐야 하기 때문에 아위안은 옷을 완성하기 전에 몇 땀을 남겨 두고 가지고 왔다. 내 옆에 앉아 마지막 몇 땀을 꿰매어 바느질을 마친다. 옷을 잘 개서 나한테 건네주고 이번에는 가방에서 커다란 사탕봉지를 꺼낸다. 아빠가 좋아하는, 속에 잼이 들어가 있는 자신탕이다. 아위안은 유리병 하나를 찾아 온다. 한 알 한 알 사탕 껍질을 벗겨 유리병에 넣고 벗겨낸 사탕 껍질은 한 장 한 장 얌전하게 접어서 한쪽에 모아둔다.

혁명 군중들이 쓰레기통에서 사탕 껍질을 발견하지 못하게 하려면 가방 속에 숨겨서 가지고 나가야 한다. 아위안은 이제 월급을 받는다고, 매월 식비를 제하고 남는 돈을 보낼 테니 집에서 쓰라고 말한다. '악귀' 한 쌍에게 주는 정부보조금은 얼마 되지 않았고, 은행 예금조차 동결되어 사실 우리 두 부부의 생활비는 아주 빠듯했다. 아위안은 온 힘을 다해 눈물을 참는다. 내 눈에 속울음을 꾹꾹 누르며 애써 삼키고 있는 아위안이 비친다. 그 모습이 아프게 내 가슴을 저민다.

아위안은 '당내로 끌어들인 백전'이었기 때문에 혁명군 진영 내의 그 어떤 세력도 아위안을 필요로 하지 않았다. 게다가 아위안은 무림의 '소요파'처럼 세력에 억매이지 않고 자유로울 수도, '이리저리 헤엄치는 물고기'처럼 이쪽저쪽에 붙을 수도 없는 인물이었다. 전국의 혁명 세력이 연합할 때 아위안도 혁명의 성지인 옌안으로 갔다. 아위안은 혁명의 옌안보탑延安寶塔을 그려서 베이징에 있는 엄마에게 그림을 보내 주었다. 문화대혁명이 끝난 후에 아위안은 내게 저 혼자 단독으로 '키잡이가 이끄는 넓은 바다를 항해'했다며 자랑을 했다. 어떤 세력이 옳은 방향으로 가고 있다면 그 세력에 동조하였고, 그 세력 내에서 상당한 주목을 받았다. 정말 힘들었던 것은 혼자서 10년의 문화대혁명 기간 동안 아무 잘못도 저지르지 않는 것이었다.

중수와 나는 차례로 '자아비판'을 거쳐 '연금'에서 풀려났다. 몇 달 동안 제대로 지급되지 않았던 월급이 다시 원래대로 지급되기 시작한 이후로 1년이 지나서였다. 하지만 우리는 여전히 괴롭힘을 당해도 마땅한 사람들이었고 이웃들은 우리를 그냥 놔두지 않았다. 아위안이 이곳에서 '탈출'하자고 했다. 우리도 '탈출'이 최선책이며 유일한 출구라고 생각했다. 1973년 12월 9일, 우리는 오후 4시 즈음에 탈출하여 베이징스판대학으로 갔다.

우리는 삼륜차(지금은 이런 차종을 찾아볼 수 없다)를 구해서 타고 덜컹덜컹 흔들리며 베이징스판대학에 도착했다. 아위안이 구해 놓은 집은 학생 시절에 오랫동안 살았던 기숙사 3층에 있는 북향집이었다. 열쇠를 꺼내 문을 열려고 하는데 옆집에서 사람들이 나와 아위안에게 인사를 했다. 먼지가 켜켜이 쌓인 축축하고 어두운 방으로 들어가려는데 여기저기서 문이 열리고 많은 사람들이 밖으로 나왔다. 따뜻한 인사가 우리를 반겨 주었다. 아위안의 친구들이 우리의 사정을 알고 도와주러 나온 것이다. 각자 집에서 이불, 요, 베개를 하나씩 가져다 주었고, 냄비며 접시며, 식칼이며 뒤집개는 물론, 식용유, 소금, 간장, 식초에다가 웨이징 같은 조미료까지 챙겨왔다. 석탄난로가 놓여졌고 사방팔방에서 조개탄을 보내 주었는데 같은 건물에 사는 사람들만 보낸 것이 아니었다. 아위안에게 많은 친구들이 있고 또 모두 좋은 사람들인

우리 셋

것을 보니 마음이 편안하고 따뜻했다. 아위안의 친구들은 가지고 온 물건을 내려놓자마자 물을 받아온다, 먼지를 닦는다 하며 청소 준비를 시작했다.

그런데 갑자기 코피가 흘렀다. 나는 얼른 손수건으로 가리고 4층에 있는 세면실에 가서 손을 씻고 오겠다고 했다. 중수가 그 말을 듣고 '얼뜨기' 같은 손으로 급히 복도 끝에 있는 개수대에 가서 작은 대야에 물을 받아왔다. 나는 손이 너무 더러워서 대야 물로는 어림없다고 핑계를 대고 급히 4층으로 올라갔다. 아래층에서 아위안의 친구들이 "아버님, 근무태도가 아주 좋습니다." 하고 칭찬하는 소리가 들려왔다. 중수가 참 고마웠다. 하지만 나는 중수와 아위안에게 걱정을 끼치기 싫었다. 나는 4층 세면실에서 찬물로 콧등과 이마를 식히고 피로 얼룩진 손수건도 깨끗하게 빨았다. 나는 천천히 3층으로 내려와서 아위안의 방으로 돌아왔다.

방에 들어서자 아위안이 뒷짐을 지고 말했다.

— 아이고, 망했다. 전부 들통나 버렸네!

더럽고 지저분한 자신의 방에 엄마가 들어와서 청소를 하게 될 줄은 꿈에도 생각지 못했던 일이었다.

나는 깨끗하게 정리된 것을 좋아한다. 하지만 아위안과 중수는 한패가 되어서 은근히 엄마의 정리정돈에 반대한다. 예를 들면 나는 수건을 정리할 때 선과 각을 맞추어 하나씩 차곡차곡 접어서 갠다. 첸씨 부녀는 귀찮다면서 아무렇게나 접어 놓는다. 하지만 우리는 서로를 잘 이해한다. 첸씨 부녀가 아무렇게나 접어 놓은 수건을 나는 다시 선과 각을 맞추고, 차곡차곡 접어서 개어 놓는다. 하지만 나도 매번 지적하고 잔소리를 하지 않고 첸씨 부녀도 드러내 놓고 반항하지 않는다.

아위안의 기숙사 방에는 3개의 2층 침대가 있었다. 같은 방을 쓰던 다른 친구들은 이미 다 흩어졌고 아위안도 졸업 후에는 동료 둘과 함께 점심 시간에 잠깐씩 쉬었다만 갔다. 그래서 방을 청소하는 사람이 없었는데 날씨가 추워진 후로는 아위안 혼자 와서 쉬는 방이 되었다. 책꽂이 위에는 두꺼운 먼지가 쌓여 있었고, 침대 밑에는 아무렇게나 밀어넣은 여러 가지 잡다한 물건들이 있었다. 미술부에서 일하는 아위안은 색채에 대한 뛰어난 감각으로 방 안에 있는 모든 것, 밥그릇, 접시, 컵, 쟁반까지 서로 어울리는 색으로 가져다 놓았지만 씻어 놓은 것이 없었다. 나는 하나씩 들통나는 방을 둘러보며 즐겁게 웃었다. 그 덕에 코피도 어느덧 멈추었다.

우리는 방을 청소하고 그릇을 씻었다. 각 방마다 방문 앞의 복도가 부엌이었다. 우리도 연탄 난로에 불을 피웠다. 저녁밥으로 아위안이 학교 식당에 가서 사 가지고 온 밥과 반찬을 다시 요리해 먹었다. 침대는 벽에 붙이고 방 가운데에 책상 두 개를 붙여 놓고, 화기애애하게 저녁밥을 먹었다. 함께 걱정해 주고 많은 도움을 주었던 사람들을 생각하며 말로는 다 할 수 없는 감사함을 느꼈다. 마음이 편안하고 즐거웠다. 우리 셋이 한방에서 살게 되었으니 아위안은 이제 엄마 아빠가 이웃들에게 괴롭힘을 당할 것을 걱정할 필요가 없고, 우리 역시 아위안이 매일 만원 버스를 타고 오가는 것을 안타까워할 필요가 없어졌다. 춥고 썰렁한 방 안에 있었지만 우리 마음은 훈훈하고 따뜻했다.

겨울이 다가오자 북쪽 창문 틈으로 찬바람이 계속 들어왔다. 추운 방안은 학교 기숙사가 정전될 때마다 난방도 따라서 멈추었다. 옷을 껴입고 견디는 수밖에 없는데, 탈출할 때 옷을 가지고 오지 못했다. 하지만 어떤 일이 벌어질지 알 수 없으니 옷을 가지러 혼자 집에 가기는 너무 무서웠다. 문학연구소에서 같이 일하는 허우 씨가 생각났다. 허우 씨는 정치적인 신념이 강한 퇴역 군인으로 키도 크고 기운도 센 사람이었다. 나는 허우 씨에게 집에 가서 겨울옷을 챙겨 와야 하니 같이 가 달라고 부탁했다. 나는 허우 씨의 도움으로 집에 타고 갈 차를 구했고 겨울옷 두 보따리를 챙겨 베이징스판대학으로 무사히 돌아올 수 있었다.

그러다가 아위안의 동료가 샤오훙러우 건물의 방을 우리에게 양도해 주었다. 그 동료는 우리가 북향의 일반 기숙사 방 한 칸에서 지낸다는 이야기를 듣고 자신이 이사하려고 했던 방 두 칸을 다시 우리에게 양도해 주었다. 그 동료도 해외로 나가는 화교 친구에게서 넘겨받은 것인데 자신은 원래 기숙사에서 살면 된다고 했다. 샤오훙러우 건물은 교직원 기숙사였기 때문에 일반 기숙사보다 좋았다.

방도 두 칸이었고 남쪽과 동쪽에서 해가 들어와 아주 밝았다. 우리는 바로 샤오훙러우 건물로 옮겨갔다. 그곳에는 침대, 책상, 의자 등 기숙사에 딸려 있는 가구들이 있었다. 원래 큰 옷장도 있었던 것 같은데 지금은 그 자리에 먼지만 수북했다. 우리는 아위안의 친구들이 빌려준 이부자리며 생활용품들을 그대로 다 가지고 갔다. 모두 바쁘게 움직이며 이사를 했다. '근무태도가 좋은' 중수는 가련하게도 어찌할 바를 모르다가 '얼뜨기' 같은 손으로 오랫동안 쌓인 묵은 먼지를 쓸기 시작했다. 나는 보자마자 당장 그만두게 했다. 중수는 이미 먼지를 많이 먹은 데다 날씨까지 추워서 이미 감기에 걸린 상태였다. 이러다가 최근 몇 년 동안 애먹었던 천식이 다시 도질까 봐 걱정되었다.

천식이 도지면 중수는 반듯이 누워서 잠을 잘 수 없다. 베개나 이불을 등에 받치고 몸을 기대야 한다. 어떤 때는 침대에도

우리 셋

올라 눕지를 못해서 그냥 맨바닥에 자리를 깔고 누워야 한다. 명방운동 전에 최상급이었던 우리의 의료 등급은 아무 데나 있는 작은 병원을 이용하는 등급으로 떨어졌다. 의사가 약을 줘도 듣지 않아서 천식이 도지면 중수의 숨 쉬는 소리는 폭풍이 몰아치는 것처럼 쉭쉭거렸다. 나는 중수가 얼마나 아픈 줄도 모르고 중수를 〈폭풍의 언덕〉이라고 놀렸다.

　　베이징스판대학 병원은 샤오홍러우 건물에서 아주 가까웠다. 아위안은 우리를 대학 병원으로 데리고 가서 진료받게 했다. 하지만 중수의 병은 이미 상당히 심각해서 수시로 진료를 받고 약처방을 받아야 했다. 샤오홍러우 건물 역시 다른 기숙사와 마찬가지로 정전으로 인해 난방이 자주 끊겼다. 내가 간몐후퉁의 집에서 가져온 옷으로는 충분하지 않았다. 어느 날, 중수가 또 침대위로 올라가지 못하고 바닥에 자리를 깔았고 나도 중수를 살피느라 며칠째 제대로 잠을 자지 못하고 있던 밤이었다. 중수는 따뜻하지도 않고 두껍기만 한 옷을 겹겹이 입은 채 책상에 엎드려 있었고 나 역시 두꺼운 옷을 입은 채로 누워서 잠들지 못하고 있었는데 갑자기 중수의 숨소리가 들리지 않았다. 나는 놀라 벌떡 일어났다. 중수의 손을 만지자 중수가 더듬더듬 내 손을 잡았다. 알고 보니 중수는 너무 힘이 없어서 까무룩 잠이 든 것이었다. 중수가 잠에서 깨자 다시 쉭쉭거리는 숨소리가 들려왔다. 잠든 중수를 깨운 것이 후회스러웠지만 쌕쌕거리는 숨소리를 들어야 그가 살아있다는 것을 확인할 수 있으니 어쩔 수 없는 일이었다.

1974년 1월 18일 오후, 나는 죽을 끓이고 있었다. 아위안이 돌아오면 함께 저녁으로 먹을 생각이었다. 교내에서는 '비림비공 운동批林批運動'이 한창이었다. 중수의 숨소리가 평소와 달랐다. 급하게 몰아 쉬는 숨소리가 곧 끊어질 것만 같았다. 고맙게도 옆집 사람들이 '할아버지'를 빨리 응급실로 모시고 가야 한다고 알려 주었다. 마침 퇴근을 한 아위안이 집에 와서 보고는 급하게 병원으로 가서 의사를 알아보고 학교 관용차의 운전기사에게도 연락을 했다. 운전기사는 마침 교수 한 사람을 베이이싼위안병원으로 데려다 줘야 한다며, 우리도 응급환자가 있으니 태워 주겠다고 했다. 사실 학교 규정은 직원 가족이 학교에 소속된 운전기사와 관용차를 이용할 수 없게 되어 있었다. 중수에게 옷을 든든히 입히고 솜신, 모자, 목도리까지 둘러서 완전무장을 한 후에 죽 냄비를 이불 속에다 단단히 파묻어 두고 차를 기다렸다. 그런데 이쪽에서 오는지, 저쪽에서 오는지, 이리저리 둘러보며 한참을 기다렸는데도 차가 오지 않았다.

— 혹시 병원 문 앞에서 우리가 오기를 기다리고 있는 것 아닐까?

우리 셋

내가 조급해서 한 말을 듣고, 고맙게도 옆집 사람이 찬바람을 무릅쓰고 차를 찾으러 병원 정문까지 뛰어갔다. 과연 운전기사는 운전기사대로 차를 병원 문 앞에 대고 올 생각도 하지 않는 우리를 기다리고 있었다. 운전기사는 옆집 사람이 알려 주는 대로 샤오훙러우 건물로 차를 몰아왔다. 옆집 사람들이 중수를 업고 받치고 해서 간신히 중수를 차에 태웠다. 나와 아위안은 중수를 가운데 두고 양 옆에 앉았다. 모 교수 환자는 앞자리 조수석에 앉았다. 베이이쌴위안병원으로 가는 길 내내 금방이라도 끊어질 듯 쉭쉭거리는 중수의 힘겨운 숨소리가 들렸다. 얼마나 애가 탔는지 눈의 모세혈관이 다 터져서 눈동자가 빨갛게 물들었다(이것도 집으로 돌아오고 나서야 알았다).

병원에 도착해서는 운전기사가 중수를 부축해 휠체어에 앉혀 응급실로 데려갔다. 링거를 꽂고 산소 호흡기를 달았다. 4시간 정도 지나자 중수의 호흡이 안정되었다. 중수의 의료 등급은 베이이쌴위안병원에서 진료를 받을 수 없었다. 하지만 응급환자였기 때문에 병원에서도 문제 삼지 않았다. 단지 병상이 없어서 난방이 들어오는 라디에이터 나무 덮개 위에 누워서 진료를 받았다.

우리를 병원에 태워다 준 운전기사는 정말 좋은 사람이었다. 그는 이제 병원에 같이 왔던 교수 환자를 댁에 모셔다 드려야 하니 첸 선생님은 언제라도 필요할 때 부르라고 했다. 언제든 부르는 즉시 달려오겠다고 했다. 중수는 사람 하나가 겨우 누울 수 있는 크기의 라디에이터 덮개 위에서 안정을 취했다. 밤 12시가 되었을 때 아위안은 운전기사에게 와 달라고 전화를 했다. 사실 운전기사에게는 엄동설한에, 그것도 한밤중에 이불을 박차고 일어나 달려올 의무는 없었다. 하지만 그가 오지 않으면 우리는 샤오훙러우 건물의 집으로 돌아갈 방도가 없었고, 병원에도 쉴 곳이 없으니 우리 셋은 그대로 배를 곯고 그곳에 있어야 했다.

이불 속에 묻어 두었던 죽 냄비는 아직도 따뜻했다. 우리 세 사람은 저녁을 먹었다. 중수가 이번에는 숨쉬면서 쉭쉭 소리를 내지 않았다.

학교 보건실에서도 기꺼이 도와주었다. 간호사가 집까지 와서 중수에게 주사를 놓아 주었다. 학교 보건실에서 계속 진료를 받으니 중수는 점점 좋아졌다. 드디어 침대에 올라가서 누울 수 있게 되었고 우리가 부축해서 주사를 맞으러 보건실까지 갈 수도 있게 되었다.

우리 집은 이웃의 다른 두 집과 부엌과 화장실을 공유했다. 한 집은 슝 씨네였고 다른 한 집은 멍 씨네였다. 평일에는 모두 출근을 하거나 등교를 하고 집에 남는 것은 우리 부부와 멍 씨네 5살 먹은 손자, 그리고 슝 씨네 할머니와 어린 손주뿐이었다. 세

우리 셋

집에서 하루 세 끼니를 준비하는 사람은 슝 씨네 할머니와 멍 씨네 며느리(나는 샤오창바오라고 불렀다), 그리고 나였다. 우리는 셋이서 집안 일도 이야기하고, 요리 방법도 알려주고, 서로 필요한 것을 빌려 주기도, 받기도 하면서 가깝게 지냈다. 멍 씨네 손자는 온종일 우리 집에서 놀았다. 슝 씨네 손자는 처음 봤을 때는 침대 위에서 껑충껑충 뛰었는데 어느덧 벽을 잡고 걸을 줄 알게 되더니 혼자 우리 집까지 걸어 들어왔다.

당시 중수는 이발을 하러 나가지 못해서 머리가 많이 길었고, 초췌한 얼굴을 하고 있어서 마치 옥살이하는 죄수처럼 꾀죄죄했다. 그런데도 슝 씨네 손자는 중수를 아주 좋아했다. 우리 방으로 들어오면 바로 '할아버지'를 보면서 웃었다.

우리 집에서 화장실에 가려면 슝 씨네 집 앞을 지나가야 했다. 슝 씨네 손자는 화장실에 가는 중수를 보면 안아달라고 손을 내밀었다. 중수는 적이 놀라면서도 얼굴에 기쁨을 감추지 못했다. 그걸 보면서 슝 씨네 할머니는 종종 나를 위로했다.

— 저것 봐요! 할아버지만 보고 웃잖아요. 할아버지는 이제 금방 병이 다 나을 거예요.

하지만 슝 씨네 할머니는 중수가 화장실에 가느라 자신의 집 앞에 지나갈 때 중수의 걷는 모양을 주의 깊게 보았다. 복도가 워낙 좁고 몇 발자국 걷지도 않으니 넘어지지 않을 뿐이었지 중수는 계속 비틀거리며 불안정하게 걸었다. 슝 씨네 할머니는 나에게 중수가 화장실 갈 때 옆에서 지켜봐야겠다고 일러 주었다. 중수의 쉭쉭거리던 숨소리가 뚜렷하게 좋아진 것을 보면 이제 위급한 상황에서는 벗어난 듯 했다. 하지만 병원에 갈 때 중수를 부축해서 걸어 보면 중수가 나에게 기대는 정도가 점점 심해져서 나 혼자서는 부축을 할 수 없을 정도가 되었다. 몸을 기대고 앉아서 책을 읽거나 글을 쓸 때에도 손이 마음대로 움직여지지 않았다. 글자가 삐뚤빼뚤 자꾸만 선 밖으로 나갔다. 점점 혀가 꼬부라져서 말도 어눌해졌다. 중수의 뇌에 뭐라도 생겼을까 두려웠다. 학교 보건실 의사가 검사를 해보자고 했다.

친구들에게 알음알음으로 부탁을 해서 베이징의 대형병원 두 곳에 모두 예약을 했다. 병원에 가기 전에 근처 이발관에 어렵게 부탁을 해서 머리까지 깎았다. 평소 자주 중수를 보러 오던 젊은이들이 중수를 부축해서 이발관에 갔다.

중수는 병원 두 곳에서 뇌전도 검사를 받았다. 진단결과는 같았다. 중수가 천식으로 인해서 뇌의 산소 공급이 부족했기 때문이라고 했고 치료할 방법은 없다고 했다. 그저 한 일 년 쉬면 회복할 수 있을 지 모르겠다고 했다. 하지만 뇌가 손상된 것이 아

우리 셋

니고 종양이 생긴 것도 아니라고 했다.

걱정이 반으로 줄어 들었다. 중수는 한동안 쉬어야 했다. 그때 모든 건물에 방이 부족했다. 우리는 겨우내 샤오훙러우 건물에서 살았고 날씨는 이미 따뜻해지기 시작했다. 남의 집을 돌려주지 않고 계속 이 집에 붙어 있을 수는 없었다. 나는 베이징대학 학부로 가서 문학연구소 〈소전사小戰士〉 팀에서 쓰는 사무실을 한 칸 내어달라고 요청했다. 그리고 허우 씨에게 간몐후통 골목의 집에 한번 더 가자고 부탁을 해서 필요한 물건들을 챙겨 사무실로 가져왔다. 1974년 5월 22일, 우리는 베이징스판대학에 있는 노년의, 중년의, 유년의 많은 친구들과 이별을 고하고 베이징대학 학부7호건물에 있는 서쪽 끝 사무실로 이사를 했다.

열넷

좁은 사무실에서 먹고, 마시고, 싸고, 잔다. 서쪽 끝에 있는 복도가 우리 집 부엌이 되었고 동시에 연탄 창고도 되었다. 옆 사무실도 우리와 별반 다르지 않았다. 한 집에 사무실 한 칸씩이었다. 집마다 복도를 부엌으로 썼다. 여자 화장실은 가까웠지만 남자 화장실은 동쪽 끝에 있었다. 중수는 온갖 잡다한 물건들로 꽉 찬 기나긴 복도를 걸어갈 재주가 없으니 두문불출할 수밖에 없었다.

하지만 사무실 집에도 좋은 점이 있었다. 문학연구소의 도서 자료실이 바로 우리 집 앞 6호건물이어서 좋았다. 중수는 문학연구소 도서자료위원회의 주임이었고, 책을 고르고 책을 사는 것은

우리 셋

모두 그의 특기였다. 중수는 중문으로 된 선본과 유일본인 서적들을 살 수 있는 만큼 모두 사들였다. 외서(영어, 프랑스어, 독일어, 이태리어 등을 모두 포함해서)의 고전 명작부터 현대의 주류를 이루는 작품까지 없는 것이 없었다. 외부 참관객들이 문학연구소의 빠짐없이 잘 갖추어진 훌륭한 자료들을 보고 의아해할 정도였다. 더구나 도서관 자료를 관리하는 젊은이는 중수가 베이징스판대학에서 유랑하던 시절 자주 찾아와서 도움을 주었던 사람이다. 문학연구소와 늘 붙어다니는 외국문학연구소 또한 멀지 않았다. 외국문학연구소에 있는 젊은이들 역시 지척에 있었다.

베이징스판대학에 살 때는 우리를 도와주는 아위안의 친구들이 많았다. 학부7호건물로 이사를 하고 나니 또 우리를 도와주는 문학연구소와 외국문화연구소의 젊은이들이 많았다. 그래서 누추한 집이었지만 우리는 편안하게 살면서 즐겁게 일할 수 있었다. 중수의 '꼬부라진 혀'가 제일 먼저 정상으로 회복되었고, 그 뒤로 천천히 손도 회복되어 제대로 글씨를 쓸 수 있게 되었다. 하지만 다리는 여전히 제대로 걸을 수가 없었다. 중수는 계속 그의 책 〈지극히 제한적인 견해管錐編〉를 집필하고 있었고 나도 〈돈키호테〉 번역을 계속하고 있었다. 우리는 아무리 고달프고 힘든 지경에 처하더라도 책을 읽고 글을 쓰는 일을 멈추지 않았다. 해야할 일이었지만 우리의 즐거움이기도 했기 때문이다.

부모가 모두 간부학교로 하방되었을 때, 아위안은 한 노부인을 도와주었다. 당시 노부인은 홍위병으로부터 거리를 청소하라는 강제명령을 받았고 몇 가지 문제로 곤란해하고 있었다. 노부인은 고급 고등교육을 받은 사람으로 재기가 넘치고 수완이 뛰어난 사람이었다. 게다가 아주 유명한 수석 기술자의 아내이기도 했다. 노부인은 아위안의 도움에 감사하며 그 후로 서로 아는 사이가 되었다. 노부인은 아위안을 며느릿감으로 눈여겨보았다. 자신의 집으로 시집오라고 아위안을 구슬렸지만 별 소용이 없었다. 노부인은 우리가 하방을 끝내고 북경으로 돌아올 때를 기다려 직접 나를 찾아왔다. 노부인은 나와 중수에게 자신의 아들을 보여주면서 아위안과 사귀어 보면 어떻겠느냐고 했다. 우리는 모두 좋다고 했지만 아위안은 이렇게 말했다.

—　엄마, 나는 결혼 안 해요. 엄마 아빠와 같이 살 거예요.

　　중수도 나도 아위안에게 강요하고 싶지는 않았다.

—　앞으로 아빠도 엄마도 떠나고 없을 때 너 혼자 남아 있으면 우리 마음이 편하겠니?

우리 셋

아위안은 효녀였기 때문에 우리는 아위안에게 부담을 주는 말을 자주 하지는 않았다. 하지만 노부인의 꾸준한 노력으로 1974년, 우리가 학부7호건물의 사무실로 이사를 간 것과 같은 달에 아위안은 그 집의 며느리가 되었다. 아위안이 아름다운 가정을 꾸리고 살게 되었으니 우리는 누추한 집에 남아도 마음이 아주 편안했다. 우리 사위는 당시 중수와 노부인 사이에 오고 간 서신을 잘 보관하고 있었다. 나는 그 서신들을 책의 뒷부분에 부록2로 담았다.

'누추한 우리집', 중수는 이곳에서 마오 주석의 시사번역을 완성했다.

1974년 겨울, 11월에 위안수이파이 동지가 집으로 찾아왔다.

― 장칭 동지가 '5인조 시사번역팀'은 아직 해체되지 않았으니 중수 동지는 모든 업무를 완수하라 말씀하셨소.

하지만 나는 아직도 5인조 시사번역팀에 속하는 다섯 사람이 누구누구를 말하는 것인지 모른다. 나는 이 일이 1964년에 시작되었다는 것만 알고 있다. 차오관화 동지는 평소 자신의 차로 중수를 집까지 데려다주기도 하고 집에도 자주 들러서 이야기를 하며 놀다 갔다. 문화대혁명으로 중수의 번역작업이 중단되면서 차오관화 동지와는 완전히 연락이 끊겼다. 예췬젠 선생이 5인조 중 한 명인 것은 알고 있었지만 나머지 두 사람은 누구인지 모른 다. 나는 저우언라이 총리가 5인조 시사번역팀을 이끌었던 것으 로 알고 있었는데 직접 물어본 것이 아니니, 그저 장칭이 재빠르 게 선수를 쳐서 5인조 시사번역팀의 지도자 자리를 빼앗아 뽐낸 것이 아닐까 짐작할 뿐이었다. 나는 위안수이파이 동지에게 바로 대답했다.

— 첸중수는 아파서 제대로 걷지도 못합니다. 바깥출입도 전혀 못하고 집안에만 있어요.

이후에 '첸중수가 외출을 하지 못한다면 5인조 시사번역팀 의 다른 사람들이 이 집으로 와서 일하면 된다'는 지시가 내려졌 다. 나는 뭐라 할 말이 없었다.

사무실 집은 양쪽 벽에 철재 책장이 놓여 있었다. 우리가 이 용해도 되는 책장이었지만 선반이 없었다. 젊은이가 간부학교에 서 가지고 온 낡은 나무상자를 되는대로 쌓아서 선반이 없이도 쓸 수 있도록 만들어 주었다. 우리는 책과 노트를 전부 나무상자 책장 안에 넣었다. 서쪽 벽에는 군용침대 2개를 고정하고 중간에

우리 셋

비교적 번듯한 나무 상자를 골라 넣었다. 침대 머릿장 겸 옷장이었다. 중수의 작업용 책상은 북쪽 창가에 놓았다. 중간 크기의 책상이었다. 그보다 작은 내 작업용 책상은 남쪽 창가의 벽에 붙여서 놓았다. 책상에 앉으면 바로 옆에 침대가 붙어 있었다. 작은 책상이라 번역 원고 뭉치와 책 한 권을 올려 놓으면 책상이 꽉 찼다. 번역하면서 봐야 할 두꺼운 사전들은 모두 침대 위에 놓고 보았다. 그리고 '나'를 그 자리에 놓았다. 나는 사무실 집이 아니면 아무 데도 갈 데가 없으니 '나'야말로 다른 곳으로 옮길 수 없는 물건이었다. 문 옆에는 키가 높은 세면대를 놓고 그 위에 세숫대야를 얹어 두었다. 그리고 세면대 옆에는 물통, 물통 옆에는 임시로 상하수관을 연결해 놓은 낮은 개수대가 있었다. 부엌살림은 철재 책장 위에 올려 놓았다. 난방용 라디에이터만으로는 너무 추워서, 연탄 난로를 들여놓고 그 옆에 구공탄을 쌓아 놓았다. 방안에 비어 있는 공간이라고는 없었다. 문에는 대발을 걸어 여름에는 모기장으로, 겨울에는 바람막이로 썼다.

예췐젠은 우리의 누추한 집을 개의치 않았다. 매일 흔연히 찾아와서 좁은 책상에 중수와 발을 마주 대고 앉았다. 위안수이 파이는 발을 넣을 데가 없어서 책상 옆으로 비껴 앉았다. 때때로 저우줴량이 차오관화를 대신해서 오기도 했다. 그는 중수 옆에 의자를 놓고 끼어 앉았다. "중수 동지는 시사를 잘 모르니 자오푸추 동지에게 이리로 와서 조언을 좀 해 달라고 합시다."라는 말을 저우쳬량이 했다고 하는데 그가 자오푸추와 함께 온 적은 없었다. 자오푸추와 저우쳬량은 그저 두세 번 정도 다녀갔다. 다행히도 뚱뚱한 사람이 한 명도 없어서 물건이며 사람들로 꽉 찬 비좁은 방 안에서도 그나마 움직일 수 있었다. 마오 주석의 시사번역 작업은 이렇게 '누추한 우리집'에서 완성되었다.

위안수이파이 동지는 여러 번 작업 환경을 개선하자는 말을 했다. 하지만 나와 중수는 계속 고집을 부렸다. 위안 동지가 방이 너무 좁아서 방을 바꿔야 한다고 말을 꺼내면 하나가 '여기가 정말 편안해요'라고 대답하고 다른 하나는 '여기가 정말 편리해요'라고 대답하는 식이었다. 우리는 이곳이 책을 빌리기가 얼마나 쉬운지, 도와주는 사람이 얼마나 많은지 구구절절 설명을 했지만 결국 시사번역팀의 작업실을 옮기지 않겠다는 뜻을 완강하게 보여 준 것이다. 위안 동지가 뜻을 접고 그냥 돌아가면 우리는 혀를 널름 내밀면서 익살스럽게 말했다.

— 우리는 장칭에게 집을 요구한다!

그 후로 장칭으로부터 '중수 동지는 댜오위타이에서 거주할 수 있다. 양장 동지 역시 함께 거주하며 중수 동지를 돌볼 수 있

우리 셋

다'는 전언이 왔다. 나는 체면을 차리지 않고 말했다.

— 나는 다른 사람을 돌볼 줄 모릅니다. 오히려 나를 돌봐줄 가
  정부가 필요합니다.

이튿날 장칭으로부터 또 전언이 왔다. '양장 동지는 가정부
를 데리고 댜오위타이에서 거주할 수 있다' 우리 두 사람은 모두
넋이 나간 얼굴로 한 마디 말도 하지 못했다. 전혀 예상하지 못한
말이었기 때문이다. 위안수이파이가 우리의 말을 어떻게 전했는
지 모르겠다.

1975년 국경일, 중수는 국가 행사에 초청받았지만 병가를
내고 불참하였다. 오후에 위안수이파이 동지가 집으로 왔다.

— 장칭 동지가 두 분을 행사장까지 모셔 오라고 특별히 승용
  차를 보냈습니다.
— 나는 어떤 국가 행사에도 갈 수 없소.
— 중수 동지가 갈 수 없다고 해도 양장 동지는 가실 수 있잖
  아요.
— 나도 오늘은 가정부가 휴가를 내어서 저녁 준비를 해야 해
  요. 병자도 돌봐야 하고요.

위안수이파이 동지에게는 정말 미안한 마음이 들었다. 결코 위안 동지를 불쾌하게 만들 생각은 없었다. 하지만 그가 장칭과 우리 사이에 있으니 그에게 미안하더라도 그렇게 할 수밖에 없었다. 그 후로 마오 주석의 시사번역이 완성되었다. 경축 행사를 여는 것뿐만 아니라 비행기로 전국 각지를 돌며 이에 대한 의견을 모집한다는 이야기를 들었다. 하지만 첸중수는 더 이상 그 행사에 꼭 참석해야 할 사람이 아니었고 모든 일은 다 끝난 후에 소식으로만 전해 들었다. 첸중수의 병은 행사에 참석할 일이 없게 되자 그 즉시 깨끗하게 다 나았다.

그해 겨울에 우리는 연탄가스 중독으로 죽을 뻔했다. 굴뚝이 막힌 것을 모르고 있었기 때문이었다. 나는 수면제를 먹고 잠이 들었고 자다가 중간에 가스 냄새를 맡았지만 아무리 해도 잠에서 깰 수가 없었다. 깨려고 애를 쓰다가 문득 '쿵' 하는 둔중한 소리에 잠에서 깨어났다. 중수가 바닥으로 떨어지는 소리였다. 나는 급히 옷을 입고 침대에서 내려와서 중수를 솜옷으로 꽁꽁 싸매고 나서 바로 북쪽 창문을 열었다. 중수도 자다가 가스 냄새를 맡고 서둘러 창문을 열려고 했다. 하지만 어지러워 라디에이터에 이마를 찧고 넘어지고 만 것이다. 나는 중수를 부축해서 침대에 앉히고 남쪽 창문도 열었다. 그런 다음 목도리를 두르고 모자까지 씌워서 중수를 단단히 싸맸다. 나도 마치 엄동설한에 길가

우리 셋

에서 노숙이라도 하는 양 든든하게 챙겨 입었다. 날이 밝을 때까지 둘이서 꼭 붙어 앉아 있었다. 남쪽과 북쪽의 창을 다 열어 놓으니 작은 방에 차 있던 가스는 얼마 안 있어 사라졌다. 의외로 중수는 감기에 걸리지도, 천식이 재발하지도 않았다. 중수가 쿵하고 바닥으로 곤두박질친 덕분에 내가 잠에서 깨어날 수 있었다. 그렇지 않았다면 우리 두 사람은 연탄가스에 중독되어 함께 죽었을 것이다. 중수 이마에 아주 조그만 흉터가 생겼는데 몇 년후에 없어졌다.

1976년 당과 국가의 지도자 세 사람이 잇달아 세상을 떠났다. 그해 7월 28일 새벽, 탕산 지진이 일어났고 여진이 끊이질 않았다. 우리는 모두 위인이 세상을 떠나서 땅이 요동치고 백성들이 모두 비바람 속에서 흔들리게 된 것이라고 생각했다.

우리가 살고 있는 방은 아주 위험했다. 원래 창고로 쓰던 곳이고 몇 년 동안이나 폐쇄되어 있어서, 겨울에 난방을 하면 열기가 쌓여 벽에 균열이 생겼다. 방안의 남쪽과 북쪽 벽이 갈라지기 시작하더니 결국 틈이 크게 벌어졌다. 하지만 바깥의 외벽에는 석회를 발라 놓아서 바람이 들어오지는 않았다. 콘크리트로 지었다고 하니 튼튼할 것이고 지붕도 2층 높이로 올려서 천장고가 높았고 슬레이트 지붕이 아니었다.

하지만 외국문학연구소 건물은 가장 튼튼하지 못했고 그 건물에 사는 젊은이들이 불안해하였다. 그래서 모두 안전한 둥근 돔 지붕이 있는 학교 식당으로 옮겼다. 외국문학연구소의 젊은이들은 우리집에 있는 군용침대와 생필품을 식당으로 옮겨서 가장 안전한 자리에 놓아두었다. 우리를 위해 좋은 자리를 맡아준 것이다. 가정부가 출근을 하지 않으니 밥도 해 먹을 수가 없었는데 젊은이들의 집에서 한 집씩 돌아가며 밥을 해 주었다. 중수는 결국 외국문학연구소로 돌아가지 못했지만 외국문학연구소의 젊은이들은 모두 중수를 세심하게 보살펴 주었다. 한없이 그들에게 감사한 마음이었지만 한편으로는 중수가 자랑스러웠다.

딸과 사위도 왔다. 자신들의 집에 안전 조치를 다 해 놓고 우리를 데리러 온 것이다. 딸 집으로 갈 때 이재민들로 꽉 찬 거리를 지나야 했는데 문학연구소의 젊은이들이 나와서 우리가 무사히 지나갈 수 있도록 도와주었다. 지금도 지진이 났던 때를 되돌아보면 마음이 따뜻해진다.

같은 해 10월 6일, 4인방이 체포되었다는 소식을 들었다. 이 소식은 보자마자 찢어서 없앨 수 있도록 얇은 휴지 조각에 적혀 있었다. 하지만 가슴이 벅차오르는 소식이었다!

11월 20일, 나는 〈돈키호테〉 상·하권(모두 8권)의 번역을 마치고 탈고를 했다. 중수도 〈지극히 제한적인 견해〉의 초고를 끝마쳤다. 우리는 딸 집에서 편안히 며칠 묵었다가 다시 학부7호건물에

우리 셋

있는 우리 집으로 왔다. 누추하지만 그곳이 중수가 도서 자료를 찾아보기에 편했기 때문이다. 〈지극히 제한적인 견해〉 교정도 수시로 책을 찾아보고 해결해야 할 문제들이 있었다.

〈지극히 제한적인 견해〉는 간부학교에서 돌아온 후 집필한 것으로 우리의 사무실 집에서 초고를 완성한 문화대혁명 시기의 산물이다. 이 책에 대해서 작가가 백화문의 구어체 문장을 쓰지 않고 문언문으로 쓴 것, 그것도 아주 심오하여 이해하기가 간단하지 않은 문장으로 쓴 것을 지적하는 사람도 있다. 당시는 다양한 연령의 홍위병이 거침없이 횡행하던 시절이었다. 〈지극히 제한적인 견해〉와 같은 저작물을 그들이 용인하겠는가? 중수는 그들이 이해하지 못하는 심오한 문장으로 시원스럽게 그 문제를 해결한 것이다. 중수는 자신의 학문을 과시한 것이 아니라 자신의 말할 권리를 쟁취했을 뿐이다.

'새가 재자재자 울며 친구를 찾는 것'이었다. 하지만 어쩌면 친구는 천리 밖에 있을 수도, 어쩌면 몇백 년이 지나간 뒤에야 그 대답을 들을 수도 있었다. 중수는 한직으로 내쫓겼고 그의 학문까지 냉대를 받고 있었다. 중수가 이런 말을 한 적이 있다.

— 유명해지는 것은 바로 나를 깊게 이해하지 못하는 사람들이
  많아지는 것이야.

우리는 서로 깊게 이해하기를 바랐다. 유명해지기를 바란 것이 아니었다.

중수 다리의 힘이 조금씩 회복되었다. 일하다 틈이 나면 나와 함께 리탄공원으로 자주 산보를 갔다. 우리의 '탐험'은 계속되었다. 둘이 함께 있기만 하면 그곳이 바로 새로운 발견을 할 수 있는 탐험의 장소가 되었다. 우리는 여전히 젊었을 때처럼 호기심이 많았고 무엇이든 흥미로웠다.

열다섯

1977년 1월, 누가 찾아왔다는 말을 듣고 학부 행정실로 갔다. 누군가 집 열쇠를 보낸 것이었다. 승용차를 보내 줄 테니 딸아이와 동행해서 집을 보고 오라고 했다. 누가 물어보면 내가 '사무실에서 살고 있기 때문'이라고 대답하라는 지시도 있었다.

딸아이와 함께 집을 보러 갔다. 그 집이 내가 지금 살고 있는 산리허 난샤거우 아파트이다. 우리의 젊은이들은 소식을 듣고 자기 일처럼 기뻐하며 성심성의를 다해 우리가 새집으로 이사하는 것을 도왔다. 이삿날이 2월 4일 입춘이었다.

중수는 '사물의 이치를 연구하는' 기질을 발휘하여 새집을 이리저리 둘러보았다. 하지만 중수의 재능이 다했는지, 아무리

'집'을 연구해도 누가 마련해 줬다는 '이치'에 다다르지 못했다. 몇 사람을 떠올리며 이 사람인가 하고 생각해 보면 바로 또 그럴 리가 없다는 생각이 들었다. 우리가 사무실 집에서 산 지 2년 반이나 되었는데, 도대체 누가, 이제 와서, 이런 고급 아파트를 마련해 준단 말인가?

허치팡 역시 지도자에서 친구가 된 사람이다. 허치팡은 아내인 머우쥐밍을 데리고 우리의 새집을 보러 왔다. 대걸레를 빨 수 있는 개수대를 관심 있게 보면서 이런 개수대가 있는 집이 한 채 있었으면 좋겠다고 했다. 이걸 보면 허치팡이 아닌 것은 분명했다.

허치팡 동지는 그해 8월에 세상을 떠났다. 그의 추도식에 후차오무, 저우양, 샤옌 등 지도자들이 모두 조문을 왔다. 마침내 문화대혁명이 끝났다.

아위안은 지진을 이유로 휴가를 낼 수가 없어서 우리가 새집으로 이사하는 것만 도와주고 바로 학교로 돌아갔다. 아위안의 시댁은 둥청 시스차오에 있었는데 우리집에서 조금 먼 곳이다. 우리는 단둘이 방이 4칸이나 되는 큰 집에 사는 것이 많이 허전했고 조금 쓸쓸하기도 했다. 방 4칸을 청소하는 것도 힘이 들었다. 우리는 가정부인 저우 할멈을 들여 한집에서 살기로 했다. 중수는 편안하게 그의 책 〈지극히 제한적인 견해〉를 교정했다. 나 역시 〈돈키호테〉의 최종 원고를 한번 더 검토하고 출판사

우리 셋

에 넘겼다.

10월에 후차오무 동지가 불쑥 찾아왔다. 자문을 구하고 싶은 문제가 하나 있다고 했다. 후차오무 동지는 번역모선위원회의 상급 지도자였다. 중수와는 칭화대학 동창이었지만 같이 공부한 기간이 길지 않고 서로 알고 지내는 사이도 아니었다. 아마도 중수가 오만하다는 이야기만 듣고 온 것 같았다.

중수는 번역모선위원회에서 일하면서 원문의 오류를 찾아낸 적이 한 번 있었다. 중수는 강력하게 주장했다.

— 손오공은 우마왕의 배 속으로 들어간 적이 없소.

쉬융잉 동지는 상급자에게 이 일을 어떻게 처리해야 할지 물었고, 후차오무 동지는 전국에 있는 서로 다른 판본의 〈서유기〉를 찾아 검토했다. 중수의 말이 맞았다. 날벌레로 변신한 손오공을 꿀꺽 삼킨 것은 철선 공주였다. 철선 공주 역시 '총애를 받는 거대한 요괴'라고 말할 수 없었다. 마오 주석은 원문에서 2구절을 수정해야만 했다. 중수가 틀린 말을 한 것은 아니지만, 충분히 오만한 것이었다. 후차오무 동지는 누구라고 이름을 언급하지는 않았지만 '복장이 구습에 얽매이는 것'에 대하여 비판한 적이 있었다. 여전히 창파오를 입는 중수를 비판한 것이다.

우리가 사무실 집에서 살던 시절 후차오무 동지가 천식에 좋은 약재를 두 번 보내 준 적이 있다. 중수는 잘 받았다는 편지를 보냈지만 그에게 직접 감사하다는 말을 할 수가 없었다. 이번에도 그가 이렇게 불쑥 찾아오니 우리는 혹시 이 집을 후차오무 동지가 마련해 준 것이 아닌가 하는 생각이 들었다. 하지만 그는 집에 대한 말은 한 마디도 하지 않았다.

　　우리의 새집은 방이 모두 4칸이었다. 하나는 우리 부부의 침실로 쓰고, 또 하나는 아위안의 침실, 그리고 가장 큰 방은 우리가 주로 머물며 일하는 공간으로 썼다. 서재라고 할 수도 응접실이라고 할 수도 있었다. 나머지 하나는 식당이었다. 저우 할멈은 식당에서 잠을 잤다. 저우 할멈은 아주 온순한 사람으로 우리가 학부7호건물에 살 때 우리집 일을 도와준 친척이었다. 모두들 저우 할멈이라고 불렀다. 저우 할멈은 식당에서 자는 것을 좋아하지 않았다. 그녀는 복도를 자신의 침실로 점찍고 밤이 되면 복도에 잠자리를 폈다.

　　차오무 동지는 이따금 밤에도 찾아왔는데, 현관문 앞에 잠자리가 펴져 있는 것을 보고 혹시 방이 부족하지 않은지 물었다. 나는 이렇게 대답했다.

——　이렇게 과분한 집은 생각지도 못했습니다.

우리 셋

이 말은 곧 우리가 그에게 집에 대해서 감사하고 있다는 말이었다.

저우 할멈은 솔직하게 개인의 생활은 자유로워야 한다고 말했다. 밤중에 우리가 그녀가 자고 있는 방에 들어가 물을 마시니 싫었던 것이다. 우리는 물을 보온병에 담아 침실에 가져다 놓기로 했고 방은 다시 충분히 넉넉해졌다.

차오무 동지는 자주 찾아와 중수와 함께 이야기를 나누었다. 두 사람은 아주 즐거워했다. 처음에는 경호원을 대동하고 왔지만 나중에는 경호원을 1층에서 기다리게 하고 차오무 동지 혼자서 편하게 올라왔다. 그는 학술 문제에 대해서 이야기하고, 책에 대해서 이야기하고, 역사에 대해서 이야기하고, 무엇이든지 가져다가 이야기했다. 중수는 재미있는 사람이었고 차오무 동지 역시 중수에게 '재미'를 주는 사람이었다. 그는 종종 부인 구위 동지와 함께 왔다. 우리집에서 차오무 동지는 어떤 직함을 달고 온 지도자가 아니었다. 그는 그저 칭화대학의 동창일 뿐이었다. 비록 학교에 다닐 때 서로 잘 알지 못했지만 문화대혁명을 겪고 나니 칭화대학의 동창이 그리워지기 시작한 모양이었다. 그는 아주 오래된 친구를 다시 만난 듯이 중수를 찾았다.

차오무 동지와 서로 잘 아는 사람이 이런 말을 해 주었다.

— 후차오무는 그저 자신의 제일 좋은 면만 당신들에게 보여준
  것입니다.

  책을 읽을 때는 책의 하이라이트 부분을 가지고 품평을 한
다. 하지만 밧줄을 사용할 때는 제일 약한 부분을 보고 얼마나
튼튼한지 가늠한다. 한직으로 내쫓긴 공붓벌레는 사람을 대할
때 마치 책을 읽는 것처럼 사람을 읽는다. 하지만 정치가 혹은 기
업가 같은 사람들은 사람을 대할 때 아마도 사용할 밧줄처럼 대
하지 않으면 안 될 것이다. 중수는 마치 책을 읽는 것처럼 차오무
동지를 대했다.
  차오무 동지의 친구는 또 이렇게 말했다.

— 이 세상에서 제일 고민이 많은 사람이 후차오무입니다. 문제
  가 생기면 바로 180도로 뒤집어 상대방의 입장에서 생각하
  기 시작하거든요. 그러니 자가당착에 빠지고 심하게 고민을
  하게 되지요.

  차오무 동지는 어떤 문제든 이렇듯 책임감을 가지고 해결하
는 사람이었다. 하지만 그가 우리집에 올 때는 정치 사상을 내려
놓고 잠시 쉬기 위해서 오는 것 같았다. 그는 스스로에게 휴가를

우리 셋

주고 아주 유쾌하게 시간을 보냈다. 한번은 딸을 데리고 와서 함께 사진을 찍었다. 우리집에도 한 장 남아 있는데 차오무 동지가 바보같이 웃고 있는 사진이다. 중수가 뭐라고 했기에 차오무 동지가 그렇게 즐겁게 웃었는지 잘 기억이 나지 않는다.

하지만 우리는 지위도 신분도 서로 달랐다. 차오무 동지가 그런 티를 내지 않는다고 해도 결국 우리는 같을 수 없음을 잘 알고 있었다. 그는 아무 때나 올 수 있지만 우리는 결코 아무 때나 갈 수 없었다. 우리는 그가 우리를 데려갈 때만 갈 수 있는 것이다. 우리는 그에게 '그저 받기만 하고 줄 수는 없는' 사람들이었다. 우리는 그의 보호를 받았고 진심으로 감사했지만 중수는 보답할 수 없는 것을 부끄러워했다. 중수가 그를 위해서 할 수 있는 일은 그의 문장을 다듬어 더 좋은 문장으로 윤색해 주는 일뿐이었다.

〈돈키호테〉의 번역을 끝냈다. 내가 서문을 붓글씨로 옮기는 과정에서 자꾸 틀리니 외국문화연구소의 소장은 젊은이가 대필하는 것을 이해해 주었다. 하지만 출판사에서는 강력하게 내가 직접 쓰기를 요구했고 원고를 일 년이나 묵히며 조판을 하지 않았다. 사업에 대해서 잘 모르는 나는 어차피 인쇄가 미뤄졌으니 원고를 가져와서 수정이나 더 하자고 생각했다. 하지만 이런 상황은 출판사에게 손해 배상을 청구할 수 있는 사안이었다고 한다.

그때 〈돈키호테〉는 서문 없이 출판되었다. 나중에 차오무 동지가 왜 문화대혁명 전에 쓴 글을 서문으로 하지 않았냐고 지적을 하기에 예전에 써 놓은 글을 가져다가 다듬어 서문으로 넣었다. 그래서 〈돈키호테〉는 2쇄부터 서문이 있다.

〈지극히 개인적인 견해〉는 차오무 동지의 지지에 힘입어 출판사에서 즉각 번체자로 인쇄를 했다. 중수는 기뻐하며 말했다.

— 〈지극히 개인적인 견해〉와 〈돈키호테〉는 우리의 마지막 책이 될 테니, 당신이 내게 3글자로 책표지에 붙일 제첨을 써 줘. 나도 당신에게 4글자로 제첨을 써 줄 테니. 우리 서로 교환합시다.

— 그러면 당신이 손해예요. 내 글씨가 맨 앞에 보이면…….

— 기념으로 하자는 것이지, 재미있잖아. 어떻게 쓰던 편하게 써요. 당신 이름을 표기하지 않아도 되니까.

우리 둘 사이의 불평등 조약은 이렇게 해서 체결되었다.

우리의 아위안은 이제 주말이 되면 엄마 아빠 집으로 와서 잠도 자고 간다. 예전에 우리가 사무실 집에 살 적에는 좁은 집이라 딸 부부가 와도 잠깐씩 앉았다 갈 수밖에 없었다.

1978년 아위안이 영국 유학 장학금을 받았다. 원래 러시아

우리 셋

어학과 교수였던 아위안은 러시아어학과 교수가 영어학과로 바뀔 때 영어학과로 전과를 했고 나에게 이렇게 말했었다.

─ 엄마, 나는 떨어질 거예요. 다른 사람들은 모두 한 학기 동안 준비했어요. 나는 결원이 생겨서 바로 수업을 시작하는 조건으로 추가 모집을 하는 것이고요. 조금도 준비를 안 했는데 합격할 수 있을까요?

하지만 아위안은 합격을 했다. 우리가 기뻐한 것은 당연한 일이었다.

아위안이 해외에 나가 있었던 1년 동안 우리는 아위안을 몹시 그리워했다. 1년 후에 또 1년이 연장되었다. 우리는 아위안이 1년을 더 유학하기를 바라면서도, 그렇게 되면 또 1년을 헤어져 있어야 한다는 생각에 힘들었다.

그때 중수와 나도 각자 대표단을 따라 해외에 몇 번 다녀왔다. 중수는 혼자 어디를 가게 되면 그곳에서 보고 들은 것과 함께 나에 대한 그리움을 빼곡하게 적어 가지고 왔다. 아위안이 귀국한 후, 나 혼자 해외로 나갔을 때는 중수가 적어 놓은 소소한 집안 일들에 대한 기록에 아위안의 평가가 곁들여져 있었다. 우리는 이렇게 소소한 일들을 '조약돌'이라고 부른다. 바닷가에 밀물이 들어오고 썰물이 빠져나가도 변함없이 그 자리에 그대로 남아 있는 '조약돌' 말이다. 우리가 가끔 하루 혹은 반나절씩 집을 비울 때에도, 아위안이 여드레, 열흘씩 출장을 갈 때도, 집에 돌아올 때는 이런 조약돌을 한 움큼씩 가지고 온다. 그리고 함께 모여서 조약돌을 하나씩 꺼내 보며 이야기하고 논다. 평소 집에서 일어나는 소소한 일들도 나중에는 모두 조약돌이 된다. 이런 조약돌 중에서 몇 가지를 골라 부록3에 넣었다.

우리는 해외로 나가는 일 없이 평범한 일상을 보내고 싶었다. 하지만 아위안은 1990년 또다시 출국해서 반년 동안 영국에 있었다. 그때도 아위안은 부모와 떨어지고 싶어하지 않았다. 아위안은 국내에서도 각 지방으로 출장을 다녔다. 한 번, 또 한 번, 그때마다 나는 애타는 이별을 했다.

1982년 6월, 사회과학원에 인사이동이 있었다. 문학연구소 소장이 새로 오게 되었는데 그가 중수를 문학연구소의 고문으로 초빙하였다. 하지만 중수는 그 자리를 애써 고사하였고 그날 밤 중수는 아주 기뻐하며 말했다.

— 관직을 맡으면 불편해. 고문이라는 자리가 작아도 관직은 관직이니까.

우리 셋

이튿날 아침 사회과학원에서 중수를 불러 회의를 했다. 차를 보내어 다짜고짜 중수를 데리고 갔다. 뜻밖에 차오무 동지의 기이한 발상으로 샤나이와 중수가 사회과학원의 부원장으로 임명되었다. 사회과학원의 학술 분위기가 무르익지 않은 지금과 같은 시기에 그들로 하여금 '학술 분위기를 고조시키기 위해서'라는 이유였다. 차오무 동지는 샤나이 동지와 사전에 이야기를 끝내놓고 중수를 기습했다. 차오무 동지가 말했다.

— 두 사람은 옛 동창인 제 체면을 봐서…….

샤나이 동지는 이미 승낙을 했고, 중수는 허둥대며 시간이 없다고 대답을 하자 차오무 동지가 말했다.

— 첫째, 상근할 필요가 없습니다. 둘째, 결재도 할 필요가 없습니다. 셋째, 회의에 참석하지 않아도 됩니다.

중수가 말했다.

— 저는 바로 어제 문학연구소의 고문 자리를 고사하였습니다. 사람들이 사소취대했다고 저를 비웃을 겁니다.

차오무동지가 말했다.

— 제가 그런 말이 나오지 않도록 잘 단속하겠습니다.

중수는 할 말이 없었다. 옛 동창의 체면을 생각한다면 두 번 거절할 수는 없는 노릇이었다. 중수는 집에 돌아와서 얼굴을 찌푸리며 나에게 이 말을 전했다. 나 역시 "이번 노역은 관청으로 끌려가는도다." 하고 말하며 웃을 수밖에 없었다.

하지만 나는 마치 미신을 믿는 것처럼 터무니없는 생각이 든다. 아무래도 이것은 하늘이 중수를 모함하는 어떤 이를 놀리기 위해서 한 것 같다. 부위원장 자리를 간절히 원하는 그 누군가에게 보여 주기 위해서 결코 그 자리에 앉으려 하지 않는 인물을 올려놓는 것, 세상에는 이런 종류의 기이한 일이 종종 일어난다.

중수는 해외탐방 같은 일은 전혀 하지 않았다. 하지만 사회과학원에서 주최하는 국제회의에서는 사회를 맡았다. 한 번은 미국학술대표단과 교류하는 학술 세미나였고, 또 한 번은 루쉰을 기념하여 열리는 회의였다. 두 번 다 대규모로 치러진 회의였다. 나는 중수가 정말 일을 잘한다는 것을 알게 되었다. 중수는 30분 정도의 짧은 회의에서도 많은 문제의 해결 방안을 도출하였다. 두 번의 국제 회의에서 사회를 볼 때도 중수가 구사하는 언

우리 셋

어는 격조 있고 아름다웠다.

1년이 지난 후에 중수는 차오무 동지에게 사의를 밝혔다. '자리만 차지하고 나라의 녹을 받으려니 마음이 불편하다'는 이유였다. 차오무 동지는 내게 "한 글자도 쓰지 않고 풍류를 다 얻으려 하는군요."라고 말했다. 중수의 사직서는 끝내 수리되지 않았다. 중수는 이름뿐인 연구원이었지만 예전대로 월급을 받았다. 그러나 중수는 사무실도 쓰지 않았고 비서도 쓰지 않았다. 병원에 갈 때를 제외하고는 관용차량 역시 한 번도 이용하지 않았다.

산리허 아파트는 넓고 편안하고 아름답다. 아위안의 학교도 가까웠다. 아위안은 평소 봐야 하는 책들을 집에 가져다 놓고 시댁에 가야 하는 주말을 제외하고는 자주 들렀다. 사위의 직장도 가까웠다. 사위도 편하게 자주 들렀다.

열여섯

산리허 아파트로 이사를 했다. 그동안 우리는 아주 먼 길을 힘겹게 걸어 온 듯하다. 마침내 우리가 편안히 지낼 수 있는 집이 생겼다.

우리 둘은 매일 책상을 하나씩 차지하고 앉아서 조용히 책을 읽으며 작업을 한다. 틈틈이 근처를 '탐험'하거나 아파트 단지 안을 돌며 산보를 하기도 한다. 아위안이 집에 오는 날은 모두 모여서 한 움큼, 또 한 움큼, 세 사람이 모아 온 '조약돌'을 꺼내어 이야기한다. 아위안의 '조약돌'이 가장 많다. 여유롭고 편안한 나날이 이어지니 저우 할멈까지 조금씩 살이 쪘다.

우리 셋을 보고 단순히 세 명의 사람이라고 생각하면 안 된

우리 셋

다. 각자 한 사람이 몇 사람으로 변신할 수도 있기 때문이다. 내 셋째 언니의 말을 들어 보면 잘 알 수 있다. 아위안이 대여섯 살 정도 되었을 때이다.

— 너네 집에서는 위안위안터우가 제일 맏이이고 중수가 제일 막내로구나.

우리 자매들은 모두 셋째 언니의 말이 맞는다고 했다. 어른이 된 아위안은 언니가 되어 나를 돌봐 주고, 여동생이 되어 나와 놀아 준다. 그리고 엄마가 되어 나를 보살펴 준다. 아위안은 또 자신과 아빠를 가리켜 '형제'라고 말하곤 한다.

— 우리는 서로에게 없어서는 안 될 '형제'이면서 엄마의 귀염둥이들이죠. 하지만 아빠는 좀처럼 형이 되려고 하지 않고 동생만 하려고 하네요.

이렇게 되면 나는 어느새 또 집안의 가장 큰 어른이 되어 버린다. 아위안과 내가 학생이 되면 중수는 선생님이 된다. 물어보기만 하면 바로 답을 알려 줄 선생님이 지척에 있지만, 학생들은 선생님을 귀찮게 하지 않고 사전을 찾아 스스로 열심히 답을 찾는다. 그래도 답을 찾을 수 없을 때만 선생님에게 물어본다. 중수는 우리 셋 중에 가장 몸집이 크고 나이도 가장 많지만 우리 모녀가 아이처럼 돌봐 줄 때가 있다. 옷을 입거나 음식을 먹을 때가 되면 중수는 아무것도 할 줄 모르는 작은 아이로 변해 버리기 때문이다.

중수와 아위안, 두 사람이 하나가 될 때는 나에게 반란을 일으킬 때이다. 내가 해외에 나가고 집에 없으면 그들은 침대의 이부자리조차 정리하지 않고 지낸다. 내가 곧 집에 도착할 때가 되면 그제서야 정리를 한다고 야단이다. 내가 집에 도착하면 아위안은 기어드는 목소리로 어물거린다.

— 개집은 정말 편안해요.

가끔 중수와 아위안은 경전의 어구나 고사를 인용하며 장난을 칠 때 내가 바로 응수하지 못하면 그들은 또 하나가 되어 나를 놀린다. 그들은 우쭐대며 말한다.

— 엄마, 좀 바보스러워요!

나는 꼼짝없이 집안에서 제일가는 바보가 된다. 하지만 색맹

우리 셋

인 아빠를 놀릴 때는 엄마와 딸이 하나가 된다. 중수는 적색, 녹색, 흑색, 백색, 이 네 가지 색만 구별할 수 있는 색맹이다. 중수의 미적 감각은 내가 따라갈 수조차 없을 정도로 대단하지만, 무슨 색이라고 정확하게 말하지 못한다. 나와 아위안은 하나가 되어 우둔한 아빠를 놀리고 또 놀린다. 엄마 아빠도 하나가 되어 딸을 놀린다. 아위안은 공부 말고는 아무것도 모르는 바보, 멍텅구리라고 놀린다.

사실 우리는 아위안을 보며 늘 감탄한다. 내가 "아위안은 누굴 닮은 걸까요?" 하고 물으면 중수는 "가르치는 걸 좋아하니 아빠를 닮았고, 강직한 성격은 외할아버지를 닮았지." 하고 답한다.

아위안은 큰 회의에서도 자신 있게 의견을 말한다. 막 조교가 된 아위안은 '대약진운동大躍進運動' 기간에 극좌익에서 주최하는 전국언어학대회에 참가했다. 아위안은 〈영한소사전英漢小詞典〉 편집의 대표 자격으로 참가한 것이다. 회의에서 '여女'자를 부수로 쓰는 글자를 모두 쓰지 못하게 하자는 의견이 나왔고, 인원수가 많은 극좌익의 참가자들이 모두 찬성하였다. 그런데 제일 어린 애송이 아위안이 질문을 했다.

— 그러면, 마오 주석의 '적막했던 항아가 넓고 큰 소매를 펼치네'라는 시 구절은 '항嫦'자와 '아娥'자 없이 '항아'를 어떻게

말해야 하나요?

딩성수나 정이리 같은 대학자들은 이 회의석상에서 그저 헐뜯고 싶어 하는 사람들로부터 한 푼의 가치도 없는 비난을 받았지만, 이 어르신들은 모두 아위안을 좋아했다.

아위안은 교재평심위원회의 심사위원으로도 일했다. 책임감 있는 심사위원을 찾고 있던 학교에서 아위안에게 심사를 맡긴 것이다. 아위안은 마치 탐지견처럼 킁킁거리며 논문 속에서 표절된 부분의 냄새를 맡는다. 아위안은 손가락 두 개로 책장을 펄렁펄렁 넘긴다. 중수가 책장을 넘기는 모습과 똑같다. 책장이 넘어가는 속도도 중수가 하는 것처럼 빠르다. 아위안은 단번에 표절 부분을 찾아낸다.

1987년 베이징스판대학 영어학과에서 영국문화위원회와 함께 중앙영어교학프로그램인 테플(TEFL)을 신설했다. 아위안은 테플의 개설과 운영을 책임지고 있었다. 아위안은 새로 초빙된 영국인 교수가 이러이러하게 수업하겠다고 하자, 그러면 안 되고 반드시 이렇게 가르쳐야 한다고 잘라 말했다. 보통 외국인 교수의 권위를 인정해 주는 학내 분위기와는 달랐다. 그 외국인 교수는 자신의 교수 방법을 고집했고 아위안의 표현을 빌자면 '고양이처럼 새파란 눈동자를 데굴데굴 굴리며 아위안을 쳐다보았다'고 한

우리 셋

다. 아위안은 그를 데리고 도서관으로 가서 그가 참고할 만한 전문 서적을 찾아 주었다. 학기가 끝나고 그 영국인 교수는 우리 집에 찾아와서는 "위안, 유 워크트 미 하드(Yuan, you worked me hard)"라고 말했다. 하지만 그 덕분에 얻은 것도 적지 않았음을 인정했다. 베이징스판대학의 외국인 교수들의 평가는 아위안이 담당했다.

우리는 딸 아이가 자라서 어른이 되고, 어른이 되어 성취하는 일들을 보며 자랑스러운 마음을 가지고 있었다. 하지만 늘 선봉에 서는 우리의 자랑은 매일 과도한 업무에 시달렸다. 학교에서는 업무량의 2배 수준이라고 평가했지만 나는 그보다 더 되었을 것이라고 생각한다. 아위안은 학생들을 아끼고 사랑했다. 학생들을 위해서라면 아무리 힘든 일이어도 끝까지 책임지고 해냈다. 학생들의 졸업 논문도 아위안은 종종 끝까지 책임지고 반복해서 수정해 준다. "그렇게 힘들게 하지 말고 조금 여유 있게 할 수는 없는 것이냐?"라고 물으면 아위안은 늘 고개를 가로저었다. 마음이 아파도 그저 옆에서 조용히 지켜볼 수밖에 없었다.

아위안은 내 인생의 걸작이었다. 중수에게는 '키워 볼 만한 인재'였고, 시아버지의 심중에 있는 집안의 '독서종자'였다. 고등학생 때는 등에 똥지게를 졌고, 대학생이 되어서는 공장에서 일을 했고, 대학 졸업 후에는 하방되어 사청운동을 했다. 갖은 고생

끝에 한 톨의 씨앗이 마침내 싹을 틔웠지만, 부모의 마음은 편할 수가 없었다.

중수의 소설이 드라마로 만들어지고 나서 중수는 일약 명사가 되었다. 많은 이들이 중수를 만나려고 먼 곳에서도 찾아왔다. 중수는 동물원에 갇힌 희한한 동물이 되고 싶어 하지 않았기 때문에 내가 문 앞을 지키고 서서 손님들의 방문을 거절할 수밖에 없었다.

매일 얼굴도 모르는 독자들로부터 수없이 많은 편지가 왔다. 나는 이렇게 많은 독자들의 편지에 일일이 답장을 해야 하는지 유명한 작가 한 분에게 물어 보았다. 그는 그 많은 편지에 어떻게 일일이 답장할 수 있겠느냐고 답했다. 하지만 중수는 매일 아침 가장 먼저 하는 일이 독자들에게 답장을 하는 일이었다. 중수는 독자들에게 답장을 쓰는 것은 '빚을 갚는 것'이라고 말했다. 붓놀림이 빠르니 '빚'은 금세 '청산'할 수 있었다. 중수는 편지를 보낸 사람들에게 직접 답장을 써서 예의 바르게 감사함을 표현했다. 하지만 빚은 아무리 열심히 갚아도 말끔히 청산되지 않았다. 오늘 말끔히 청산해도 내일이면 또 빚이 쌓였다. 편지로 인해서 이렇게 고생하게 되리라고는 생각지도 못했다.

중수가 유명해지기를 바란 것은 아니지만, 그렇다고 해서 명사들의 고충을 피해갈 수는 없었다. 이렇게 유명해지지 않았다면

우리 셋

우리는 얼마나 홀가분했을 것인가!

소설이나 동화 속에 나오는 것처럼 '그 후로 그들은 영원히 행복하게 살았습니다' 같은 결말은 이 세상에 없다.

이 세상에 순수한 행복은 없다. 행복에는 늘 근심과 걱정이 끼어 있다.

이 세상에 영원한 것도 없다. 우리는 평생 순탄치 않은 길을 힘겹게 걷는다. 그리고 그 인생이 다 저물어 갈 무렵에야 편안하게 쉴 곳에 다다른다. 하지만 그때가 되면 늙고 병든 몸이 우리를 인생의 가장자리 끝으로 밀어낸다.

저우 할멈은 이미 오래 전에 병들어 집으로 돌아갔다. 1994년 여름, 중수가 병원에 입원을 했다. 나는 매일 밥을 싸고, 반찬을 싸고, 따뜻한 국이며 탕이며, 중수를 위한 음식을 싸서 병원에 갔다. 아위안은 1995년 겨울에 시산 밑자락에 있는 병원으로 들어갔다. 나는 매일 밤 아위안과 전화를 하고 매주 아위안을 보러 갔다. 병원에 가면 그저 잠깐씩 얼굴을 볼 수 있을 뿐이다. 세 사람이 각각 다른 곳에 있으니 내가 중간에서 이쪽저쪽을 다니며 서로의 안부를 전했다.

1997년 이른 봄, 아위안이 세상을 떠났다. 1998년 세밑에 중수가 세상을 떠났다. 우리 셋은 이렇게 헤어졌다. 이렇게 쉽게 흩어지고 말았다. 세상의 모든 아름다운 것은 꽃구름처럼 산산이 부서져 흩어진다. 이제, 나는 홀로 남았다.

눈을 뜨니 예전에 '우리집'이었던 아파트가 또렷이 보인다. 이곳은 그저 여행 중에 머무는 객잔일 뿐이었다. 내가 돌아가야 할 집은 어디에 있을까? 알 수가 없다. 나는 아직도 집으로 돌아가는 길을 찾고 있다.

부록

1

钱瑗病中记。她患脊椎癌，住进医院时癌症已属末期，但她本人和父母都不知实情。她於一九九五年底腰痛求医，一九九六年一月住院；因脊骨一节坏死後不復有痛感，她虽然只能仰卧硬板床上，而且问病的人络绎不绝，她还偷功夫工作並阅读。十月间，她记起我曾说要记一篇《我们仨》，要求我把这题目让给她。我当然答应了。仰卧写字很困难，她郤乐於以此自遣。十一月医院报病危，她还在爱惜光阴，我不忍向她实说。一九九七年二月二十六日，她写完前五篇。我劝她养病要紧，勿劳神。她实在也已力竭，就听话停笔。五天以後，她於沉睡中去世。这里发表部分草稿和一篇目录。

우리 셋

〈우리 셋〉은 아위안이 병상에서 쓴 우리 세 사람에 대한 기록이다.

아위안은 척추암이었다. 병원에 입원을 하고 암이 말기로 진행되고 있다는 진단을 받았지만 아위안 자신도, 부모인 우리도 그것이 어떤 의미인지 제대로 알지 못했다. 아위안은 1995년 연말에 처음으로 허리에 통증을 느꼈고 1996년 1월에 병원으로 들어갔다. 척추의 관절이 이미 괴사한 후라서 통증은 느끼지 못했다. 아위안은 딱딱한 침대에 반듯이 누워 있을 수밖에 없었지만, 끊임없이 찾아오는 많은 사람들을 만날 수 있었고 틈틈이 일도 하고 책도 읽었다. 아위안은 내가 언젠가 우리 셋에 대해서 글을 쓰겠다고 한 말을 기억하고 있었다. 10월 즈음, 자신이 〈우리 셋〉에 대한 글을 써도 되겠냐고 물었다. 아위안은 내 허락을 받은 후 누워서 글을 쓰기 시작했다. 누워서 글을 쓰는 것은 고통스러웠지만 〈우리 셋〉은 아위안에게 즐거움과 위로를 주었다. 11월에 병원에서 상태가 위중하다는 이야기를 들었지만, 아위안은 글을 계속 쓰면서 하루하루를 소중하게 보내고 싶어했다. 나는 글을 쓰지 말고 쉬어야 한다는 말을 차마 할 수 없었다. 1997년 2월 26일 아위안은 5편의 글을 완성하였다. 나는 몸을 돌보는 것이 더 중요하니 무리하지 말라고 했고 아위안은 그제서야 온 힘을 다하여 쥐고 있던 펜을 놓았다. 그로부터 5일 후, 아위안은 깊은 잠 속에서 세상을 떠났다. 여기에 아위안이 남긴 〈우리 셋〉 초고의 일부와 목록을 담는다.

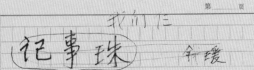

记事珠　　　俞暖

记得在小学学写作文时用的

　"一寸光阴一寸金，寸金难买寸光阴。"
这是上小学时，作文开头的套话。现在，活到
六十岁的时候，多少也明白了这句话总结了千
百年来反为大家接受的真理。人生在世，在该
珍惜光阴。不久前，我因病住院，躺在床上，
看着光阴随着滴。药液流走，我想着写点回
顾父母如何教我的往事，以从识字到做人。
也标是不敢浪费光阴的一点努力。

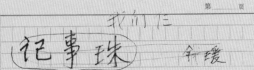

写：病事记 三世年六日 母编白苟神 万得年.

15×20＝300　　　　　文学研究所稿纸

308　　　　　　　　　　　　　　우리 셋

〈우리 셋〉 기억의 구슬

첸위안

"시간은 금이다."

이 말은 소학교 작문 시간에 아이들 글의 첫머리에 자주 등장하는 말이다. 나이 예순이 되고 나서야 누구나 알고 있는 이 말 속에 몇천 년, 몇백 년 동안 살아온 사람들의 모든 지혜가 담겨 있다는 것을 알게 되었다. 사람은 자신이 살아가는 모든 시간을 소중히 생각해야 한다. 나는 얼마 전부터 병원의 침대에 누워 똑, 똑, 한 방울씩 떨어지는 주사액을 보면서 똑, 똑, 한 방울씩 시간이 흘러가고 있음을 바라보고 있다. 나는 부모님께 글을 배우던 어린 시절부터 어떤 사람이 되라고 배웠는지 글로 써 보고 싶어졌다. 이것 역시 내가 살고 있는 지금, 이 시간을 낭비하지 않기 위한 작은 노력이라고 할 수 있다.

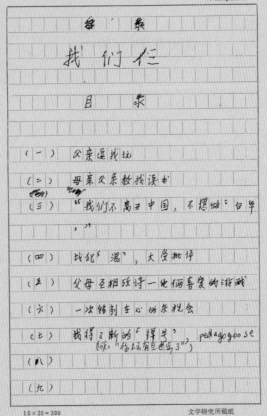

序　录

我 们 仨

目　录

15×20 = 300　　　　　　文学研究所稿纸

우리 셋

우리 셋

차례

（十）

（十一）

（十二）

　　　　우리 셋

(10)

(11)

(12)

（一）爸爸逗我玩

　　我于1937年五月生于英国牛津，因我的哭声大，护士戏称我为"Miss Sing High"（星海小姐）。我一百天随父母到法国，两岁后回国。父亲单身到内地教书，母亲则带我回到上海，她当上了一个中学校长。1941年父亲由内地辗转回到上海，我当时大约五岁。他天天逗我玩，妈妈说他和我是"老鼠哥哥同年伴"，我当然非常高兴，撒娇、"人来疯"，变得相当讨厌。

大的也要打一顿，小的也要打一顿。

　　爸爸不仅在我脸上画胡子，还在肚上画鬼脸。不过他的拿手还是编顺口溜，起绰号。有一天我午睡后在大床上跳来跳去，他立刻马上 ⊕。"身上穿件火黄背心，面孔象只屁股泡红"。我知道把我的脸比作猴子的红屁股不……我

用墨笔

形容我的样子是

糊弄的

是好话

15×20＝300　　　　　文学研究所稿纸

(1) 아빠는 나를 놀린다

나는 1937년 5월, 영국 옥스퍼드에서 태어났다. 태어날 때 울음소리가 아주 우렁차서 간호사들이 'Miss Sing High'(싱하이 아가씨)라고 불렸다고 한다. 백일이 되었을 때 부모님을 따라 프랑스에 가서 살다가 2살이 되어 귀국했다. 귀국 후에 아버지는 혼자 내지로 들어가서 학생들을 가르쳤고, 어머니는 나를 데리고 상하이로 돌아가서 중학교 교장이 되었다. 1941년, 내지에 있던 아버지가 여러 지역을 우회하여 어렵게 상하이로 돌아왔다. 내가 네다섯 살쯤 되었을 때였다. 아버지와 매일 놀 수 있어서 정말 좋았다. 나는 애교도 부리고 다른 사람 앞에서는 더욱 떼를 쓰며 미운 짓을 하는 아이로 변했다. 할머니는 온갖 장난을 치고 돌아다니는 아빠와 딸을 혼내며 어른도 한 번 맞고, 아이도 한 번 맞아야겠다고 말씀하셨다.

아빠는 붓으로 내 얼굴에 수염을 그리기도 하고, 배에다 익살맞은 표정을 그려 넣기도 했다. 아빠가 제일 잘하는 장난은 순구류로 즉흥시를 읊으며 별명을 지어서 나를 놀리는 것이다. 하루는 내가 낮잠을 자고 나서 침대 위에서 팡팡 뛰며 놀고 있는 걸 보고는 '주황색 조끼를 입고 뛰는 (원숭이)엉덩이 얼굴' 이라고 시를 읊었다. 빨간 내 얼굴을 원숭이 엉덩이에 비유하며 놀리는 것임을 알아채고

撅嘴、摇头表示抗议。他立刻把西西找他作猪
撅嘴，牛撞头，螃蟹吐沫（鼓着眼珠子
发出"pooh, pooh"的声音）我一下子得了那
么多的绰号，其实心里还是很得意的。

蛙凸肚（凸出肚子假装生气）。

　　爸爸还教我说一些英语单词。
猪、猫、狗最长的是 metaphysics（形而上
学）。见我还有潜力可挖，就又教我几个法
德语单词，大都是带有厕所的粗话，不过我当
时并不知道。有朋友来时，他就要我出去卖弄
。我就像八哥学舌那样回答，客人听了哈哈大
笑。我以为自己很博学"，不免沾沾自喜，
塌鼻子都翘起来了。

15×20=300　　　　　文学研究所稿纸

나는 입을 삐죽이면서 놀리지 말라고 아빠에게 덤벼들어 박치기를 했다. 아빠는 바로 그런 내 모습을 돼지 주둥이, 박치기하는 소, 게거품(양쪽 볼을 부풀리고 'pooh', 'pooh' 하는 소리를 내는 모습), 개구리 배(배를 내밀고 화가 많이 난 척하는 모습)로 비유한 시를 읊었다. 한꺼번에 많은 별명을 얻었지만 사실 마음 속으로는 아주 흡족했다.

　아빠는 또 나에게 영어 단어를 가르쳐 주었다. 소, 돼지, 고양이, 개처럼 간단한 단어부터 metaphysics(형이상학)같이 긴 단어도 있었다. 아빠는 프랑스어나 독일어 단어도 가르쳐 주며 내가 가지고 있는 잠재력을 가늠해 보았다. 대부분 방귀, 똥과 같이 고상하지 못한 말이었는데 당시에 나는 뜻도 모르고 따라 했다. 집에 손님이 오면 아빠는 나를 불러서 자랑을 했다. 손님들은 내가 앵무새처럼 따라 하는 소리를 듣고 하하하 크게 웃었다. 그러면 나는 정말 박사라도 된 것처럼 우쭐거리며 납작한 코를 높게 쳐들었다.

（四） 花把滩[?] 大受批评

到清华后，我开始熟悉环境。先是到大礼堂，同方楼；后来又发现了机空穿后有几架四四四四飞机；然后走到天文台那里去四四四"探险"；走累了，坐到荷花池边，等对面锺声的悠悠锺声：每天定时有2人来撞一口大铜钟，四通报时辰。

走遍了校园的各个角落之后，我认定，水木清华是世界上最美丽的地方。

当然，也遭到过不简状的事。暑假西客厅时四由屋前有走。一块空地。有我看到此邻有个月洞门，引究好奇，我钻过去一探竟。没有想到，里面四是个堂食，大师傅正在杀鸡。然后我顺手抓到我家屋前的空地上，四四四四四一根割断喉管的鸡垂死挣扎，扑腾着翅膀、满腔

(4) 거짓말하는 아이, 부모님께 혼나다.

청화대학에 있는 집으로 이사를 온 후, 나는 탐험을 하며 주변 환경에 적응하기 시작했다. 우선 대강당을 살펴보고, 퉁팡러우 건물로 갔다. 항쿵위안 건물 뒤쪽으로 가면 광장에 놓여 있는 비행기를 볼 수 있다는 것도 알아냈다. 내 탐험은 천문대까지 걸어가는 여정이었는데, 걷다가 지치면 허화츠 연못에 앉아 맞은편에 있는 종각에서 아득하게 울려 퍼지는 종소리를 들었다. 커다란 구리종은 매일 정해진 시간에 울려서 종소리를 들으면 시간을 알 수 있었다.

청화대학 교정을 구석구석까지 전부 돌아다닌 후에, 나는 수무칭화가 그 이름처럼 세상에서 가장 아름다운 곳임을 인정하게 되었다.

하지만 황량한 살풍경이 전혀 없는 것은 아니었다. 이사할 때 보니 시커팅 건물 앞 공터에 둥그런 웨둥먼 문이 하나 있었다. 나는 웨둥먼 문 안쪽에는 무엇이 있는지 못 견디게 궁금했고, 웨둥먼 문 안으로 들어가서 자세히 살펴보기로 했다. 뜻밖에도 웨둥먼 문 안쪽은 식당이었다. 마침 주방장이 닭을 잡고 있었는데, 주방장은 닭의 목을 자른 다음 바로 우리집 문 앞에 있는 공터를 향해 아무렇게나 던져 버렸다. 아직 숨이 끊어지지 않은 머리 없는 닭이 날개를 푸드덕거리며 사방으로 날뛰었다.

或"飞"爬，凄厉的叫声令我胆战。这成了我以后领悟为什么"杀鸡"可以"儆猴"的最初实例。

到清华后，父母本打算让我上附中的初二，没有想到，按校方的新规定，我年龄不足，要浪费一年时间，很不值得，加之我身体不福好，决定让我休学。他们平时对我的要求不高，每天练墨笔字一页，每周学点英语文法或做练习，读一篇英语课文。由爸爸定期检查。每天我有足够的自由支配时间。我到灰楼（音乐楼）学弹钢琴。每月只寄一元钱我了每天练一小时。

我只要一见有空着的钢琴，我去练，往往多弹一刻两小时。琴弹得不亦乐乎，把基本动多

15×20＝300　　文学研究所稿纸

날카로운 닭 울음소리가 너무 무서워서 온몸이 부들부들 떨렸다. 나는 이 살풍경을 보고 난 후, '원숭이 앞에서 닭을 죽인다'는 말이 왜 경각심을 일깨운다는 말로 쓰이는지 알 수 있었다.

부모님은 칭화대학으로 옮기고 나서 나를 칭화부속중학교의 2학년으로 입학시키려고 했다. 하지만 학교의 규정이 바뀌는 바람에 입학을 하려면 내 나이로는 중학교 1학년으로 가야 했다. 내 몸도 완전히 회복되었다고 보기 어려웠고 중학교 1년 과정을 반복하는 것은 시간 낭비였기 때문에 나는 휴학을 하기로 했다. 부모님은 나에게 많은 것을 바라지 않았다. 매일 붓글씨 2장을 연습하고 매주 영어 문법 공부와 연습을 병행하면서 영어 교과서 본문을 한 편씩 외우면 되었다. 숙제 검사는 아빠가 담당했다. 매일 숙제를 하는 시간을 제외하고도 내가 자유롭게 하고 싶은 일을 하며 보낼 수 있는 시간이 충분했다. 나는 후이러우(인웨러우) 건물로 가서 피아노를 배웠다. 매달 1위안을 내면 매일 1시간씩 피아노 방에 들어가서 피아노를 칠 수 있었다. 나는 피아노방이 비어 있기만 하면 들어갔고 한두 시간씩 피아노를 치다 오는 일이 허다했다. 피아노를 치는 일은 '어찌 기쁘지 않겠는가' 소리가 저절로 나왔고 그럴수록 숙제는 하기 싫어졌다.

越来越不想忆改

荒谬 功课。一天我发现有几页大字没有色批改过的笔迹，抱着看侥幸心理去试它，想他竟居丝毫没有察觉。到第三次，他发现了大好，骂我弄虚作假，是品德问题。气冲之也把我大字本撕了，并发誓，再不教我慎书。妈又也狠之地批评了我，而责令我把书补好。这以后我倒不再犯"混"，就跟妈之学完了初中的代数、几何、化学、物理等课程。

1952年，我改上了 五一女中（即原来的贝满女中）上高一。这种"不知愁滋味"的生活也随着星移斗转而也渐流逝了。

그러던 어느 날, 아빠가 검사한 흔적이 없는 붓글씨 숙제를 몇 장 발견했다. 나는 아빠가 모를 것이라고 생각하고 예전에 한 숙제를 새로 한 것처럼 다시 제출했다. 아빠는 정말 알아채지 못했다. 하지만 세 번째로 예전에 한 숙제를 제출했을 때 아빠는 그 사실을 알고 펄펄 뛰며 불같이 화를 냈다. 가짜로 숙제를 제출할 만큼 인품과 덕성에 문제가 있는 나를 더 이상 가르치지 않겠다며 문법책을 찢어 버렸다. 엄마도 호되게 야단을 쳤고, 찢어진 책은 네가 책임지고 다시 붙여 놓으라고 했다. 그 뒤로 나는 두 번 다시 '거짓말'을 하지 않았다. 엄마와 함께 착하고 성실하게 공부하면서 중학교 과정의 대수, 기하, 화학, 물리 등의 과목을 끝냈다.

1952년 나는 우이여자고등학교(원래는 베이만여자고등학교) 1학년에 입학을 했다. 흘러가는 시간에 따라 하늘의 별자리도 바뀌었고 근심 걱정 없이 지내던 시절도 그렇게 흘러갔다.

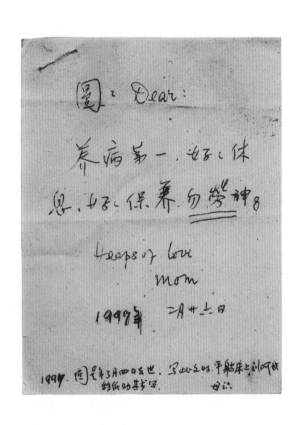

圆 Dear:

养病第一，好~休
息，好~保养 勿劳神8

Heaps of love
　　　mom

1997年　二月廿上日

1997. 圆上车3月四○五世。写此之时。平躺床上到阿城
　　　　对你的关爱13.　　　母记

Dear, 위안

절대 안정, 잘 쉬고, 잘 먹고, 절대 무리하지 말아라!

Heaps of love

Mom

1997년 2월 26일

1997년, 아위안은 3월 4일에 세상을 떠났다. 〈우리 셋〉을 쓸 때 아위안은 침대에 반듯이 누워서 류 아줌마가 잡아 주는 받침대 위의 종이에다 글을 썼다.　　─ 엄마 ─

부록

2

上半頁 我的字易辨认。"公私兼顾"起是钱书写的。
"走筆成詩"下，看不清楚，壹抄一边。

一身而三任

此事古未有

暫充兩頭蛇

复作三頭狗（Cerberus）

不從父母誡

夫言當聽受

若還執己見

大棒叩汝首

"啊唷痛煞哉！"

雷遊没處走。

"九日"指 1974年12月9日

"咱们流亡一周年"，当時住

社科院七樓西尽头办公室。

우리 셋

편지의 처음부터 중간까지는 내가 쓴 것이라 알아보기가 비교적 쉽다. 하지만 중수가 쓴 '다른 이들을 돌보면서 나 자신까지 잘 돌보는 것'부터 글씨체가 많이 흐트러져 알아보기가 어렵다. '시 한 수로 끝인사를 한다.' 이하부터 다시 적어 둔다.

한 몸으로 세 가지 일을 하네

이런 말은 들어본 적이 없네

머리가 세 개인 개(Cerberus)는 될 수 없으니

머리가 두 개인 뱀이라도 되려고 하네

부모님 말씀을 따르지 않아도

서방님 말씀은 들어야 하는 법

계속 자기 고집대로만 한다면

한 대 크게 얻어맞을 것인데

'아이고, 아파 죽겠네'

도망가고 싶어도 갈 수가 없네

'9일'은 1974년 12월 9일, '우리의 유랑 1주년'을 말한다. 당시 사회과학원 7호건물 서쪽 끝에 있는 사무실에서 살았다.

糊儿：

　　不知你是否通情达理，听取群众的意见（三人为众），今天乖乖在家休息。明天若多休一天，定获大效。我估计你来必听话。即使今天休息，明天仍去待命。大雪天路滑车挤。若你必欲"积极"，晚上挤上了车直接回家吧，不需再绕道来了。早休息，我们也放心些。"公私兼顾"，此乃水平人不低，你要此领悟，只是"兔子当和尚一样就材料"而已。对了学校去充当 eager beaver，就不必来当 filial daughters，还是回家当 dutiful 好孩罢。去年子平日也够费力，病中更不宜。不尽。

去笔成话：一身兩三任，
若遇軋巴思，此事古未有，
大棒叩詰真新，作两头蛇，
"听唠痛然哉！"莫作三头狗 (Cerberus)，
毕竟没處去。英言當聽受，

Pop 字
Mom 字

九曰　(1973年12月
　　　90 17战胜
（响响流亡一
同享.）

74年□月□□
顾汉草

동글이 보아라,

네가 잘 판단하여 행동할지 모르겠구나. 군중(3명이면 군중이지?)의 의견을 귀 기울여 듣고 오늘은 얌전히 집에서 쉬도록 하여라. 내일 하루 더 쉴 수 있을지 모르겠는데, 그렇게 할 수만 있다면 네 피로가 많이 풀릴 것 같구나. 이렇게 말해도 너는 이 말을 듣지 않고, 오늘 쉬게 되면 내일은 또 기어이 일을 하러 가겠지. 눈이 많이 내려서 길도 미끄럽고 차도 많이 막힐 텐데, 꼭 너의 '적극성'을 표현하고 싶다면, 굳이 여기에 들르지 말고 저녁에 만원버스에 올라탄 너를 곧장 집으로 데려가거라. 우리는 네가 일찍일찍 들어가서 쉬어야 마음이 놓인단다. '다른 이들을 돌보면서 나 자신까지 잘 돌보는 것'은 아주 높은 경지에 도달한 사람이 아니면 불가능한 일이다. 너는 이것을 인정하지 않고 '대머리가 된 김에 절에 들어가는 식'으로 흉내만 내고 있는 것이야. 학교에서 eager beaver로 열심히 일하고 난 후에 또 여기로 와서 filial daughter까지 될 필요는 없단다. 차라리 네 집으로 가서 dutiful wife가 되거라. 이 세 가지는 평상시에도 하기 어렵지만 몸이 아프면 더 하기 어려워지는 법이다.

이만, 시 한 수로 끝인사를 한다.

Pop

Mom

한 몸으로 세 가지 일을 하네
이런 말은 들어본 적이 없네
머리가 세 개인 개(Cerberus)는 될 수 없으니
머리가 두 개인 뱀이라도 되려고 하네
부모님 말씀을 따르지 않아도
서방님 말씀은 들어야 하는 법
계속 자기 고집대로만 한다면
한 대 크게 얻어맞을 것인데
'아이고, 아파 죽겠네'
도망가고 싶어도 갈 수가 없네

9일(1973년 12월 9일 베이징스판대학에서 탈출)
(우리의 "유랑" 1주년) 74년 5월 22일 학부7호건물로 이사

阿奶：

託陳大媽送上購糧本，以便您輝買二月分好米。我家無需要。賣多求多，萬希留多點！即致

敬禮、

楊絳不知 送

唐○同志 外購糧本不

우리 셋

할머니께

천 아주머니 편에 쌀 배급 통장을 보내 드립니다. 이걸로 2월분 쌀을 꼭 받아 오세요. 저희 집에는 필요가 없습니다. 사실 그대로 말씀드리는 것이니 절대 사양하지 말아 주세요!

삼가 아룁니다!

탕원 동지께 쌀 배급 통장을 보내며, 양장 드림

이 편지는 중수가 썼다.
할머니는 내게 안사돈이 되는 탕원 동지를 말한다.

「畢星棚子是古时点倩以一种点心 不过是各『驴打滚』」

阿妹：

　长远勿见，侬好哉。府即向开热来西，像十四夜个月亮大圆圆则缺一眼眼，侬两家头搭侬开心。叫侬个真固唔带拨侬一块鸡屎864写白字，几个墨黑说粮子（阿妹乡下人勿识货）祝

过年好。

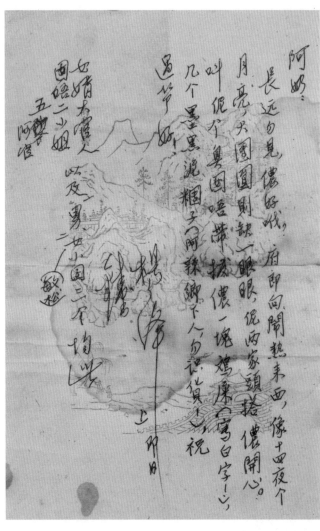

女婿大宝人以及男女小囡三不均兴
囡唔二小姐
五妹
阿官

敏松
上 阿日

할머니께,

오래 격조하였습니다. 잘 지내고 계시지요? 집이 떠들썩하겠군요. 음력 14일에 뜨는 달처럼 조금 아쉽지만 저희도 아주 기쁩니다. 딸아이 편에 할머니께 닭똥 한 덩어리('하얀색'이란 글자가 빠졌군요!)를 보냅니다. 계시백鷄屎白과 함께 검은색 모헤이니톤쯔 찹쌀떡도 조금 보내니(저희가 촌에서 와서 물건을 볼 줄 몰라요) 즐거운 명절 보내시기 바랍니다!

양장, 첸
사위이자 아들, 딸이자 며느리,
그리고 1남 2녀(민,송) 세 아이들이 함께 드림

모헤이니톤쯔 찹쌀떡은 당시 유행하던 간식이다. 류다군 찹쌀떡을 보냈던 것도 같고, 잘 기억이 나지 않는다.

钱瑗得知爸、特地坐起来为她写信，而写的字像天书，她就预先写了回信，请爸、不要劳神写信。

첸위안은 아버지가 앉기도 힘들고 글씨도 제대로 쓸 수 없는 상태임을 알고, 먼저 답장을 보내어 편지를 쓰느라 애쓰지 말라고 당부한다.

北京师范大学 外语系

FOREIGN LANGUAGES DEPARTMENT BEIJING NORMAL UNIVERSITY

Dear Pop,

七月十九日. 星期五

听 mom 说、你昨天特意坐起来给我写信, 我非常高兴。(信小王星期天送来) 我虽未看到信, 先给您写回信。

星期一我去做了 C.T., 医生说胸水又少了, 骨头的情况也有改善, 不过仍不许我"轻举妄动"——不可以猛然翻身, 在床乱滚。我就"文静"地移动, 这就比完全仰卧不许动有很大进步。还可以侧身。

我每天晚上和 mom, 老 guy 通过电话后, 就看侦探小说, 相当"乐麦"。

一切都好, 勿念。Lots of love.

Oxhead 敬上

338

7월 19일 금요일

Dear Pop,

아빠가 어제 제게 편지를 쓰느라 일부러 자리에서 일어나 앉았다는 이야기를 Mom 한테서 들었어요. 아빠가 편지를 썼다니 정말 기뻐요(편지는 샤오왕이 일요일에 가져다 줄 거예요). 아직 편지를 읽지는 못했지만 답장을 먼저 써요.

월요일에 CT를 찍었는데 의사 말이 흉수가 줄어들었고 뼈 상태도 좋아졌대요. 그래도 절대 '경거망동'하지 말라고 하네요. 갑자기 몸을 뒤집거나 침대에서 구르거나 해서는 안 된다고 했어요. 그래서 느릿느릿 조심해서 움직이고 있는데, 꼼짝도 못하고 침대 위에서 반듯이 누워 있던 것에 비하면 많이 발전했지요. 모로 누울 수도 있어요. 매일 저녁에 Mom하고 라오 Guy하고 전화 통화를 해요. 요즘은 추리 소설을 읽고 있어요. 여유롭고 즐거워요.

모든 일이 잘되고 있으니 걱정하지 마세요. Lots of love.

Oxhead 올림

貼　　郵
票　　处

Pop爺 收

航空
PAR AVION

牛头寄。

图：1997年新年给爸爸信。"翻司法脆（face fat）脸掛肥"是一句笑话书上的"洋泾浜诗"，爸爸常用来逗女儿的。

받는 사람 Pop 영감님

보낸 사람 소머리

위안위안이 1997년 새해에 아빠에게 보낸 편지이다. '페시파트(face fat) 세숫대야 얼굴'은 아빠가 딸을 놀릴 때 쓰는 용어인데, 책에 나오는 피진 잉글리쉬로 지은 시이다.

北京师范大学　外语系
FOREIGN LANGUAGES DEPARTMENT BEIJING NORMAL UNIVERSITY

Dear Pop:

拜年，拜年（学西藏前世活佛

我没有粗笔了，只好请mom读给你

我听你要给我写信，其实可以省了，因为m
每天都与我通长电话，你的情况我都知
我的情况她也告诉你，这样，咱们就都
我现在吃得多，去得多。脸是翻句法脸脱
脸盆肥。 我的阿姨文化不高，
近她把我问倒。她问我"什么是哲学？"
"什么是散文"？我的医院里有不少你的
他们都祝你新年好！Oxhead. 除夕。
　　　　　　　　　　　敬上
问候宝珍，祝她辉　年万事如意！

우리 셋

Dear Pop,

만복을 받으옵소서! 만복을 받으옵소서! (시짱 지역 라마교 승려들이 세배하는 느낌으로) 제가 굵은 펜을 가지고 있지 않아요. 어쩔 수 없으니 Mom에게 읽어 달라고 하세요. 아빠가 편지를 쓰고 싶다고 하셨다지요? 그러지 않으셔도 돼요. 제가 엄마와 매일 길게 통화하고 있거든요. 아빠가 어떠신지 다 알고 있어요. 제 얘기도 엄마가 다 전해주니까 편지를 쓸 필요가 없어요. 저는 많이 먹고, 먹은 만큼 잘 내보내고 있어요. 얼굴이 '페시파트 세숫대야 얼굴'이 되었어요. 간병인 아주머니는 많이 배운 사람이 아닌데, 요즘 저에게 이런 질문을 해요. "철학이 뭐예요?", "산문이 뭐예요?" 저는 어떻게 대답해야 할지 모르겠어요. 병원에도 아빠의 팬들이 꽤 많아요. 모두 아빠께 새해 복 많이 받으시래요.

섣달 그믐날
Oxhead 올림

바오진에게도 소의 해에 만사형통하라고 전해 주세요!

□□□□□□

mom 娘收

牛头 牛年寄

北京师范大学

地址：北京市新街口外大街19号
电挂：8511　电话（总机）：2012288
邮政编码　100875

圆z新年给妈一信。她电话里请我代她押韵．我試改"母氏助劳"，但嫌太文．他已满意，我也没心思再改。"牛兒不吃草"就是z能进食了。

우리 셋

받는 사람 Mom 마님
보낸 사람 소의 해를 맞은 소머리

위안위안이 새해를 맞아 엄마에게 편지를 보냈다. 아위안은 나에게 전화를 해서 시의 운율이 잘 맞는지 봐 달라고 했다. 나는 '어머니라는 이름의 고생'이라고 하면 어떨까 생각했지만 너무 문어적인 것 같아 싫었다. 그리고 아위안의 마음에 드는 시구들로 이루어진 시를 내 마음대로 다시 고치고 싶지 않았다. '풀을 먹지 않는 소'는 아위안이 이미 음식물을 넘기지 못하는 상태임을 뜻한다.

北京師範大學
Beijing Normal University
BEIJING 100875, CHINA

牛儿只吃草

想把娘恩报

颗采忘夏花

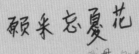

藉此 谢娘生。

祝 mom 娘新年好, 身体好, 心情好。

打油诗连韵也不押, 但表达了我的心中

对你新年衷心的祝愿。

拜年, 拜年。 丑年丑女拜年

1997, 丁丑年。

Telephone & Fax, (010) 62200074 BNU CN

풀을 먹지 않는 소는

어머니의 은혜에 보답하고 싶네

근심을 잊는 망우꽃을 따다가

어머니의 고생에 감사를 드리네

Mom의 건강하고, 즐겁고, 복된 새해를 기원합니다.

운율이 엉망인 타유시이지만, 엄마가 새해에 행복하기를 바라는 제 마음이에요.

새해 복 많이 받으세요. 새해 복 많이 받으세요.

1997, 정축년

소의 해, 소띠 딸이 새해 인사를 드립니다

"三妹"是我家阿姨．因丈夫中风，
不来我家工作了．圆、很为妈、担心．

'싼메이'는 우리집 가정부이다. 남편이 중풍에 걸려서 우리집 일을 더 이상 하지 못하게 되니 아위안이 엄마 걱정을 많이 한다.

北京师范大学 外语系

FOREIGN LANGUAGES DEPARTMENT BEIJING NORMAL UNIVERSITY ——

Dear Mom, 这几天睡少睡觉好，但一说话仍气短，所以电话中"拉手持球"也有些困难了。

我最近头发掉得很多，医生说是吃了克癌散的缘故。说如怕掉发，就暂走药。我想了想，宁可死（反正以后好长），还是坚持吃，你说对吗？

这一阵吃饭较好，但吃得多，就去得多，也是克癌散的"功劳"。

三妹不来，我甚不放心你，因为你了以"一套板"地炖等汤，或了给你做各种饭，但你大约不会管饱你吃三顿饭。所以我希望你能够找个小时工。你如果天天凑货，你又如何坚持下去呢？小王长了也无吃不好办法，因为他还要跑胸科医院。

他方便，请找两大块三角巾（旧白布，花人棉布可）我想包头，不至头发掉得一枕头，收拾起来很麻烦。

因此些透，一只手笔（由阿妹珠着底板），字不成样，不知你看得出否。*Lots of love* *Oxhead*

우리 셋

Dear Mom,

요 며칠 가래가 적어져서 잠을 잘 자요. 단지 말할 때 숨이 차는 것은 여전해서 전화를 하기가 조금 힘이 들어요.

요즘 머리카락이 많이 빠져서 의사한테 물어봤더니 제가 먹는 항결핵제가 원인이래요. 걱정이 많이 된다면 약을 끊는 수밖에 없대요. 그래서 생각을 좀 해 봤어요. 대머리가 되더라도(머리카락은 나중에 다시 자랄 테니까) 약은 꾸준히 먹어야 할 것 같은데 엄마도 그렇게 생각하시지요?

요즘 밥도 잘 먹고, 밥을 많이 먹으니 내보내는 것도 많아졌어요. 이것도 항결핵제의 '공로'이지요.

쌴메이가 안 오니까 엄마가 많이 걱정돼요. 인삼탕은 엄마가 예전과 똑같이 끓여 올 수 있고 유동식 만드는 것도 샤오왕이 도울 수 있지만, 엄마 밥은 스스로 챙기지 않을 것 같아서요. 제가 엄마께 드리는 말씀을 잘 생각해 주세요. 엄마가 매일 대충 끼니를 때우고 어떻게 버틸 수 있겠어요? 샤오왕은 흉부과까지 다녀야 하는데 계속 이런 식이면 샤오왕도 오래 버티지 못할 거예요.

그리고 엄마 편하실 때 두건으로 쓸 천 좀 찾아봐 주세요(낡은 천, 민무늬, 꽃무늬, 다 괜찮고 순면이 아니어도 괜찮아요). 머리카락이 너무 많이 떨어져서 머리를 좀 감싸고 있어야겠어요. 머리카락 줍기가 너무 귀찮아요. 지금 링거를 맞고 있어서 한 손만 쓸 수 있어요(아줌마가 종이 받침대를 잡아주고요). 글씨가 엉망이네요. 엄마가 알아보기 힘들지도 모르겠어요.

Lots of love
Oxhead

图二去世前不久．不放心妈：的一日三夕，特写信教妈、如何做简易饭食．她自己已经不能進食

图是年三月四日去世．写此文时，平躺床上．刘阿姨持纸助其书写。　　　　　母识

위안위안은 세상을 떠나기 바로 전까지 엄마의 세 끼니를 걱정했다. 자신은 이미 음식을 넘기지 못하는 상황인데도 엄마가 쉽게 만들어 먹을 수 있는 음식을 골라 어떻게 만드는지 편지에 적어 남겨 놓았다.

아위안은 3월 4일에 세상을 떠났다. 이 글을 쓸 때는 침대에 반듯이 누워서 류 아줌마가 잡아 주는 받침대 위의 종이에다 글씨를 썼다.

- 엄마 -

北京師範大學
Beijing Normal University
BEIJING 100875, CHINA

Dear Mom,

这次插胃管(减压英)，八到又只大低烧，以了找又又知查损了，又怎又受瘪，不服损拧。插胃管仅，非三测，不要喝水。要换食材状。皮样，找又欢叫吃简，依至每个煲饰，不至四个条据，所以也不好的505结构哦，吃吃了。昨天睡3一天，今天例只脑，一切都好些妈，超小脚引马夫好了丢，送一大掉绿绿花，找也以飞收了吸飞"不相短"。我恢复就会哄过34岁。

Guy 某天我你当生也恕本事我们国车化待也一放心。

你3川中立买至诸书面。草画方面，又是拟乩画，以…什灯大师以才又福建名的，忍似有如一定有，与牛的问情的如呆院以…
状某村面其丰物马公+打罗门一十比弟+西51中+蓬抹图十波集团
枪肖吼+密争妮成是茶，
你大的爱站，一小框面请求哦，保护的到问较级。

Oxfood.

钱瑗

Dear Mom,

이번에 위관(감압기)을 꽂은 것은 힘들지 않아요. 혹시라도 또 팽창할까 봐 뽑지 못하고 있어요. 위관을 꽂은 후에는 물도 많이 마시면 안 되고 금식을 하면서 링거만 맞아요. 이런 상황이라 저는 최대한 말을 적게 하고 입을 다물고 있어요. 안 그러면 입과 혀가 너무 말라서요. 그래서 엄마한테 전화하기가 어려워요. 어제 하루 종일 잤더니 오늘은 졸리지도 않고 다 좋아요. 자오샤오왕 부부가 커다란 꽃다발을 들고 왔는데 저는 벙어리처럼 말도 못하고 맞이했네요. 지금은 물에 적신 거즈를 물고 있어요. Guy가 와서 엄마 앞으로 수행 비서와 승용차가 나왔다는 이야기를 해 줬어요. 이런 이야기를 들으니 정말 안심이 돼요.

샤오왕한테 시금치국수, 토마토국수를 사 오라고 하세요. 건면 말고 생면으로, 광둥 푸젠에서 생산한 것으로 사 오라고 하세요. 마트에 가면 어디든지 다 있어요. 그리고 소고기탕이나 돼지고기탕에 넣어서 푹 끓여 드세요. 예: 소고기탕+당근+샐러리+토마토+토마토국수, 돼지고기탕+줄기상추 혹은 갓+시금치국수. 엄마가 좋아하실 거예요. 양은 작게 뭉쳐진 사리 하나면 충분해요. 단지 만드는 시간이 좀 오래 걸려요.

늘 건강하시기를 바라며

Oxhead

부록

3

錢瑗為爸爸画像

첸위안이 그린 아빠의 초상

우리 셋

裤子太肥
了!

1988. 8月

바지가 너무 헐렁하군요! 1988년 8월

우리 셋

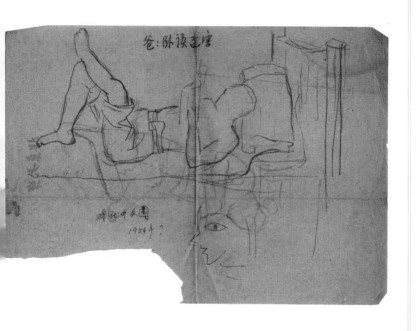

스케치 : 아빠는 누워서 책을 읽는다. 1956년? 중관위안에서

My father doing a major. 1981년 1월 5일

우리 셋

실내 음악 1988년 3월

부원장의 하독서도夏讀書圖

우리 셋

永冠涛正
末戴牙齿。

寒丑
1990，1，9日

爸之作卫态　○○画

아빠의 추태 : 멋지게 차려입고 틀니를 깜박하다. 1990년 1월 9일 ○○(위안위안) 그림.

書処为其唯。
認字，要求，先生画出来，鈴
鈴書遣阿姨买菜，阿姨不

중수가 가정부에게 시장에 다녀오라 하니
글자를 모르는 가정부는 뭘 사 와야 하는지 그림으로 그려 달라 간청하였다.
중수는 그림을 그리느라 진땀을 뺐다.

우리 셋

1. 닭이로다

2. 계란이로다

3. 오이로다

4. 마른국수로다

5. 빵이로다

빵은 이미 자른 것이나
자르지 않은 것이나
다 괜찮다는 뜻이다.

1. 鷄也

2. 蛋也

3. 黄瓜也

4. 束面也

5. 面色也

切片的方面包
或圓的大面色都行.

싼메이에게 이 다섯 가지를 사 오라고 시켰다. 1986년 4월 17일

1. 우유

2. 채소

3. 빵

牛奶画不出来了. 反正

阿娘経会意

우유를 제대로 그리지 못했지만 가정부는 이해했다.

「中書君」、「管城子」都是「筆」的別稱。管錐編「圍城」二書作者的筆名是「中書君」——絳注

中수권中書君과 관청쯔管城子는 모두 필명이다.
〈지극히 개인적인 견해〉와 〈포위된 성〉은 중수권으로 되어 있다
- 양장 -

우리 셋

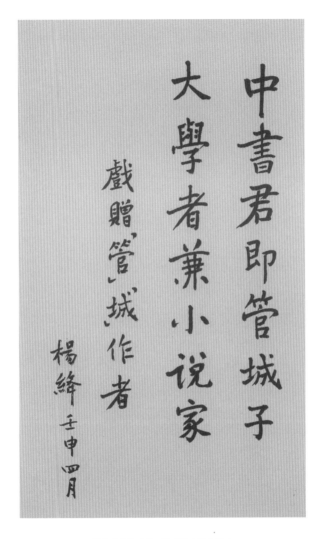

中書君即管城子
大學者兼小說家
戲贈「管」「城」作者
楊絳 壬申四月

중수쥔이자 관청쯔인 대학자겸 소설가,
〈지극히 개인적인 견해〉와 〈포위된 성〉의 작가에게 기쁜 마음으로 드립니다.
양장 임신년 4월

Mom, Pop, 그리고 위안 ○

抗戰勝利後，約 1946年，攝於上海

우리 셋

1946년, 항일전쟁 후 상하이에서.

Mom, Pop, 그리고 위안 ㅇ

1950年 清華校庆日，摄於清華大学 新林院宿舍。我家住这它房子 的西侧，小門内是我们三人的卧室，窗内是客厅。我抱的是小猫"花花兒"，刚满月不久。陽台下是大片空地。

1950년 청화대학 개교기념일, 청화대학 신린위안의 집 앞에서.

우리집은 신린위안의 서쪽에 있었다. 사진에 보이는 창문 너머에 거실이 있고, 작은 문 쪽으로 세 사람의 방이 있다. 내가 안고 있는 아기 고양이는 태어난 지 한 달 되는 '화화얼'이다. 집 앞에 넓은 공터가 있었다.

1980年. 錢瑗在英國 Lancaster 大学進修二年後回家. 在國外学會烹調, 正做了拿手菜孝敬父母.

1980년, 첸위안은 영국 랭커스터대학교에서 2년간의 연수를 마치고 귀국했다. 외국에서 배워 온 요리를 만들어 부모님께 효도를 하고 있다.

一
九
三
八
年
攝
於
巴
黎
卢
森
堡
公
園

* 1934년 중수가 상하이광화대학교에서 영어를 가르칠 때의 모습이다. 당시 24살이었다. 이 사진이 마음에 들었는지 오래된 앨범에 있던 사진을 떼어 내어 아위안에게 주었다.

** 1938년 파리 뤽상부르 공원에서.

우리 셋

一九三六年冬，錢鍾韓來牛津小住，為我们俩攝於牛津大学公園的橋上知橋下。*

**当時我们租居的房子，门對大学公園。

* 1936년 겨울, 첸중한이 옥스퍼드에 다녀갔다.

** 옥스퍼드 대학 공원에 있는 다리에서 우리 둘의 사진을 찍어 주었다.

1938年回國途中. 在 Athos Ⅱ 船上攝.

1938년 고국으로 돌아오는 길, Athos Ⅱ 선상에서.

우리 셋

圜こ五歲

錢瑗二十歲
攝於新北大
中関圜 26号

* 위안위안 5살.

** 첸위안 20살, 신베이징대학 중관위안 26호에서.

*
1990年, 錢瑗在英國
Newcastle 大学當客座
教授.

** 我们俩争讀女兒自英國寄來的家信.

* 1990년 첸위안이 영국 뉴캐슬대학교 객원교수로 있을 때이다.

** 우리 두 사람은 딸이 영국에서 보내온 편지를 앞다투어 읽는다.

우리 셋

錢瑗和爸：最"哥们"，
鍾書愛説女兒像他．

첸위안과 아빠는 '형제'다.
중수는 딸이 자신을 닮았다고 말하기를 좋아한다.

Mom, Pop, 그리고 위안 ○

我們三人各自工作，各不相扰。鍾書正在
添補他的韋氏大辭典。

우리 셋은 서로 방해하지 않고 각자의 일을 한다.
중수는 메리엄 웹스터 사전을 보완하는 작업을 하고 있다.

우리 셋

Mom, Pop, 그리고 위안 ○

我们觉得 终於有了一个家.

1981年摄於 三里河寓所.

우리에게 드디어 집이 생겼다.
1981년 산리허 아파트에서.

우리 셋

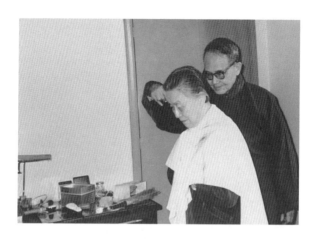

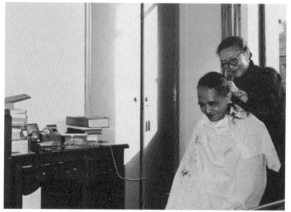

鍾書 和 我 互相 理髮 . 我能用電推子. 他會用剪刀.

우리는 서로 이발을 해 준다.
나는 전기이발기를, 중수는 가위를 이용한다.

錢書贈我十絕句，作於一九五九年。「二十六年前」，

即一九三三年。他曾將自己早年的詩，手寫自

訂成冊贈我。

第三首引用北齊崔氏靧面辭：

取紅花取白雪，與兒洗面作光悅；

取白雪取紅花，與兒洗面作姣華；

取花紅取雪白，與兒洗面作光澤，

取雪白取花紅，與兒洗面作華容。

第六首指我寫的劇本。

第七節有自註：余小說《圍城》出版後，

煩多癡人說夢者。

우리 셋

첸중수가 내게 지어 준 10수의 절구이다. 1959년에 지은 것으로 '26년 전'은 1933년을 말한다. 중수는 젊었을 때 지었던 시를 직접 붓으로 쓰고 책으로 묶어서 나에게 주었다.

세 번째 시는 북제의 최씨가 지은 〈회면사顧面辞〉를 인용한 것이다.

붉은 꽃으로, 하얀 눈으로, 그대의 얼굴을 씻어 기쁘게 만들고
하얀 눈으로, 붉은 꽃으로, 그대의 얼굴을 씻어 농염하게 만들고
꽃처럼 붉고, 눈처럼 하얗게, 그대의 얼굴을 씻어 빛나게 만들고
눈처럼 하얗고, 꽃처럼 붉게, 그대의 얼굴을 씻어 아름답게 만들고

여섯 번째 시는 내가 쓴 희곡을 가리킨다.

일곱 번째 시에는 자신이 쓴 해설이 있다 : 내 소설 〈포위된 성〉이 출간된 후, 치인설몽하는 사람들이 많았다.

廿載猶芳草葉護杉棠程語太紧紧

詩雨と律細才偏遲可許情懷仙

昔時

少年情事宛留痕緬憶情々夢一

溫秋月春風害生空惆悵歉子

名銷碗

繡眼窗多憶見初薔薇徵新瓣浸

醉鄉不知醋波兒時面曾臥紅花

秋雲堂

遠游浮湯共秉樵始藏芳生来旦

涯徑送繡書粘序外料量縈来

學南窗

우리 셋

20년의 세월 동안 간직하느라 고생하였소
오래된 시는 어설프고 과장된 말투이지만
정확하고 섬세한 운율은 지금보다 낫구려
변함없는 내 마음을 예전처럼 받아 주시오

마치 흉터처럼 남아 있는 젊은 날의 감정을
다시 꺼내어 보고 꿈꾸듯 늘 복습을 한다오
봄바람 속에 가을 달빛 아래 나란히 앉으면
사랑에 애타는 남자는 넋을 잃어버렸다오

첫눈에 들어온 하얀 얼굴과 연분홍빛 눈가
부드러운 크림 속에 담긴 장미같이 빛났지
혹시 그대도 어릴 때 얼굴을 씻었는지 모르겠소
붉은 꽃으로 하얀 눈으로 얼굴을 씻었던 것이오?

우리는 함께 배를 타고 멀고 먼 바다로 나아가며
쉼 없이 계속되는 항해의 고단함을 알게 되었고
이때부터 당신은 책을 보고 글을 쓰는 일 외에도
쌀과 장작을 헤아리며 살림을 배우기 시작했지

弄翰絲脂咏玉麈書裾粉指更勤

另備生牲豕耽出麝忘却分為

女秀才

忝情搬演棚如生共際傳神着

渾輕句唉爭名文幸曾厭学清照

全照誠

荒唐滿帋希古為新渾任溭敘幻諉

失惱然剩多孤我損與端説夢

向廳人

百宜一好是天然為説中年鏡嬾

貧枯生天韶餘態句恰如詩品有

都官

어둠 속에서 불을 밝히고 옥대신영의 시를 읊고
흰 손가락을 부지런히 움직여 책장을 넘기면서
오히려 나를 보고 책만 좋아한다고 탓하는구려
당신이야말로 학식 있는 수재임을 잊은 것이오?

먼 곳에서 바라보는 듯 간결하게 표현한 세상은
무대 위로 올려놓으니 생생하게 살아 움직이고
명예를 다투는 다른 작가들의 행태를 비웃지만
이청조 조명성 부부 이야기는 듣기 싫어하는구려

황당한 옛날이야기를 새롭게 만들었을 뿐인데
세상 사람들이 보고 따라 해 사실이 되고 말았소
내가 당신의 명성에 해를 입혀 괴로운 마음이오
어리석은 사람들에게 괜한 이야기를 하였구려

애써 꾸미지 않아도 어디서나 아름다운 당신은
다른 이에게 거울도 자주 보지 않는다고 말하오
아름다운 모습은 나이가 들어도 변함이 없으니
시로 말하자면 매요신의 시풍이 있다고 하겠소

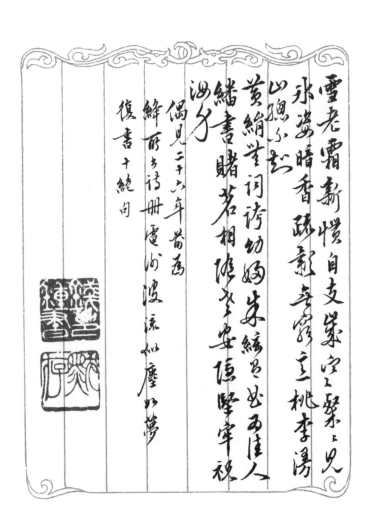

雪老霜新慣自支柴空聚上兒
冰姿暗香疎影無窮三桃李湯
山照不如
黃絹幼婦朱綠出西佳人
緗書睹茗相佳坐安隱摩牢視
渺子
偶見二十六年昔為
解而為詩冊運河波流似塵如夢
復書十餘句

일 년 내 쌓인 눈에도 새로 내린 서리에도 견디며
추우면 추울수록 더 빛나는 눈꽃의 아름다움을
가녀린 가지 끝에 피어나는 매화의 그윽한 향기를
온 산에 가득한 배꽃 복사꽃은 끝내 모를 것이오

어떤 절묘한 시구로도 칭찬하기에는 부족하니
반짝이는 금 줄을 뜯어 당신을 위해 연주하리다
함께 책을 읽고 함께 탐구하며 함께 늙어가기를
우리 두 사람 평안하고 건강하기를 기원하겠소

26년 전 양장을 위해 썼던 시들을 우연히 보게 되었다.
이에 감사하며 꿈같은 세월의 흔적을 10수의 시로 다시 적어 본다.

「寧都再夢圓女」詩，作於一九三九年十月赴湖南藍田途中，時圓と二歲。

「三齡女學書」一詩，作於一九四〇年

〈닝두에서 또다시 딸 위안의 꿈을 꾸다寧都再夢圓女〉는 1939년 10월, 란톈으로 가는 길에서 지은 시이다. 당시 아위안은 2살이었다. 〈세 살배기 딸이 글자를 배우다三齡女學書〉는 1940년에 지은 시이다.

寧都再夢圓女

汝豈解吾覓夢中能再過猶禁出庭戶誰

導越山河汝祖昔吾切如吾念汝多方嶷脊

母至驚醒失相訶

絡書末云三齡女學書見今隸朋字曰此兩月

桐䁔耳喜憶唐劉晏事戒詠

穎悟如娘劍似翁正未朋字竟能通方知左氏誇嬌

女不數劉家有丑童　吾神倦而親隨

楊絳录槐聚詩
二〇〇三年四月

닝두에서 또다시 딸 위안의 꿈을 꾸다

내가 꿈속에서 너를 찾은 줄 어찌 알고
네가 꿈속으로 나를 다시 찾아왔을까?

너 혼자 집 밖으로 나가지 못할 터인데
산 넘고 물 건너 누가 데려다주었을까?

네 할아버지가 나를 다정하게 바라보듯
나는 너를 그리워하고 또 그리워했지만

엄마 몰래 온 것은 아닌지 걱정을 하다가
깜짝 놀라 깨는 바람에 혼내지도 못했다

세 살배기 딸이 벗朋 자를 보고 '달 둘이서 서로 좋아하고 있어요'라고 말하고 엄마는 아빠한테 딸이 글자를 안다고 말하고 아빠는 당나라 유연이 떠올라 기뻐하며 지은 시

엄마와 아빠를 닮아 총명하구나
벌써 '벗'이라는 글자를 떼었구나
좌씨 집안의 어여쁜 아이인 것은 알겠는데
유씨 집안의 못생긴 아이인 줄은 모르겠네
　　　　　(유연은 못생긴 신동이다)

　　　　　　　양장이 화이쥐 시집에서 발췌하다. 2003년 4월

옮긴이의 말

〈우리 셋〉은 평범한 가정의 소박한 일상을 살았던 세 사람의 이야기라고 한다.

하지만 〈우리 셋〉이 평범하다고 말할 수는 없다. 중국의 대학자이자 〈포위된 성〉의 작가 첸중수 선생의 아내로 구시대의 여성 작가임에도 '선생'이라는 남성 존칭으로 경의를 표하는 양장 선생의 대표적인 산문이기 때문이다. 작가의 명성만으로도 〈우리 셋〉이 지금까지 중국 독자들 사이에 불러일으킨 커다란 반향은 그다지 놀라운 일이 아니다. 2003년 초판을 찍은 〈우리 셋〉은 2021년에 4판으로 67쇄를 찍었다. 중국 독자들의 뜨거운 호응은 식을 줄 몰랐다. 오히려 영어판, 독일어판을 읽은 세계의 독자들

우리 셋

의 찬사가 더해져 세계문학으로서의 위상을 드러냈다.

2022년 5월, 〈우리 셋〉 한국어판이 출간되었다.

우리 셋 : 양장 선생의 슬픔이 주는 위로

책을 보는 순간 머릿속에 '우리 셋'이 떠올랐다.

어느 집인들 다정한 부부와 사랑스러운 아이들이 없을까? 남편과 아내로 시작해서 아이들이 생기고 우리 셋, 혹은 우리 넷, 혹은 우리 다섯이 되니 집마다 조금씩 다른 것뿐이다.

하나뿐인 딸을 척추암으로 잃고 다음 해에 남편마저 떠나보내고 쓴 글이라고 하니 〈우리 셋〉이라는 제복이 무척 슬퍼 보였다. 그리고 〈우리 셋〉에 담겨 있는 양장 선생의 '슬픔'이 궁금해졌다. 직접 물어보는 것이 아니라서 다행이었다. 그 짐작할 수 없는 '슬픔'에 섣부른 위로를 하느라 상처를 줄 일은 없을 것이다. 사랑하는 자식을 잃었을 때, 사랑하는 남편이 떠나갔을 때, 사랑하는 아내와 헤어졌을 때, 사랑하는 엄마를, 아빠를 다시는 볼 수 없을 때, 사랑하는 사람을 그리워하며 긴 세월을 홀로 살아야 하는, 그 '슬픔'이란 도대체 어떤 것인지 알고 싶었다.

양장 선생은 담담한 어조로 '슬픔'을 이야기한다. 생과 사의 갈림길에서 서로를 걱정하며 헤어지는 마지막 순간까지 한 글자 한 글자 진실하게 써 내려간다. 절절한 그리움과 애틋한 정이 그대로 느껴진다. 양장 선생은 자신의 '슬픔'을 과장하지도, 감추려고도 하지 않고 진실하게 고백함으로써 자신이 짐작하지 못하는 타인의 '슬픔'을 위로하고 있었다. 양장 선생의 '슬픔'은 책장마다 뜨거운 눈물을 떨구게 했다. 몇십 년의 세월을 뛰어넘어 나의 슬픔을 위로해 주었다. 양장 선생에게 진심으로 감사드리고 싶었다. 그러나 향년 105세로 이미 그리운 사람이 되어 버린 양장 선생에게 어떻게 감사의 인사를 할 수 있을까?

세상에서 가장 안전한 피난처 : 우리 셋

〈우리 셋〉의 슬픔 뒤에는 뜻밖에도 유쾌한 이야기가 이어진다. 울다가 웃으면 우리 몸 어딘가에 털이 난다는 속설에도 불구하고 웃지 않을 수 없었다. 양장 선생은 〈우리 셋〉이 함께했던 인생이 충만하고 즐거운 인생이었다고 회고한다. 1930년대의 옥스퍼드, 파리 등 유럽의 여러 도시, 양장 선생의 고향인 우시, 세계

열강들에게 침략당한 상하이의 조계지, 문화대혁명 시절의 베이징에서 〈우리 셋〉은 서로 의지하며 세상을 '탐험'을 한다. 거센 역사의 소용돌이가 몰아치는 시대이기 때문에 고난과 역경이 끊임없이 찾아왔다. 성난 군중 앞에 악귀 한 쌍으로 내몰리고, 낡고 비좁은 사무실 한 칸에서 온 식구가 먹고 싸고 자며, 나를 깊게 이해하지 못하는 사람들의 모함으로 위험에 빠졌다. 하지만 〈우리 셋〉이 있었기 때문에 세상의 모진 풍파 속에서 상처받지 않았다. 오히려 그 고난의 시간을 맛 좋은 술을 마시듯 천천히 음미할 수 있었다. 〈우리 셋〉은 가장 안전한 피난처였다. 양장 선생은 세상에서 가장 안전한 피난처를 어떻게 찾을 수 있는지 정성스럽게 설명하고 있었다.

우리들이 헤어지고 우리집이 사라졌다고 해도 내 인생마저 헛되이 사라져 버리는 것은 아니다. '우리 셋'이 함께 하였기에 충만하고 즐거운 인생이었다. 나뿐만 아니라 다른 두 사람의 인생에도 '우리 셋'이 있었고 '우리 셋'이 있었던 각자의 인생은 모두 헛되지 않았다.

내 머릿속에 다시 '우리 셋'이 떠올랐다. '우리 셋'은 가장 안전한 피난처였고, '우리 셋'은 세상의 모진 풍파 속에서 상처받지 않았다.

또다시 가슴 깊은 곳에서 감사한 마음이 차올랐다. 양장 선생은 내 슬픔을 위로해 주었고 이 세상에서 나를 지켜줄 가장 안전한 피난처를 찾아 주었다. 생전에도 명예와 이익을 다투지 않았던 양장 선생에게 어떻게, 무엇으로 감사의 인사를 할 수 있을까?

〈우리 셋〉을 번역하며 양장 선생의 뜻을 헤아리려고 노력했고 그 뜻에 어긋남이 없도록 정성을 다했다. 〈우리 셋〉은 1930년 대에서 새천년이 시작되기 직전까지, 중국의 넓은 대륙뿐만 아니라 영국, 프랑스 등 유럽을 배경으로 다양한 사람과 문화와 언어가 거침없이 뒤섞이며 전개되었다. 오랜 시간을 들여 각 시대상을 잘 반영하는 단어를 찾느라 애썼지만, 아무리 정확한 표현이라고 해도 이해하기 어렵다면 과감하게 차선의 단어를 선택했다. 인용문이나 부록으로 수록된 첸중수 선생의 편지와 시, 작품의 제목 등은 백화문으로 바꿔 해석에 중점을 두었다. 시에서 인용한 인물과 고사에 대한 설명은 지면이 허락하지 않아 생략하였다. 작품을 감상하는 것보다 〈우리 셋〉에 대한 첸중수 선생의 감정을 전달하는 것이 더욱 중요하다고 판단했기 때문이다. 하지만 아름다운 어휘와 절묘한 문체로 쓴 명문장을 그 문학적인 색채까지 전달하지 못해 죄송하고 아쉬운 마음이 크다.

양장 선생은 구시대의 '어르신'으로서 이 시대의 '젊은이'들을 아끼고 사랑했다. 세상의 모진 풍파 속에서 '젊은이'들이 상처받지 않기를 바랐고, 보호하려고 했다. 시간의 흐름에 따라 젊은이들이 다시 구시대의 '어르신'이 되고 또 새로운 시대의 '젊은이'들이 생겨나지만, 청조 말기에 태어난 양장 '어르신' 앞에서는 모두가 '젊은이'일 수밖에 없다. 양장 선생은 '젊은이'들을 위해 〈우리 셋〉을 남겼고 칭화대학에 호호학장학금好好學獎學金을 설립했다. 〈우리 셋〉은, 말하자면, '젊은이'들이 세상의 모진 풍파 속에서 안전한 피난처를 찾을 때 쓰는 길잡이면서 동시에 세상을 공부할 때 쓰는 학비인 셈이다.

〈우리 셋〉 한국어판으로 섣부른 위로를 할 수 없었던 누군가의 '슬픔'에 양장 선생의 위로를 전한다. 우리 둘, 우리 셋, 우리 넷, 우리 다섯……, 세상에서 가장 안전한 피난처를 찾기를 바란다.

그리고 내 인생의 '탐험'을 함께하며 열심히 세상을 공부하는 젊은이, 한제우에게도 〈우리 셋〉으로 순수한 행복을 전한다.

2022년 봄. 윤지영

옮긴이의 말

옮긴이 ｜ 윤지영

서울 '으뜸책방'의 막내딸로 태어났다. 이화여자대학교 정치외교학과를 졸업하고 새천년
이 시작된 해에 북경으로 삶의 터전을 옮겨 이웃나라 중국의 다양한 사람과 풍부한 문화
예술에 심취하였다. 대우전자와 삼성오픈타이드차이나에서 소비자의 '삶'을 연구하였고
제주의 청량한 바람에 반해 13년간의 북경살이를 마치고 제주로 돌아왔다. 제주대학교
통역번역대학원을 졸업하고 한국의 독자들과 '중국어 나눔'의 기쁨을 누리며 살고 있다.

우리 셋

초판 1쇄 인쇄 2022년 5월 1일
초판 1쇄 발행 2022년 5월 8일

지은이 ｜ 양장
옮긴이 ｜ 윤지영
교정팀 ｜ 이화여자대학교 통역번역대학원
　　　　　박예진, 박희영, 이슬나린, 최정향, 최주연
디자인 ｜ 김형균

펴낸이 ｜ 윤지영
펴낸곳 ｜ 도서출판 슈몽
출판등록 ｜ 2017년 6월 15일 제652-251002017000029호.
주소 ｜ 제주특별자치도 서귀포시 대정읍 에듀시티로 23, 103-301
전화 ｜ (064) 901-8153
이메일 ｜ master@shumong.com
홈페이지 ｜ www.shumong.com
인쇄·제작 ｜ ㈜공간코퍼레이션

ISBN ｜ 979-11-97137-19-8 (03820)